선인장의
기나긴
일생에서 아주
잠깐 스쳐
지나가는,

선인장의 기나긴 일생에서
아주 잠깐 스쳐 지나가는,

초판 1쇄 인쇄 2018년 12월 12일
초판 3쇄 발행 2022년 10월 12일

글 더스티 볼링 **옮김** 홍지연
펴낸곳 도서출판 봄볕 **펴낸이** 권은수 **편집** 김연희 **디자인** 이하나 **마케팅** 성진숙
등록번호 제25100-2015-000031호 **등록일** 2015년 4월 23일
주소 서울특별시 서대문구 서소문로 37 1406호(합동, 충정로대우디오빌)
전화 02-6375-1849 **팩스** 02-6499-1849
전자우편 springsunshine@naver.com **블로그** http://blog.naver.com/springsunshine
스마트스토어 https://smartstore.naver.com/shinybook **인스타그램** @springsunshine0423
ISBN 979-11-86979-69-3 43840

- 책값은 뒤표지에 적혀 있습니다. • 봄볕은 올마이키즈와 함께 어린이를 후원합니다.
- 이 책은 콩기름을 이용한 친환경 방식으로 인쇄했습니다.
- 이 책은 저작권법에 따라 보호받는 저작물이므로 무단 전재와 복제를 금합니다.

선인장의 기나긴 일상에서 아주 잠깐 스쳐 지나가는,

이 세상에 무의미한 존재는 없어!

글 더스티 볼링 옮김 홍지연

봄별

I

어렸을 때 놀이터에서 어떤 꼬마애가 잔뜩 겁에 질린 채 나를 가리키며, "저 여자애 팔이 떨어져 나갔어!"라고 외치고는 비명을 지르며 자기 엄마한테 달려갔다. 그 아이의 엄마는 놀란 아이를 무릎에 앉혀 놓고 거의 십 분이나 머리를 쓰다듬으며 진정시켜야 했다. 그전까지는 살면서 나한테 팔이 없다는 사실 자체를 생각해 본 적이 진짜 없었다.

팔 없는 게 나와 부모님한테 아무런 문제가 되지 않았다. 나는 부모님이 "이를 어째, 에이븐은 못할 거야. 그건 팔이 있는 사람들만 할 수 있는 일이야."라거나, "불쌍한 에이븐은 팔이 없어서 정말 힘들 거야." 혹은 "에이븐이 언젠가는 그 일을 할 수 있을지도 몰라. 음, 팔이 생기면 말이지."라고 말하는 걸 들어 본 적이 없었다. 부모님은 늘 "너는 이 일을 다른 사람과는 다르게 해야겠지만, 어쨌든 할 수 있어."라거나, "이 일을 해내기 힘들다는 거 알아. 그래도 계속 해 봐." 혹은 "에이븐, 넌 뭐든지 할 수 있어."라는 식으로 말했다.

겁에 질린 꼬맹이가 내 팔이 떨어져 나갔다고 소리치기 전까지는 내가 남들과 다르다는 사실을 깨닫지 못했다. 난생처음 나에게 팔이 아예 없다는 사실을 알고 나니, 별안간 벌거벗겨진 기분이 들었다. 그래서 나도 엄마한테 달려갔다. 엄마는 나를 번쩍 안아 들고 공원을 나왔다. 나는 엄마에게 안긴 채 엄마 셔츠에 눈물 콧물을 다 쏟아 냈다.

그날 엄마가 차를 몰고 집으로 가는 동안 나는 카시트에 앉아 훌쩍거리며 도대체 내 팔이 어떻게 된 것인지, 왜 떨어져 나갔는지를 엄마에게 물었다. 엄마가 내 팔은 떨어져 나간 게 아니라 그냥 그렇게 태어났다고 했다. 나는 어떻게 하면 새 팔을 얻을 수 있는지 물었다. 엄마는 새 팔을 얻는 건 불가능하다고 대답했다. 내가 엉엉 울자 엄마는 팔 달린 걸 과대평가했다며 그만 울라고 했다. 그 당시 나는 과대평가라는 말이 무슨 뜻인지 몰랐다. 말했듯이 당시 나는 아주 어렸고, 머리도 그러했으니까. 그래도 며칠 지나자 무슨 뜻인지 대충 짐작이 갔다. 부모님이 "내 손으로 이 그림을 색칠하는 것도 괜찮겠지만 에이븐처럼 발로 색칠

선인장의 가시긴 일생에서 아주 잠깐 스쳐 지나가는,

하면 정말 더 멋질 텐데."라거나 "팔로 스파게티를 먹는 일은 참 따분해. 발을 써서 먹을 수 있으면 좋겠다."라든지 "내가 아는 사람 중에서 발가락으로 코를 팔 수 있는 사람은 에이븐뿐이야. 이 아이는 정말 특별한 꼬맹이지."라는 식으로 계속해서 말해 준 덕분이었다. 아빠는 엄마한테 이 근방에 팔을 떼어 주는 곳이 있는지 묻는 등 선을 살짝 넘기도 했다.

자라면서 나는 팔 있는 사람들이 할 수 있는 일은 거의 다 할 수 있었다. 시리얼 먹기, 양치하고 머리 빗기, 옷 입기, 심지어 똥을 누고 닦는 일까지 말이다. 이 말을 하면 다들 내가 어떻게 똥을 닦는지 당장 알고 싶어 할 거라는 건 알지만 나중에 기회를 봐서 말할 거다. 음, 어쩌면 말이다. 그때까지는 다들 궁금해 미칠 지경인 상태로 살아야 할 수밖에 없다.

물론 내가 이런 일들을 하려면 시간이 좀 걸린다. 어떤 일은 훨씬 더 오래 걸리고. 가끔은 갈고리나 끈 같은 특별한 도구를 써야 할 때도 있다. 때로는 잔뜩 열이 받아 고래고래 소리 지르며 속이 삐져나올 정도로 베개를 마구 차고 싶을 때도 있다. 바지 단추를 채우는 데 20분이나 걸렸으니까, 뭐. 그래도 나는 바지 단추를 채울 수 있다.

이 일을 다 할 수 있었던 건 우리 부모님이 항상 나 스스로 방법을 찾도록 독려해 준 덕분인 듯싶다. 음, 스스로 방법을 찾아내도록 만든 쪽에 더 가깝긴 하다. 부모님이 뭐든 대신해 줬다면 나는 부모님 없이는 아무것도 할 수 없는 사람이 되어 있었을 거다. 하지만 부모님은 대신해 주지 않았고, 나도 혼자서는 아무것도 못하는 사람이 아니다. 이제 나는 열네 살이고, 어떤 일이든 별로 도움이 필요하지 않다. 정말이다.

유치원에 들어갔을 때 아이들은 나한테 팔이 없다는 걸 좀 이상하게 봤다. 나는 매일 대체 무슨 일 때문에 팔이 그러냐는 질문뿐만 아니라 어이없는 질문도 엄청나게 많이 받았다. 이를테면 팔도, 손도, 심지어 겨드랑이도 없는데 팔을 퍼덕거리며 겨드랑이로 방귀 소리를 어떻게 내느냐 같은 질문 말이다. 옷은 어떻게 갈아입는지도 궁금해했다. 옷 갈아입는 걸 아이들한테 직접 보여 주려다가 분홍색 튀튀가 머리에 걸린 채로 오 분쯤 있었는데, 결국 선생님이 알아차리고 내 허리까지 끌어내려 주셨다.

나는 아이들한테 팔 없이 태어났다는 똑같은 이야기를 반복하는 것에 질린 나머지, 이야기를 꾸며 내기 시작했다. 끝내주게 재미있었다. 처음으로 어떤 여자애한테 내 팔이 화재 때 타서 떨어져 버렸다는 이야기를 하던 순간, 나는 마음에 쏙 드는 취미를 찾아냈다는 걸 깨달았다. 바로 이야기를 만드는 것이었다. 그 여자애가 놀라 눈이 휘둥그레져서는 새까맣게 타 버린 내 팔에 대해 질문을 퍼부으며 흥분해서 목소리가 점점 높아지는 게 무척이나 재미있었다.

그 여자애: 대체 무슨 화재였어?

나: 걷잡을 수 없이 타오른 산불이었어!

그 여자애: 어디에서?

나: 탄자니아에 있는 산이었지(솔직히 나는 탄자니아가 어디 있는지도 모르고 거기에 산이 있는지도 모른다. 만화영화 '스쿠비 두'에서 탄자니아라는 말을 들은 것 같다.).

그 여자애: 몇 살 때?

나: 혼자서는 아무것도 못 하는 아기였어. 우리 엄마가 간신히 구해 주셨지. 불타는 유아용 침대에서 나를 꺼내 불길투성이인 마을에서 도망치셨대. 산을 내려오는 내내 불에 완전히 타 버린 내 팔이 흔적을 여기저기 남겼어. 마을에 있는 병원에 도착했을 때 팔은 이미 베이컨 조각 같았대!"

옆에 서 있던 다른 아이: 바싹 익힌 베이컨, 아님 안 익힌 거?

그런 식으로 여자애를 충격에 빠뜨린 탓에 나중에 우리 부모님이 유치원에 와서 선생님과 그 문제를 의논해야 했다. 부모님은 눈을 찡그리고 입을 꽉 다문 채 고개를 끄덕이며 선생님의 말을 듣고 있었다. 선생님이 얼굴을 찡그리며 안경 너머로 부모님을 쳐다보며 심각하게 말했다.

"음, 에이븐이 다른 아이한테 탄자니아에 있는 산에서 일어난 산불로 팔이 타 버렸다고 말했습니다. 베이컨이 어쩌고 하는 말도 했고요."

나는 부모님이 그렇게 심각한 표정을 지은 걸 본 적이 없었다. 심각해 보이려고 무척 애를 쓰는 것 같았다. 잘못해서 눈이라도 깜빡이면 머리가 펑 하고 터질 것만 같았다. 부모님은 이 일에 대해 나와 이야기를 나눠 보겠다고 심각하게 말하고는 선생님과 심각하게 악수를 한 뒤, 나를 심각한 표정으로 쳐다보며 학교에서 심각하게 걸어 나왔다. 하지만 나는 부모님이 화가 나지 않았다는 걸 알 수 있었다. 집으로 오는 차 안에서 한 사람이 가볍게 코웃음을 치면 다른 사람이 키득거리거나 터져 나오는 웃음을 참으려 몸을 부르르 떨며 조용히 웃는 일이 집에 도착할 때까지 계속해서 반복되었으니까.

나중에 부모님은 나한테 그냥 있는 그대로만 말하라고 했다. 그래야 다른 아이들이 놀라지 않는다고 말이다. 그래서 오랫동안 그렇게 해 왔다. 하지만 5학년 때, 우리 학교에 전학 온 아이가 있었다(유치원 때부터 줄곧 같은 학교에 다녀서 학교 친구들은 모두 내가 태어날 때부터 팔이 없다는 사실을 알고 있었다.). 이 아이랑 점심을 같이 먹는데 아이가 이렇게 물었다.

"우아! 대체 팔이 어떻게 된 거야?"

친구들이 모두 나를 쳐다보았다. 내가 무슨 말을 할 수 있었을

선인장의 기나긴 일생에서 아주 잠깐 스쳐 지나가는,

까? 풍선에 물을 너무 많이 채우면 빵 터져 버리는 것처럼 내 속에서 무엇인가 터져 버렸다. 나는 그 아이에게 이런 미친 소리를 늘어놓았다. 기찻길에 묶여 있는 강아지를 기차가 치고 가기 전에 때맞춰 겨우 구했지만 불쌍하게 납작 짜부라진 내 팔은 구하지 못했다고 말이다.

그 소리를 들은 아이의 얼굴을 봤어야 한다. 돈 주고도 못 볼 광경이었다. 가장 친한 친구인 에밀리가 별안간 웃음을 터뜨리고 옆에 있던 케일라는 마시던 초콜릿 우유를 탁자에 뿜었다. 전학 온 아이는 그제야 농담이라는 걸 깨닫고 같이 웃기 시작했다.

곧 다들 나한테 계속 물어 댔다.

"이봐, 에이븐! 네 팔은 어쩌다 이랬어?"

그때마다 나는 새로운 이야기를 해 줬다. 이야기를 거듭할수록 점점 더 말도 안 되는 이야기로 변했다. 미국 플로리다에 있는 에버글레이즈 국립 공원의 늪지대에서 악어와 격투를 벌이다 그랬다느니, 희한한 롤러코스터 사고였다느니, 스카이다이빙을 하다 잘못되었다느니 하면서 말이다. 나는 최대한 터무니없는 이야기를 만들어 내려고 했다. 그래야 농담이라는 걸 아이들이 알 수 있을 테니까 말이다.

나는 그런 아이들과 어울리며 컸다. 꿰다 놓은 보릿자루 같은 기분은 느껴 본 적이 없었다. 팔이 없다고 해서 아이들이 나를 괴상하게 또는 낯설게 보지 않았다. 말했듯이 늘 같은 학교에 다녔으니까 말이다.

부모님이 나를 전학시키리라고는 꿈에도 상상하지 못했다. 멀고도 먼 애리조나까지 가서, 그것도 이미 새 학기가 시작되고 다른 학교로 전학시키리라고는 전혀 예상하지 못했다.

게다가 옛 서부 시대 놀이공원을 구하고, 사막에서 관객을 앞에 두고 공연도 하고, 미스터리까지 풀게 되리라고는 꿈에도 생각하지 못했다. 그래도 내가 다 할 수 있다는 사실에 다들 놀라 자빠지겠지. 그것도 팔 없이 말이다.

선인장의 기나긴 일생에서 아주 잠깐 스쳐 지나가는,

2

아빠가 애리조나에 있는 놀이공원 관리 책임자 자리에 지원하고 싶다고 한 날, 어쩌면 외계인이 아빠 머릿속에 침투했을지도 모른다는 생각을 했다. 외계인이 아니라 정부일지도 모른다. 우리 증조할머니한테 들었는데, 정부도 끔찍한 짓을 저지를 수 있다고 했다. 증조할머니가 늘 하신 말씀은 이랬다.

"사람들이 정부가 무슨 짓거리를 하고 있는지 알면 폭동을 일으킬 게야!"

그러면서 검버섯이 핀 쭈글쭈글한 주먹을 허공에 마구 흔들어 댔다. 내가 보기에 캔자스의 이동식 주택에 사는 여든일곱 살 노인이 이런 일급비밀에 접근하는 유일한 사람인지는 확실하지 않지만, 증조할머니는 확신하셨다. 그러니 나는 정부가 아빠 머릿속에 세뇌하는 칩 같은 걸 심어 놓고 사막에 있는 바스러져 가는 놀이공원으로 가도록 생각을 조종할 수도 있겠다 싶었다.

부모님은 내가 가장 좋아하는 버터를 잔뜩 뿌린 파스타를 차린 저녁 식사 자리에서 나한테 이 말을 꺼냈다. 아, 진짜. 두 분이 버터 파스타로 나를 기름칠할 의도였다는 걸 금방 깨달았다.

"조 케이바나라는 사람한테서 이메일을 받았어. 그 사람은 '스테이지 코치 패스'의 소유주란다."

아빠가 파스타 그릇 너머로 말했다.

"그게 뭔데요?"

내가 면발을 후루룩거리며 물었다.

"애리조나에 있는 서부 시대를 배경으로 한 놀이공원이야. 그 사람이 내가 구직 사이트에 올려놓은 이력서를 본 모양이야. 아무튼 놀이공원 관리 책임자 자리에 면접을 보러 오라고 했어."

"아마 당신의 미스터 빅 타임 레스토랑 매니저 경력을 눈여겨봤던 게 틀림없어."

엄마가 끼어들었다.

"흠, 레스토랑 매니저 일이 놀이공원 관리 책임자 일과 얼마나 관련이 있는지 모르겠는걸. 그래도 거기 있는 스테이크 레스토랑이 사업에서 큰 비중을 차지하는 것 같아. 그래서 나한테 연락한 것이겠지."

선인장의 가시긴 일생에서 아주 잠깐 스쳐 지나가는,

"그 자리에 면접 보러 갈 거예요?"

내가 물었다.

"재미있어 보여."

아빠가 대답했다.

"애리조나는 정말 너무 멀잖아요."

나는 얼굴을 찌푸렸다.

"거기가 네가 태어난 곳이라는 걸 잊어버린 모양이구나, 여왕님. 네 입양 수속을 하는 동안 거기에서 꽤 오래 있었는데 정말 마음에 들었어. 나중에 은퇴하고 지내도 아주 좋을 것 같다는 생각도 했거든. 겨울이 정말 좋았어. 햇볕이 따스하게 내리쬐었단다. 차디찬 겨울은 이제 질렸어."

아빠 말에 내가 물었다.

"여름은 어떤데요?"

그 말에 엄마가 얼굴을 찡그리며 대답했다.

"태양 표면에 있는 것 같지."

"흥미진진한 모험 같을 거야. 일 년 내내 수영도, 축구도 할 수 있다고."

아빠가 나를 보며 한쪽 눈썹을 찡긋거렸다. 나는 파스타만 노려보았다.

"태양 표면 같은 곳에서 축구를 하고 싶진 않은데요."

"뭔 소리야? 너는 프로잖아. 축구는 어디서든 할 수 있어."

"자꾸 나를 꼬시려 하지 마세요. 아직 그 자리에 지원한 것도 아니잖아요."

"음, 너만 괜찮다면 가고 싶어."

캔자스를, 내 기억 속의 유일한 고향을 떠난다고 생각하니 기분이 최악이었다. 그렇긴 하지만 아빠는 운영하던 레스토랑이 망해서 거의 육 개월 동안 실직 상태였다. 아빠한테는 이 일이 절실했다.

"저는 괜찮아요."

나는 웅얼거리며 대답했지만 울고 싶은 기분이었다.

아빠는 관리 책임자 자리에 지원했다. 이후 엄마와 아빠는 면접 겸 놀이공원도 살펴볼 겸 해서 애리조나로 갔다. 그곳에 머물면서 놀이공원을 둘이 함께 운영해 보라는 요청을 받았다. 둘이서 해야 하는 일인 것 같았다.

그래서 우리는 가구를 거의 팔고 필요하지 않은 잡동사니는 남에게 주고 나머지 남은 짐을 싸서 거대한 짐칸에 실었다. 우리 짐은 캔자스에서 마법처럼 사라진 뒤 일주일 뒤 애리조나에 마법처럼 다시 나타날 것이었다. 우리는 가다가 차가 고장 나지 길 바라면서 낡은 차를 타고 땅을 가로질러 서쪽으로 천오백 킬로미터도 넘게 갔다.

호텔에 들러 쉬지도 않고 꼬박 하루를 계속 가서야 피닉스에 겨우 도착했다. 도착할 때쯤 아빠 눈은 빨간 알사탕처럼 충혈되었고, 엄마 머리는 헤어스프레이 소용돌이 안에서 돌다가 나온 것처럼 사방으로 뻗쳐 있었다.

다음 날 아침 일찍 우리는 갈색 글씨로 커다랗게 '스테이지 코치 패스'라고 쓰인 거대한 포장마차 쪽으로 차를 몰았다. 그때 나는 처음으로 놀이공원을 보았다. 보고 나니 이 일에 정부와 세뇌 칩이 관련되어 있다는 확신이 들었다.

3

우리는 넓은 흙바닥 주차장에 차를 세웠다. 뜨겁고도 밝은 햇볕 때문에 나는 눈을 찡그렸다. 캔자스에서도 해가 이렇게 밝았나? 아닌 것 같았다.

나는 주변을 둘러봤다. 누런 땅을 이렇게 많이 본 적이 없었다. 사방을 둘러봐도 조그만 풀밭 하나 안 보였다. 애리조나에 풀이 있긴 있는 걸까? 아닌 것 같았다.

우리는 다져진 바닥을 걸으며 입구로 걸어 들어갔다. 입구는 닫혀 있지 않았다. 공원이 아직 문을 열지 않았는데도 말이다. 아마 사람들이 몰래 들어올까 봐 크게 걱정할 일이 없어서일 것이다. 도마뱀 한 마리가 앞을 잽싸게 지나가자 나는 깜짝 놀라 뒷걸음질 쳤다.

선인장의 가시긴 일생에서 아주 잠깐 스쳐 지나가는,

흙이 그야말로 끝도 없이 펼쳐져 있었다. 인도나 잔디나 포장된 길 따위는 스테이지 코치 패스에 하나도 없었다. 그저 흙과 오래된 나무 건물들뿐. 그나마도 낡은 나무 계단에 낡은 나무 테라스가 있는 건물인데 금방이라도 무너질 것만 같았다.

"안녕하십니까!"

그런 건물 현관 앞에서 회색 콧수염을 기른 남자가 활기차게 우리한테 인사했다. 카우보이모자를 쓰고 손에는 김이 나는 머그잔을 들고 있었다. 뜨거운 커피? 이 더위에?

"안녕하세요?"

엄마와 아빠가 동시에 외쳤다.

"게리, 다시 만나서 반가워요."

엄마가 말했다. 내가 엄마를 쳐다보자 나한테 작게 속삭였다.

"우리 면접을 본 사람이야. 놀이공원에서 회계 일을 맡고 있지."

게리 아저씨가 계단을 내려오며 말했다.

"이 아이가 에이븐이군요."

"우리 무남독녀죠."

아빠가 나를 한 팔로 꼭 끌어안으며 대답했다.

나는 게리 아저씨한테 예의 바르게 웃어 보였다. 아저씨는 꽤 괜찮아 보였다. 회색 콧수염 끝이 정말 엄청 뾰족하긴 했지만.

"흠, 오래 차를 타느라 분명 다들 피곤할 거예요. 집으로 안내해 드리죠."

게리 아저씨는 이렇게 말하며 커피를 흙바닥에 부었다. 땅에 떨어진 커피는 이 초도 안 되어 바싹 말랐다.

우리는 새로 살 곳으로 터덜터덜 걸어갔다. 스테이크 레스토랑 바로 위층인 듯했다.

"조 케이바나 씨는 언제 뵙게 되나요?"

아빠가 묻자 게리 아저씨가 대답했다.

"아, 사장님을 만난 사람은 아무도 없어요. 여기에서는 거의 없지요."

"이상하네요. 사장님이 자기 사업장에 오지 않는다고요?"

엄마가 말했다.

게리 아저씨가 웃으며 엄마를 향해 모자를 살짝 기울였다.

"그래서 사장님한테 훌륭한 관리인이 필요한 거죠."

엄마와 아빠는 집이 작고 초라하지만 아늑하다고 했다. 아늑하다는 말은 농담이 아니었다. 초라하거나, 작다는 말도.

게리 아저씨와 공원에서 일하는 다른 아저씨 몇몇(모두 카우보이 복장이었다.)이 우리 짐을 차에서 내려 옮겨 줬다. 내 물건들을 대강 정리하고 나자 엄마가 말했다.

"나가서 여기저기 좀 둘러볼래?"

선인장의 가까진 일생에서 아주 잠깐 스쳐 지나가는,

"볼 게 뭐가 있는데요?"

"엄청 있지. 금광, 기념품 가게, 박물관, 음료수 가게 등이 있단다. 음료수 가게에서 아이스크림도 살 수 있어."

엄마가 손목시계를 쳐다보더니 말을 이었다.

"거긴 삼십 분은 더 있어야 문을 열겠네."

나는 밖으로 나가서 주변을 돌아다녔다. 대충 오 분 동안 말이다. 뜨거운 기운이 시시각각 심해지는 바람에 결국 에어컨이 나오는 박물관으로 들어갈 수밖에 없었다.

박물관은 사실 방이라고 부르는 게 더 어울릴 듯했다. 벽에 빼곡히 사진이 걸려 있고, 유리 전시관에 '유물' 몇 점이 담겨 있는 방이랄까. 유물이라고 해 봐야 돌화살촉 모음, 미국 인디언 부족인 나바호 부족의 도예품 조각 몇 점, 1800년대 권총, 신발 뒤축에 달려 있던 박차 한 쌍, 죽은 진짜 타란툴라 같은 거였다. 타란툴라는 이빨이 없어서 먹잇감에 독을 넣어 흐물흐물하게 만든 다음, 그 역겨운 것을 빨아서 위 속으로 집어넣는다는 정보가 적힌 안내판도 옆에 있었다. 참 끝내주네.

나는 벽에 걸린 액자 속 사진들을 훑어보았다. 걸을 때마다 발밑의 낡은 나무판자가 삐걱거렸다. 사진 대부분 흑백 사진이었다. 스테이지 코치 패스가 처음 개장했을 때 찍은 듯했다. 당시에는 상당히 굉장한 곳이었던 듯했다. 사람들도 많이 몰려 왔고 로데오도 하고 가운데 큰길에서는 퍼레이드도 했다. 계속 둘러보다가 벽에 빈 곳을 발견했다. 원래는 사진이 있던 자리인 듯했다. 그 아래에 '케이바나 가족, 스테이지 코치 패스, 2004년'이라고 쓴 설명글만 남아 있었다.

나는 다른 사진도 둘러보며 아래 설명글을 죄다 살펴봤지만 케이바나 가족은 더 보이지 않았다. 게리 아저씨가 했던 '사장님을 만나 본 사람은 아무도 없어요.'라는 말이 떠올랐다. 그 이유가 궁금해졌다.

"여기 있었구나. 한참 찾아다녔네."

아빠가 뒤에서 말했다. 나는 뒤를 돌아봤다.

"시원한 바람 좀 쐬느라고요."

"걱정 마. 곧 시원해질 게다. 그리고 있잖니."

아빠가 이마의 땀을 닦으며 말했다.

"네?"

"로데오 경기장이 문을 닫은 덕분에 우리가 거기에 축구 골대를 세워 놓고 연습할 수 있을 것 같아."

"좋은 소식이네요."

"지금 가서 공 좀 차 볼래?"

"그러기엔 너무 덥지 않나요?"

"절대 아니지. 게다가 아이스크림으로 더위를 식힐 수도 있다고."

"제가 햇볕에 타기라고 하면 어쩌려고요?"

"기념품 가게에 자외선 차단 크림이 있단다."

나는 피식 웃었다.

"아빠 뭐든 다 답을 내놓나 봐요?"

아빠가 팔을 나에게 두르고 기념품 가게로 데려갔다.

"당연하지. 아빠는 뭐든 다 안다는 거 몰랐어?"

아빠가 선반에서 조그만 자외선 차단 크림을 집으며 이렇게 말했다.

내가 코웃음을 치며 말했다.

"아빠가 엄마 앞에서 그 말을 하는 걸 꼭 좀 보고 싶네요."

4

이미 새 학기가 시작되었지만, 부모님은 내가 학교에서 고문을
당하지 않도록 집에서 며칠 더 쉴 수 있게 해 줬다.

데저트 리지 중학교는 스테이지 코치 패스에서 몇 킬로미터밖
에 떨어지지 않은 곳에 있었다. 첫날은 엄마가 차로 태워다 주었
다. 나는 조수석에 앉아 앞만 멍하니 바라보았다. 심장이 마구 쿵
쾅거렸다. 새로 다니게 된 엄청나게 큰 학교의 주차장에 이르자
심장이 가슴을 뚫고 나올 것만 같았다. 캔자스에서 다니던 학교는
전교생이 삼백 명 정도였는데, 데저트 리지 중학교는 그 세 배가
넘었다. 나를 한 번도 본 적 없는 아이들이 천 명씩이나 되다니.

엄마는 우리가 탄 고물 차를 아이들을 내려 주는 보도 옆으로
죽 늘어선 차들 뒤로 몰았다. 대부분 비엠더블유, 볼보, 지프 같

선인장의 가시긴 일생에서 아주 잠깐 스쳐 지나가는,

은 고급 차들로, 왁스칠이 잘 되어 온갖 밝은 색으로 반짝거렸다. 우리 차는 원래 색이 뭐였는지 알 수 없을 정도로 먼지로 뒤덮여 있는 데다 제조사 표시도 없었다. 오래전에 떨어져 나갔으니까. 부모님도 무슨 차인지 기억이나 할지 미심쩍었다. 다른 차와 전혀 어울리지 않는 건 확실했다. 내가 보기에 이건 나쁜 조짐 같았다. 뒤에 서서 기다리니 늘어선 차가 앞으로 이삼 센티미터씩 서서히 나아갔다.

엄마가 나를 쳐다보더니 입술을 들썩거리며 살짝 웃었다.

"엄마가 같이 걸어가 줄까?"

"아뇨."

나는 고개를 저었다. 엄마는 고개를 끄덕이며 검고 긴 머리를 귀 뒤로 넘겼다.

"그래, 그러면 좀 당황스러울 수도 있겠다. 첫 등교 날에 엄마가 데려다주다니 말이야."

"좀 그렇죠."

엄마는 손을 뻗어 내 머리카락을 만지작거리더니 끄트머리를 살짝 잡아당겼다.

"첫 수업 교실이 어디인지 기억하지?"

"네, 당연하죠."

"사물함이 어디 있는지도 알고?"

"모두 음, 머릿속에 들어 있다고요."

내가 이렇게 대꾸하는 동안 차는 아이들을 내려 주는 곳까지 왔다.

"그럼 다행이고. 오늘 아침에 네가 셔츠를 거꾸로 입질 않나, 시리얼을 전자레인지에 넣질 않나 해서 좀 걱정했거든."

"멍청한 짓 좀 해 본 거예요."

나는 가방끈 아래로 머리를 집어넣었다. 솔직히, 이 말은 사실이 아니었다. 나는 불안했다. 엄청나게 불안했다.

"엄마는 네가 얼마나 힘들지 잘 알아."

"난 괜찮아요, 엄마. 진짜예요. 어, 오늘 별일 없을 거예요."

엄마가 몸을 숙여 내 이마에 뽀뽀했다.

"필요한 게 있으면 전화해. 학교 끝날 때 맞춰 데리러 올게."

평소 부모님은 나를 어린애 취급한 적이 없었다. 내게 상처가 나면 호호 불어 주기보다 툭 털어 내고 남자답게 당당하게 이겨 내라고 말하는 쪽이었다. 그리고 내가 사실 남자도 아니라는 걸 신경 쓰지 않는 눈치였다. 하지만 오늘은 좀 특별한 일이었다. 솔직히 엄마가 그만했으면 했다. 그것 때문에 내가 더 스트레스를 받고 있으니까 말이다.

내가 고개를 끄덕하고는 한쪽 발로 차 문을 열고 새로 산 보라색 플랫 슈즈에 다시 발을 집어넣었다. 차에서 내려 가방을 옆으

선인장의 기나긴 일생에서 아주 잠깐 스쳐 지나가는,

로 휙 돌려 메고는 엄마가 안심하도록 살짝 웃어 보인 뒤 엉덩이로 차 문을 밀어 닫았다.

채 다섯 걸음도 떼기 전에 나는 첫 번째 눈길을 느꼈다. 무시하려고 했다. 부모님은 늘 한 번에 작은 목표 하나만 해치우라고 가르쳤다. 발가락 사이에 빗 끼우기, 그 빗을 머리까지 들어 올리기, 빗으로 머리 빗기, 이런 식으로 한 번에 작은 목표 하나만 말이다. 그래서 나는 오늘의 첫 번째 목표인 전자레인지에 넣어 돌린 눅눅한 시리얼을 토하지 않고 무사히 첫 번째 교실을 찾아가는 데 집중했다.

어제 학교에 와서 수업 받을 교실에도 가 보고, 내 수업 담당 선생님 몇 분도 보고, 행정실 직원과 이야기도 좀 나누었다. 당연히 다들 굉장히 친절하고 잘 대해 줬지만 "필요한 게 있으면 주저 말고 얘기하렴, 에이븐."이라고 똑같은 말을 계속 해 대는 바람에 슬슬 짜증이 나기 시작했다. 다들 내가 특별히 도움을 많이 받아야만 하는 것이 당연하다는 듯 굴었다.

나는 과학실로 빠르게 걸어갔다. 다른 아이들의 시선을 피하려고도 그랬지만, 지독히 덥기도 해서였다. 교실에 도착할 때쯤 이미 이마에 땀이 송골송골 맺혀 살짝 흘러내렸다. 곧장 내 자리로 가서 책상에 가방을 툭 내려놓고 가방끈을 머리 위로 휙 돌려 뺐다. 그런 뒤 신발 한쪽을 벗고 발로 가방을 연 뒤 과학책을 꺼냈다.

애리조나에서 살면 좋은 점 한 가지는 (내가 가장 좋아하는 신발인) 플랫 슈즈를 일 년 내내 신을 수 있다는 것이다. 겨울에는 따뜻한 부츠를 신어야 하는 캔자스에서는 어림없는 일이었다. 부츠를 신으면 내 행동은 더 굼뜰 수밖에 없었다. 플랫 슈즈에서 발을 쑥 뺐다 다시 신는 편이 훨씬 더 쉬웠다. 갈색, 검은색, 무지개 줄무늬, 꽃무늬 플랫 슈즈가 있었는데 이제 보라색도 생겼다. 슬리퍼가 신고 벗기에는 훨씬 더 편하지만, 흙먼지 문제가 있었다. 특히 이곳 사막 지대에서는 발이 금방 흙투성이가 될 게 뻔했다.

흘깃 보니 과학 선생님인 하트 선생님이 나를 유심히 쳐다보고 있었다. 내가 슬쩍 웃으니 선생님도 미소 지었다. 어젯밤에 선생님을 먼저 만났는데, 당연히 선생님은 도움이 필요하면 말해 달라고 했다. 내가 발로 책가방에서 공책과 연필을 꺼내는 모습을 봤으니 나에게 특별히 도움이 필요하지 않다는 점을 선생님이 이제라도 알아줬으면 했다.

자리에 앉아 내 옆에 앉은 여자애를 보았다. 놀라 눈이 휘둥그레져 있는 것이 확실했다.

"너, 너 전학 온 거니?"

"응, 오늘 왔어."

새 학기가 시작된 지 한 달도 더 지나서 전학 온 게 참 수상쩍

선언장의 가냐긴 일생에서 아주 잠깐 스쳐 지나가는,

어 보였을 거다.

여자애가 팔이 없는 내 몸 쪽으로 눈길을 주지 않으려고 애를 쓰고 있다는 걸 알 수 있었다. 사람들은 늘 그런 짓을 한다. 내 몸통을 잠깐이라도 쳐다보면 돌로 변하기라도 하는 것처럼 말이다. 정말이지 내 몸통이 메두사 머리라도 된 듯싶었다.

여자애는 예쁘장했다. 길고 검은 머리에 어깨끈이 달린 빨간색 원피스를 입고 팔다리도 다 달려 있었다. 나도 그런 가느다란 어깨끈이 달린 원피스를 늘 입어 보고 싶었지만 그러면 남들의 시선을 너무나도 의식하게 될 것만 같았다. 어깨끈 원피스는 어깨 아래로 나온 늘씬한 팔 없이는 예뻐 보이지 않을 테니까.

"어어, 환영해."

여자애는 황급히 책을 꺼내 읽기 시작했다. 분명 나와 길게 이야기하는 걸 피하려고 그러는 것이겠지. 나도 교과서를 보다가 다시 여자애를 쳐다보며 물었다.

"몇 쪽 할 차례니?"

"23쪽이야. 저기, 내가 도와줄…."

그 여자애는 내 책을 펼쳐 주려고 했다.

"아니야, 괜찮아."

여자애가 멈칫하더니 팔을 거뒀다. 나는 발을 들어 능숙하게 교과서를 펼치고 발가락으로 23쪽을 펼쳤다.

"봤지? 나 혼자 할 수 있어."

그 여자애는 어색하게 웃었다.

"그런 건 어떻게 익혔니?"

"너한테 발밖에 없을 때 발로 뭘 할 수 있는지 알면 놀라 자빠질걸."

내가 어깨를 으쓱하며 대답했다. 그 여자애는 다시 한번 어색하게 웃어 보이더니 교과서를 읽기 시작했다. 자기소개를 하지 않아서 나도 안 했다. 사람들은 자기 이름을 알려 주지 않거나 내 이름을 물어보지 않는 경향이 있는 게 아닌가 궁금했다. 혹시나 이렇게 다른 존재와 너무 친해지지 않을까 하는 두려움 때문에 말이다.

점심시간이 되자 나는 바깥으로 나와 의자에서 점심을 먹기로 마음먹었다. 학교 식당에서 혼자 자리 잡고 발을 써서 먹는 모습을 모두가 지켜보는 게 싫었다. 차라리 무대 위에서 스포트라이트를 받는 편이 낫지. 내가 가방에서 도시락을 꺼내는데, 주변에서 뚫어져라 쳐다보는 아이들이 있다는 걸 알게 되었다. 다들 뭐 하는지 알았다. 내가 먹기를 기다리는 것이겠지. 누구나 늘 호기심이 많은 법이다.

캔자스에 있을 때는 에밀리, 케일라, 브리트니와 같은 테이블에 앉아 역사 시간에 톰프슨 선생님의 부숭부숭한 코털 밖으로

선인장의 가시는 일생에서 아주 잠깐 스쳐 지나가는,

삐져나온 코딱지 이야기를 하며 같이 깔깔거렸다. 케일라가 프
레첼 비스킷을 휙 던지면 내가 입으로 받아먹기도 했다. 에밀리
는 부모님이 아직도 화장을 못 하게 한다며 툴툴거리기도 했다.
내가 발로 먹는 일 따위는 아무도 신경 쓰지 않았다.

배가 짜르르 아파 왔다. 나는 도시락을 다시 책가방에 쑤셔 넣
고 화장실로 향했다. 다행히 물과 물비누가 자동으로 나왔다. 초
조해하는 바람에 발 씻는 걸 깜빡하고 있었다. 먹기 전에 꼭 하
는 일이었는데 말이다(팔이 없다고 엄청나게 더럽다거나 치토스에
발가락 때를 묻히는 건 아니다.). 발을 씻고 말리고 나니 아픈 배는
나아졌지만, 배가 안 고팠다. 나는 밖으로 나가 나무 아래 한적한
풀 위에 앉아 과학 교과서를 펴 놓고 읽었다.

5

많은 사람이 놀이공원에서 사는 건 끝내주는 일이라고 여길 거다. 그 놀이공원이 디즈니랜드라면 그런 생각이 확실히 맞겠지만. 디즈니랜드에 가 본 적은 없지만 내 생각에 스테이지 코치 패스에서 사는 건 디즈니랜드에서 사는 거하고 완전히 다를 듯하다. 디즈니 판자촌에 사는 편에 더 가깝다고나 할까.

우리 가족은 스테이지 코치 패스 술집 겸 스테이크 레스토랑 위층에 있는 작은 집으로 이사 왔다. 놀이공원 운영이 스물네 시간 내내 하는 일이라서 그런가 보다. 낡디낡은 화장실이 언제 터질지 누가 알겠는가. 화장실이 터지더라도 사람이 앉아 있지 않을 때 그랬으면 좋겠다. 아니면 아이가 날뛰는 토끼한테 물리는 일이 생길 수도 있으니까. 집이 스테이크 레스토랑 바로 위에 있

선인장의 가냘긴 일생에서 아주 잠깐 스쳐 지나가는,

어서 밤에 자려고 할 때마다 술집에서 시끄러운 자동 피아노 소리가 들렸다.

스테이크 레스토랑의 주요 메뉴는 스테이크와 버거밖에 고를 게 없었다. 둘 다 콩 통조림, 옥수수 빵, 코울슬로와 같이 나왔다. 모험심이 강한 사람들을 위해서는 튀긴 방울뱀이나 황소 불알이 애피타이저로 준비되어 있었다. 나는 여기 온 첫날, 방울뱀 튀김을 먹어 봤지만 별다른 느낌을 못 받았다. 다른 튀김과 아주 비슷한 맛이었다. 하지만 황소 불알은 먹을 엄두도 내지 못했다. 나는 은밀한 부위는 먹지 않는다는 규칙을 오랫동안 지켜 왔다. 여태까지는 잘 지켰다.

넓디넓은 흙바닥 주차장에 차를 대고 스테이지 코치 패스에 들어왔을 때 처음으로 보이는 나무 건물이 술집 겸 스테이크 레스토랑이다. 가장 바쁜 날에도 안에는 4분의 1 정도만 들어찼다. 스테이크 레스토랑 옆에는 사격장이 있는데, 가짜 총이 어찌나 조준이 안 되는지 플라스틱 선인장 옆에 붙어 있는 작은 과녁이나, 이글이글 타오르는 눈을 하고 있는 카우보이 등신대, 듬성듬성 털이 난 보브캣 인형을 맞출 수 있는 사람은 아무도 없을 것이다. 사격장 건너편에는 작은 박물관과 기념품 가게가 있는데 컵받침이나 선인장이 그려진 작은 유리잔, 안에 전갈이 들어 있는 막대사탕(사람들이 퍽이나 잘도 먹겠다.), 그랜드 캐니언 엽서 같은 걸 팔았다. 그 엽서를 산 사람은 스테이지 코치 패스가 아니라 그랜드 캐니언에 다녀온 척할 수 있겠지. 그런 사람을 탓하고 싶지는 않다.

넓찍한 흙길 이름이 거창하게도 메인 스트리트다. 그 흙길은 스테이지 코치 패스를 가로지른다. 길을 따라 사격장 모퉁이를 돌면 온종일 오래된 흑백 서부 영화를 틀어 주는 극장이 있다. 안에는 늘 한 사람쯤 앉아 있는 듯했다. 아마 에어컨 바람을 쐬며 땀을 식히려는 거겠지.

영화관 옆에는 음료수 가게가 있는데 주로 알록달록한 옛날 사탕과 아이스크림을 팔았다. 스테이지 코치 패스가 문을 열 때부터 일했다는 머리가 하얀 헨리 할아버지가 운영하는데, 사람들 주문을 제대로 받은 적이 한 번도 없었다. 딸기 싱글 콘으로 달라고 하면 초콜릿 트리플 콘으로 주는 식이었다. 족히 백 살은 먹은 것 같은 데다 완전히 노망난 것처럼 보였는데, 무슨 까닭인지는 몰라도 내 이름은 늘 기억했다. 아마 나를 한번 보면 잊어버리기 쉽지 않을 테니까 그런가 보다. 내 머리가 빨간색이니까 말이다.

흙길을 따라 계속 가다 보면 감옥이 보인다. 십 달러만 내면 코딱지를 먹었다든가 입 냄새가 심하다든가 하는 이유로 사람을 가둘 수 있다. 나는 이미 상습적으로 방귀를 뀌는 아빠를 가둬

선인장의 가시긴 일생에서 아주 잠깐 스쳐 지나가는,

봤다. 돈도 안 내고서 말이다. 우리 부모님이 여기를 운영하니까 가능했다(여기 중요 인물이란 말이지.). 나는 질투쟁이 겁쟁이라는 이유로 엄마를 감옥에 넣을 작정이다.

음료수 가게 건너편에는 '동물을 만질 수 있는 동물원'이 있다. 거기에는 염소 세 마리, 양 두 마리, 토끼 네 마리, 닭 두 마리, 그리고 스파게티가 있다. 스파게티는 엄청나게 늙은 변종 라마로, 머리에 거대한 혹이 자라고 있었다. 이 동물원을 담당하는 데니스가 우리 부모님한테 스파게티는 나이가 너무 많아 수술하다가 잘못될 수 있어서 혹을 떼어 낼 수가 없다고 했다. 불쌍한 스파게티. 꼬맹이들은 스파게티를 무서워해서 다른 동물을 만져 보고 싶어 한다. 하지만 스파게티와 나 사이에는 뭔가 특별한 연결 고리가 있다.

스테이지 코치 패스 뒤쪽으로는 금광이 있다. 밥이라는 괴팍한 할아버지가 담당하는데, 밥 할아버지는 아이들을 싫어하는 것이 분명했다. 아이들이 금이 진짜냐고 물으면 원래는 "진짜 스테이지 코치 패스 금이재!" 하고 오그라드는 시골 사투리로 말해야 했다. 하지만 밥 할아버지는 쌀쌀맞은 도시인처럼 비꼬며 "진짜 금색 스프레이로 칠한 돌이야, 천재 양반."이라거나, "그게 진짜면 너희들이 파내도록 내가 가만히 내버려 둘 것 같냐?"라거나 아니면 그냥 "시끄러워." 하고 대꾸하기 일쑤였다.

놀이공원 점술가인 머틀 아줌마한테 손금 읽기를 해 볼 수도 있었다. 하지만 머틀 아줌마는 내 손금으로 미래를 점치는 일을 무척 힘들어했다. 내가 발바닥 금을 봐 주면 어떠냐고 물었지만 아줌마가 해 준 말은 발바닥에 굳은살이 많다는 것과 반짝반짝 빛나는 파란색 페디큐어가 마음에 든다는 소리뿐이었다.

아이들은 천 년 묵은 듯한 늙다리 당나귀 빌리와 서커스 퇴물 낙타 프레드 중에서 한 마리를 골라 흙길에서 타 볼 수 있었다. 스테이지 코치 패스 뒤편에 있는 사 만 제곱미터 정도 되는 사막으로 구불구불 이어지는 흙길에서 말이다.

메인 스트리트 나머지 부분에는 곳곳에 빈 건물이나 옛날 분위기를 풍기는 초상화를 찍는 사진관 장비, 오 달러를 내면 탈 수 있는 로데오 황소 기계 같은 게 있었다. 로데오 황소 기계는 그대로 망가진 채 방치되어 있었는데, 어쩐지 쓸쓸해 보였다. 한번은 스테이지 코치 패스 안을 쭉 걸어 다니며 비어 있는 건물을 다 세어 보았다. 모두 열일곱 개였다. 지금 사용하는 건물보다 수가 더 많았다.

60년 전 스테이지 코치 패스가 문을 열 당시에는 관람객을 꽤 끌었을 것이다. 사막 한가운데 자리 잡고 있었으니까. 하지만 도시가 점점 커져 근처까지 온 데다 스테이지 코치 패스 뒤편에 자리한 사막 일부와 주변을 둘러싼 가는 끈 같은 사막을 제외하면 완전히 집과 건물로 둘러싸여 있었다. 대도시 한가운데 혼자 튀는 작은 타임캡슐 같은 꼴이었다.

학교에 다녀온 첫날, 나는 음료수 가게로 갔다. 가는 내내 플랫 슈즈에 뽀얗게 내려앉은 흙먼지를 털어 원래의 밝은 색을 되찾을 수 있을까 해서 발을 쾅쾅 굴렀다.

"여기에 행진하며 연주하는 악단이라도 있는 게냐?"

헨리 할아버지가 물었다. 나는 얼굴을 찌푸리며 대답했다.

"아뇨. 신발이 흙먼지투성이예요."

"사막이니까. 우리 에이븐, 뭘 줄까?"

"민트칩 아이스크림 싱글 컵으로 하나만 주세요."

나는 기다리면서 음료수 가게 한쪽 벽에 죽 걸려 있는 타란툴라 그림을 쳐다보았다.

"이렇게 쭉 걸어 놓은 걸 보니 누군가가 타란툴라를 정말 좋아한 모양이네요."

아이스크림을 뜨는 헨리 할아버지한테 이렇게 말하자, 할아버지는 웃음을 터뜨렸다.

"당연하지! 에이븐, 네가 좋아하잖냐."

"저는 타란툴라에 대해서 아는 게 하나도 없다고요."

헨리 할아버지는 내가 바보짓이라도 한 것처럼 손을 휘휘 저으며 킥킥거렸다.

"진짜예요. 전에는 한 번도 타란툴라를 본 적이 없는걸요."

할아버지는 그냥 빙긋 웃더니 고개를 절레절레 저었다.

"날 속일 생각은 마라, 에이븐."

할아버지는 아이스크림을 건넸다. 바닐라 아이스크림 더블 컵이었다. 아, 이런.

나는 조심스럽게 아이스크림 컵을 턱과 어깨 사이에 끼워 넣었다. 음료수 가게 밖으로 나가 앞에 있는 흔들의자에 앉아서 좋아하지도 않는 바닐라 아이스크림을 먹었다.

나는 집에 가면 엄마가 차 안에서부터 시작한 오늘 하루가 어땠는지에 대한 집요한 질문 공세에 시달릴 일이 두려웠다. 말할 만한 것이 사실 아무것도 없었다.

아이스크림을 몇 입 먹고 쓰레기통에 버렸다. 놀이공원 대부분을 이미 다 돌아다녀 본 터라 음료수 가게 뒤쪽 길로 가면서 건물 뒤에 뭐가 있는지 보기로 했다.

스테이지 코치 패스를 둘러싸고 있는 좁은 사막 여기저기로 흙먼지 쌓인 좁은 길이 구불구불하게 나 있는 걸 발견했다. 그 길을 따라가다가 작은 건물 앞까지 가게 되었다. 사실 제대로 된 건물이라기보다는 창고에 더 가까웠다. 놀이공원 가장자리에 있어서 사슬을 엮어 만든 울타리가 보였다. 울타리 너머로 엄마와 가 본 대형 슈퍼마켓 뒤쪽이 보였다.

창고 주변을 돌아보다가 창고 바깥에 못으로 박은 '출입금지' 표지판 일곱 개를 보았다. 낡은 나무 문은 맹꽁이자물쇠로 잠겨 있었다. 아주 오래전에 잠긴 것이 틀림없었다. 한쪽 문 금속 손잡이가 완전히 썩어서 나무가 떨어져 나간 바람에 자물쇠는 다른 쪽 손잡이에 걸려 있었다.

나는 옆구리로 손잡이를 밀어 보았지만, 문이 단단히 버티고 꿈쩍도 하지 않았다. 문을 열려면 손잡이를 잡아당길 누군가의 손이 필요했다. 나는 창문으로 안을 들여다보았다. 뿌연 먼지 사이로 오래된 소품같이 보이는 것과 상자들이 쌓여 있는 것이 어렴풋이 보였다. 쓸모없는 잡동사니만 가득 차 있는 이 건물에 대체 왜 '출입금지'라는 표지판을 일곱 개나 붙이고 문도 자물쇠로 잠가 놓았을까?

나는 저 안으로 들어가야만 했다.

6

"어째서 점심이 그대로니?"

엄마가 내 책가방을 뒤적거리다가 물었다. 살인 사건 재판의 증거라도 되는 양 도시락을 들고는 눈을 가늘게 뜨고 나를 쳐다보았다.

"하나도 안 먹은 거야?"

"아니에요. 오다가 음료수 가게에서 아이스크림 먹었어요."

나는 턱과 어깨로 냉장고 문을 열었다. 아빠가 특별히 고안하여 달아놓은 끈을 잡아당겨 발로 냉장실 서랍을 열고서 당근이 들어 있는 작은 꾸러미를 들었다.

등 뒤로 엄마의 따가운 시선이 느껴졌다.

"에이븐, 언젠가는 다른 아이들 앞에서 먹어야 하는 날이 올

선언장의 가냐긴 일생에서 아주 잠깐 스쳐 지나가는,

거야."

"알아요. 오늘은 그냥 배가 안 고팠어요."

"오늘은 좀 당황스러웠지?"

엄마 목소리에 슬픔이 깃든 것이 느껴졌다.

"첫날이잖아요, 엄마. 좀 긴장해서 먹고 싶지 않았어요."

"그래, 그뿐이었으면 좋겠구나. 너한텐 당황스러워할 이유가
하나도 없으니까."

"알아요."

나는 냉장고 문을 닫고 돌아섰다.

"괴상한 얘기 들어 보실래요?"

"언제든."

"음료수 가게 헨리 할아버지가 자꾸 내가 타란툴라를 엄청 좋
아한다고 그래요."

"흠, 그러니?"

나는 소리 내서 웃었다.

"정말 모르겠어요. 할아버지는 왜 나한테 그런 소리를 하는 걸
까요?"

"얘야, 헨리 할아버지는 치매를 앓고 있어. 명확하게 생각하지
못하는 거지. 그 말을 할 때 할아버지 머릿속에 무슨 생각이 들
어 있는지 누가 알겠니?"

"아마 나를 타란툴라를 좋아하는 다른 사람으로 착각했나 봐요. 게다가 오늘은 바닐라 아이스크림을 줬다고요, 우엑."

엄마가 한숨을 쉬었다.

"알아. 하지만 아빠와 엄마는 헨리 할아버지를 다른 사람으로 바꿀 생각이 없단다. 할아버지는 60년 동안 여기에서 일했는걸. 어떻게 그만두게 할 수 있겠니?"

"안 돼요, 그러면 정말 끔찍할 거예요. 바닐라 맛을 좋아하는 법을 배우면 돼요."

엄마가 나한테 웃어 보였다.

"참, 깜빡할 뻔했네. 깜짝 선물이 있어."

나는 턱과 어깨 사이에 미니 당근 주머니를 끼고서 엄마를 따라 짧은 복도를 지나 내 방으로 갔다. 이 집에는 작은 방 두 개, 화장실 하나, 거실, 부엌만 있을 뿐이었다. 캔자스에 있던 우리 집보다 훨씬 작았다.

"짜잔!"

내 작은 방으로 들어가며 엄마가 말했다.

"우아."

나는 엄마가 책상에 설치해 둔 새 컴퓨터 앞에 앉았다.

"아빠와 내가 생각해 보니 네가 새 컴퓨터를 써도 될 것 같았어. 키보드는 유치원생용으로 특별히 나온 커다란 자판을 찾았

선인장의 가시인 일생에서 아주 잠깐 스쳐 지나가는,

단다. 우리 키보드보다 쓰기 편할 것 같아서."

나는 플랫 슈즈를 벗고 발가락으로 키보드를 눌러 보았다.

"네, 이게 훨씬 좋은 것 같아요. 고마워요, 엄마."

나는 발가락으로 컴퓨터 전원을 누르고 부팅이 끝나기를 기다
렸다.

"한 가지 더 있지."

엄마가 인터넷 주소를 불러 주었다.

"네 블로그 주소란다!"

"끝내줘요."

"아빠가 너를 위해 만들었어. 네가 에밀리나 브리트니 블로그
에 들어가서 보는 걸 좋아하는 거 알고 있어. 그래서 너도 하나
있어야겠구나 싶었지. 그 아이들이 네가 여기에서 겪는 일을 모
두 알 수 있게 하는 좋은 방법일 것도 같고."

"블로그에 뭘 쓸까요?"

"에밀리나 브리트니는 블로그에 뭘 쓰는데?"

"브리트니는 블로그에 판타지 소설에 대해 주로 올리고요, 에
밀리는 레스토랑 비평가가 되려는 것 같아요."

엄마가 빙긋 웃었다.

"축구에 대한 걸 올리면 어떨까? 그러니까 생각났는데 말이야,
입단 테스트가 언제인지 알아봤니?"

"안됐지만 다음 봄까지 기다려야 해요. 가을에도 축구를 했으면 했는데 말이죠."

"저런. 그러면 뭐, 그전까지는 아빠랑 연습해야겠구나."

아빠는 로데오 경기장에 이미 골대까지 세워 놓았다. 햇볕에 바싹 익지 않게 아침 일찍 아빠와 같이 가 봤다. 공을 차니 먼지가 뿌옇게 일었지만 좀 재미있었다.

"그렇죠. 네, 그럴게요."

아빠는 내가 초등학교 2학년이 되자 축구부에 등록시켰다. 그전에 '아빠'와 할 수 있는 활동을 몇 개 해 보았지만, 모조리 실패로 끝났다. 혹은 더 나쁘게 재난 수준으로 끝나기도 했다. 문득 아빠가 나한테 낚시를 가르쳐 주려 했던 때가 떠올랐다. 낚싯바늘이 물고기 입 대신 내 발가락이나 귀 같은 데 걸려 있곤 했다. 그다음에는 나를 캠핑에 데리고 다니던 일이 생각났다. 모든 게 다 마음에 안 들었다. 샤워기도 없고, 포근한 침대도 없고, 고약한 냄새나 풍기는 모닥불에, 텔레비전도 못 보다니 말이다. 아마 내가 팔이 없어서 겪어야 하는 것 때문에 마음에 들지 않는 거라고 생각할 수도 있다. 말도 안 되는 소리. 다 마음에 안 든 건 순전히 내가 캠핑을 싫어했기 때문이었다.

아빠가 나한테 운동을 가르쳐야만 한다고, 아니면 옛날 서부 시대를 다룬 드라마 '론 레인저'의 지난 편을 보거나 같이 칠리

선인장의 가시인 일생에서 아주 잠깐 스쳐 지나가는,

스튜 먹는 일만 빼고는 같이하면서 유대감을 다질 수 있는 일이 하나도 없어 죽을 것만 같다고 했을 때, 축구는 누가 봐도 뻔한 선택이었다. 나는 줄곧 학교에서 각종 운동부에 들어가려고 테스트 보는 악몽을 꾸었다. 그런 꿈에서는 대개 사람들이 나한테 각양각색의 공을 던진다. 럭비공, 야구공, 농구공 뭐든 말이다. 그러면 학교에 있는 모든 사람들이 지켜보는 가운데 내 머리나 얼굴에 공이 맞았다. 결코 보기 좋은 모양새는 아니었다. 그나마 축구는 내가 어찌해 볼 수 있는 운동이었다.

엄마가 크게 한숨을 쉬었다.

"이제 짜증 나는 금광에 가서 밥 할아버지와 얘기 좀 해 봐야겠어."

엄마는 할아버지 이름을 말하며 살짝 비웃는 듯했다.

"있잖아, 밥 할아버지가 오늘 다섯 살짜리 아이 손을 금 프라이팬으로 진짜 후려쳤단다. 금 대신 석영을 계속 끄집어냈다고 말이야. 아빠는 그 가족 모두한테 아이스크림을 공짜로 주고 티셔츠까지 줘야 했어."

엄마는 몹시 화가 나서 손을 휘저었다.

"정말 끔찍해요. 밥 할아버지는 아무 때고 그 프라이팬으로 다른 꼬마의 머리를 칠 날이 올 거라고요. 그러면 엄마는 그 가족한테 아이스크림과 티셔츠 말고 더한 걸 줘야겠지요."

엄마 놀라서 눈이 커다래졌다. 마치 내가 머틀 아줌마처럼 진짜 미래를 점친 것처럼 말이다. 나는 엄마가 밥 할아버지 일로 잔뜩 흥분해서는 할아버지가 일을 제대로 하지 못하면 끼어들 수밖에 없다는 말을 중얼거리며 서둘러 방에서 나가는 모습을 보며 키득거렸다. 나는 엄마가 아빠와 같이 놀이공원을 운영하는 것이 좋았다. 엄마는 그 일을 즐기는 듯했고, 내가 학교에 간 동안 엄마도 할 일이 있으니까 말이다.

나는 몸을 돌려 컴퓨터 화면을 쳐다보았다. 블로그에 첫 번째 글을 썼다.

학교는 구리고 바깥은 식기세척기 스팀 코스보다 더 뜨겁지만 스팀이 나오지는 않아요. 그래도 팔이 뜨겁지는 않죠. 저한테는 팔이 없으니까요.

나는 이 글을 올리고는 만족스럽게 화면을 쳐다보며 고개를 끄덕거렸다. 그러고 나서 침대에 앉아 당근을 아작아작 씹으며 숙제를 했다. 선생님이 다들 엄청나게 잘해 주었지만 나만 특별 대우 받는 건 원치 않았다. 선생님들이 다 그러고 싶어 한다는 걸 알 수 있었지만. 최악은 제프리스 미술 선생님이었다. 제프리스 선생님은 아이들한테 내가 물감통을 열고 그림 그릴 준비하는

선인장의 가냔긴 일생에서 아주 잠깐 스쳐 지나가는,

걸 도울 짝꿍이 있는지 물어보았다. 선생님이 머리에 물감통을 올려놓고 떨어뜨리지 않고서 탭댄스를 추라고 한 것보다 더 당혹스러웠다. 나는 선생님한테 도움은 필요하지 않으며 물감통은 나 혼자 열고 그림 그릴 준비를 할 수 있다고 말했다.

쳐다보지 않는 척하면서 반 아이들은 모두 줄곧 나를 유심히 지켜보고 있었다. 내가 물감을 가져다가 작업대에 늘어놓는 동안 말이다. 이런 일을 하는 데에는 보통 사람보다 최소 시간이 두 배 이상 걸린다. 그렇지만 반에서 물감통을 열고 그림 그릴 준비가 된 사람은 나 혼자뿐인 것 같았다. 다른 아이들은 나를 지켜보느라 정신이 없었던 듯하다. 그런 일로 신경 쓰지 않으려 애썼다. 종일토록 스스로를 다독거렸다. 호기심은 누구나 다 있는 법이라고, 그런 일로 짜증을 내서는 안 된다고 말이다.

고향에 있는 친구들이 그리웠다. 캔자스에서는 누구도 나를 별나게 취급하지 않았다. 바깥에 나올 때야 으레 쳐다보는 시선에 익숙해져야 했지만, 학교에서는 그런 일이 전혀 없었다. 특히 에밀리가 보고 싶었다. 침대에 같이 앉아 숙제도 하고, 에밀리가 좋아하는 요상한 팝송을 들으며, 별거 아닌 일에도 깔깔거리고 싶었다. 하지만 지금 나는 혼자였다.

나는 한숨을 쉬고는 발가락 사이에 연필을 재빨리 끼우고서 수학 문제를 공책에 풀었다. 나는 수학이 아주 좋다. 어쨌거나 문제를 푸는 일 아닌가. 어렸을 때부터 부모님은 나를 궁극의 문제 해결사로 훈련시켰다. 문제 해결 전문가라고나 할까. 아홉 살 때 수영복을 입는 데 한 시간이 걸려도 부모님은 대신 입혀 주지 않았다. 이후로 나는 수영복을 입느라 쩔쩔매 본 적이 없었다. 부모님은 단단히 마음먹고서 내가 혼자서도 잘하고 문제가 생기면 쓱쓱 헤쳐 나가는 데 도가 트게 키우셨다. 나를 괴물로 보는 아이들투성이인 곳에서 나는 친구 사귀기라는 문제도 해결할 수 있었으면 하는 마음뿐이었다.

7

나는 다음 날 점심시간에 다시 화장실에 가서 발을 씻었다. 하지만 이번에는 다 씻고 났는데도 화장실 밖으로 발이 떨어지지 않았다. 내가 먹는 동안 다른 아이들이 지켜보고 있을 걸 생각하니 전날처럼 배가 쥐어짜듯 아파 왔다.

나는 장애인용 화장실 칸에 들어가 문을 잠그고 바닥에 앉았다. 그러고는 점심 도시락을 꺼내 맨발이 바닥에 닿거나 땅콩버터와 잼을 바른 샌드위치가 바닥에 떨어지지 않게 조심하면서 먹었다. 그런 일이 벌어지면 그날 점심 식사는 끝날 테니까.

학교에서는 늘 땅콩버터와 잼을 바른 샌드위치를 먹는다. 땅콩버터와 잼을 바른 샌드위치는 빵끼리 서로 찰싹 잘 붙어 있다. 상추, 토마토, 치즈가 들어간 칠면조 샌드위치는 내게 엄청난 재난을 불러올 게 뻔했다. 칠면조 샌드위치를 손으로 먹으면서도 안의 내용물을 여기저기 떨어뜨리지 않고 먹는 사람을 본 적이 없었다. 내가 칠면조 샌드위치를 화장실에서 먹다가 발가락으로 간신히 마요네즈 묻은 빵 한 조각만 쥐고 있고, 나머지는 죄다 바닥에 떨어뜨려 온통 지저분하게 된 사태를 상상해 봤다. 그런 생각을 하니 키득키득 웃음이 나왔다.

내가 당근을 씹고 있는데 화장실에 여자애 둘이 들어오는 소리가 들렸다. 둘은 그들 중 하나를 쳐다보던 귀여운 남자애 이야기를 하고 있었다. 나는 눈을 말똥거리며 부디 당근 씹는 소리가 저 아이들한테는 나한테 들리는 것처럼 크게 들리지 않기만을 바랐다. 수도 없이 많은 남자애가 나를 쳐다보았다. 쳇, 남자애들은 항상 나를 쳐다보고 있었다. 하지만 밖에 있는 여자애를 쳐다본 남자애가 본 것과는 다르겠지.

화장실이 조용해진 걸 보니 드디어 아이들이 나간 것이 분명했다. 나는 주변을 정리하고서 교실로 향했다.

미술 시간은 전날보다 조금 나았다. 제프리스 선생님은 어제 일로 느낀 바가 있는지 아이들에게 나를 도와주라는 소리는 하지 않았다.

다음 날이 되자, 나는 점심 먹으러 또 화장실 칸 안으로 들어갈 수가 없었다. 정말이지 역겨운 일일 뿐만 아니라 우울해지는

선인장의 가냐긴 일생에서 아주 잠깐 스쳐 지나가는,

일이기도 했다. 그래서 겁쟁이 짓은 그만하자고 웅얼거리며 쥐어짜듯 아파 오는 배도 무시했다. 첫날 앉아서 책을 보던 한적한 곳에 앉아서 점심을 꺼내 먹었다. 아무도 나를 알아차리지 못하기만을 바랐다. 몇몇은 지나가며 나를 힐끔거렸지만 나는 그런 아이들한테 신경 쓰지 않으려고 애쓰며 쿵쾅거리는 가슴도 무시하려 했다.

여자애 셋이 내 쪽으로 걸어왔다. 찢어 먹는 스트링치즈를 두 발가락 사이에 잘 끼워 잡고서 한 입 먹던 차였다. 나는 스트링치즈를 냅킨에 내려놓았다. 그 아이들이 내가 그런 식으로 먹는 걸 보여 주고 싶지 않았다. 불안하지만 그 여자애들한테 살짝 웃어 보였다.

"어, 안녕?"

여자애 중 한 명이 인사했다. 그 아이는 귀여운 꽃무늬 민소매 티셔츠를 입고 있었다. 가느다란 어깨끈이 달린 민소매 티셔츠였다. 그걸 보니 또다시 나는 그런 옷을 입지 못한다는 생각에 가슴이 찌르르 했다.

"안녕? 반가워."

나는 얼굴에 음식이 붙어 있지 않기만 간절히 바랐다. 발이나 어깨로 입을 닦고 싶지는 않았으니까.

"나도 반가워."

다른 여자애가 대답했다. 깜찍한 초록색 민소매 티셔츠에 청반바지 차림인 그 아이도 굉장히 맵시 있어 보였다.

나는 여자애들이 호기심에서 이리로 온 것이 아닐지도 모른다는 희망에 부풀었다. 다들 호기심에 이끌린다고 지레짐작한 나 자신을 속으로 나무랐다. 어쩌면 이 아이들은 같이 앉자고 말하러 온 걸 수도 있었다. 그러면 나는 혼자 점심 먹지 않아도 되겠지.

"저기, 괜찮다면 말이야, 대체 팔이 왜 그런지 말해 줄 수 있어?"

꽃무늬 민소매 티셔츠를 입은 아이가 물었다.

그래, 호기심이구나. 나는 속으로 한숨을 쉬었다. 이 아이들한테 내 팔이 단두대에서 뎅강 잘려 나갔다든가 하는 이야기를 꾸며서 말할 기운이 없었다. 게다가 이 아이들은 아주 불안해 보였다. 내가 그런 식으로 말하면 다들 겁에 질려 버리겠지.

그래서 나는 무덤덤하게 대꾸했다.

"아주 희귀한 유전 질환 때문에 팔이 기형이 됐어."

다들 화들짝 놀란 기색이었다. 초록 민소매 티셔츠를 입은 아이가 물었다.

"그거 옮는 거니?"

나는 그 아이 얼굴을 쳐다보며 진지하게 물어보는 것인지 살폈다. 팔 없는 병을 다른 사람한테 옮기는 일을 상상해 보았다. 내

선인장의 가냘픈 일생에서 아주 잠깐 스쳐 지나가는,

가 살짝 만지면 다른 사람의 다 자란 팔이 쪼글쪼글하게 쭈그러 들다가 소름 끼치는 소리를 내며 어깨 속으로 빨려 들어가는 모습을 말이다. 나는 고개를 내젓고 이해하기 쉽도록 또박또박 말했다.

"아니, 유전이야. 태어날 때부터 그랬다는 소리지."

여자애들 표정이 모두 풀어졌다. 그러고는 꽃무늬 민소매 티셔츠를 입은 아이가 말했다.

"아, 정말 다행이다. 만나서 반가웠어."

나는 그 아이들이 가는 뒷모습을 지켜보았다.

먹다 남은 스트링치즈를 내려다보았다. 저 여자애들이 만난 건 결코 내가 아니었다. 내 이름도 물어보지 않았다. 저들이 만난 건 있지도 않은 내 팔이었다. 저들이 보고 관심을 두는 건 그뿐이었다. 그저 호기심이 생겨서 그런 것뿐만 아니라 무서워서, 자기들한테 옮기기라도 할까 봐 두려워서 그런 거였다.

더는 배가 고프지 않았다. 남은 음식을 싸서 가방에 쑤셔 넣고는 수업 종이 울리기를 기다렸다.

日

스테이지 코치 패스 뒤쪽에는 빌리와 프레드가 고래고래 소리지르는 아이들의 행렬을 끝없이 이끌고 다니는 흙길 가운데에 산이 하나 있었다. 아주 작은 산이었다. 뭐, 산이라는 말은 좀 후하게 쳐준 거고 사실 언덕에 더 가깝다고나 할까. 산이 되길 간절히 원했지만 결국에는 언덕으로 남고만 커다란 언덕.

나는 저녁 무렵에 메인 스트리트를 걷는 걸 좋아했다. 공기가 서늘해지면서 하늘이 한 번도 보지 못했던 색으로 바뀌는 그때 말이다. 가다가 잠깐 들러 스파게티를 봤다. 불쌍한 변종 라마인 스파게티야말로 다른 아이들에게 외면받는 기분이 어떤지 잘 알고 있었다.

음료수 가게에 아무도 없으면 헨리 할아버지 가게 앞에 있는

선인장의 가니긴 일생에서 아주 잠깐 스쳐 지나가는,

낡은 흔들의자에 앉아 있기도 했다. 할아버지는 항상 나한테 손을 흔들며 인사했다.

"안녕, 꼬맹이 에이브."

금광 근처를 지날 때면 멀리서부터 딴생각에 빠져 있는 척하며 밥 할아버지와 눈을 마주치지 않게 조심했다.

언덕 주변으로 길이 구불구불 나 있었지만 언덕 위로 가는 길은 없었다. 언덕 꼭대기에 올라가려고 탁구채 혹은 위로 뻗쳐 있는 트롤 인형의 머리카락처럼 생긴 선인장 주변을 이리저리 돌면서 땅바닥에서 전갈이나 방울뱀을 찾아보았다. 그렇게 걷다 보면 내 신발 바닥에는 작은 선인장 가시가 수도 없이 박혀서 집에 돌아오면 엄마가 족집게로 하나하나 뽑아내야 했다.

언덕 꼭대기에는 거대한 사와로 선인장이 있었다. 어찌나 키가 큰지 나를 대충 열 명 정도 위로 세워놓아야 비슷할 정도였다. 그 선인장에는 온갖 색으로 물든 저녁 하늘 쪽으로 뻗은 거대한 팔이 일곱 개 있었다.

으스대긴.

아빠가 그러는데 사와로 선인장은 200년도 넘게 산다고 했다 (아빠는 그 사실을 알아내려고 인터넷에서 사와로 선인장을 검색했다.). 나는 딱딱한 흙바닥에 앉아 이 사와로 선인장이 살면서 겪은 일에 대해 곰곰이 생각해 보았다. 60년 전 스테이지 코치 패

스가 지어질 때 여기에 있었고, 100년 전 애리조나가 주로 될 때
도 여기에 있었다. 미국 남북 전쟁이 한창 격렬할 때도, 마침내
여성이 투표할 권리를 획득했을 때도, 마틴 루서 킹 목사가 '나
에게는 꿈이 있습니다'라는 연설을 할 때도 여기에 있었다. 이
선인장의 일생 동안 수십억 명의 사람들이 태어나고 죽었다. 당
연한 소리지만, 내가 태어난 날에도 여기에 서 있었고 아마 내가
죽는 날에도 그럴 것이다.

나는 이 선인장의 기나긴 일생에서 아주 잠깐 스쳐 지나가는
존재일 뿐이었다. 그 사실을 잊지 않으려고 애쓰는 동안 하늘은
점차 어두워졌지만, 애리조나 중부에 있는 피닉스와 스코츠데
일 같은 도시에서 나오는 불빛으로 땅은 밝아졌다. 수백만 명이
켠 수백만 개의 불빛이었다. 그리고 불쌍한 늙은 나귀와 지친 낙
타가 주위를 빙빙 도는 거대한 언덕 위 흙바닥에 혼자 앉아 있는
내가 있었다.

따지고 보면 학교에 있는 아이들이 내게 말을 걸지 않는 게 정
말 중요한 문제이기나 할까? 보면 불편해져서 내가 거기 없었으
면 하고 아이들이 바라는 것도? 나를 꺼리는 것도? 그리고 아이
들이 나를 두려워하는 것도?

그래서는 안 된다. 그러길 바라지도 않았고. 하지만 문제가 되
었다.

선인장의 기나긴 일생에서 아주 잠깐 스쳐 지나가는,

Ⴝ

다음 점심시간은 도서관에서 보내기로 마음먹었다. 도서관으로 가는 길은 두 가지였다. 하나는 학교 식당을 지나 바로 가는 북적거리는 길이었고, 다른 하나는 행정실을 빙 둘러가는 조용한 길이었다. 나는 더 오래 걸리지만 조용한 길을 택했다. 눈길을 하나라도 더 피할 수 있었으니까.

건물 모퉁이를 도는데 벽에 기댄 채 길 끝자락에 앉아 있던 남자애한테 걸려 하마터면 넘어질 뻔했다. 흘끔 쳐다봤다. 그 아이는 혼자 점심을 먹고 있었다. 나는 눈길을 돌리며 "미안." 하고 웅얼거리고는 서둘러 도서관으로 향했다.

내가 멀어져 가는데 뒤에서 나지막하게 그 아이가 말하는 소리가 들렸다.

"괜찮아."

나는 도서관으로 들어가 자리를 잡고 가방을 내려놓았다. 주변을 둘러보니 학생은 딱 한 명뿐이고 사서 선생님은 두 명이었다. 잘은 모르겠지만, 아이들은 대부분 점심을 먹고 서로 어울려 다니며 점심시간을 보내는 듯싶었다.

외로움이 찌르는 듯하게 사무쳐서 책장을 훑어보며 주의를 돌릴 만한 흥미진진한 모험 이야기가 있나 찾아보았다. 발로 두 권을 뽑아 턱과 어깨 사이에 끼고 자리로 갔다. 최대한 조용하게 책을 내려놓았다.

나는 앉아서 《잃어버린 세계를 찾아서》라는 책을 펼쳤다. 캔자스에 있을 때 증조할머니가 크리스마스 선물로 전자책 단말기를 사 주셨다. 전자책 단말기는 내게 신세계나 다름없었다. 책장을 넘기겠다고 끙끙댈 필요가 없었다. 다음 장으로 넘기고 싶으면 발가락으로 화면을 쓱 밀기만 하면 되었다. 그래도 이따금 종이책을 들고 봤다. 책장 넘기는 연습을 그만두고 싶지는 않았기 때문이었다. 게다가 교과서는 전자책으로 나오지 않았으니까.

골라온 책의 첫 장을 다 읽기도 전에 개 짖는 소리가 들렸다. 나는 주변을 돌아보며 도서관에 왜 개가 있는지 의아해했다. 어디에서도 개는 안 보였지만 저쪽 끝에서 나를 쳐다보고 있는 남자애가 보였다. 눈이 마주치자 그 아이는 눈을 피했다. 다시 책으로 눈길을 돌리며 양 볼이 붉어지는 것이 느껴졌다. 저 아이도 다른 아이들처럼 호기심에 나를 쳐다보고 있겠지.

개 짖는 소리가 또 들렸다. 남자애 쪽에서 나는 소리 같았다. 그쪽을 흘깃 봤다. 개는 안 보였는데 순간 정말로 이상한 일이 벌어졌다. 남자애가 나를 보고 짖은 것이다. 나는 그 아이를 쳐다보아야 할지 아니면 눈을 돌려야 할지 몰랐다. 그 아이한테 무언가 이상이 있는지 알 수 없었다. 미친 아이여서 어느 때고 나를 공격할 수 있다거나, 아니면 완전히 이상하기 짝이 없는 방식으로 나를 놀려 먹을지 말이다.

나는 다시 책을 읽기로 했다. 사람들을 무시하는 데는 도가 텄으니까. 그렇게 이삼 분쯤 지났나 싶었는데 그 아이가 또 짖는 소리를 냈다. 결국에는 내가 사람들을 무시하는 데 그렇게까지 도가 튼 건 아닌 모양이었다. 나는 자리에서 일어나 남자애 쪽으로 걸어갔다. 내가 가까이 가니 그 아이는 고개를 숙이고 책을 보았다. 마침내 내가 앞에 서자, 그 아이는 천천히 고개를 들고 나를 쳐다보았다. 주근깨가 조금 있는 양 볼이 붉게 물들었다. 꼭 내 볼 같았다.

"미안한데, 네가…. 음, 네가 나한테 짖는 소리를 냈니?"

내가 천천히 물어보았다.

남자애 볼이 더 빨개질 수 없다고 생각했는데, 이제 보니 가능했다.

"어, 미안."

남자애가 쭈뼛거리며 말했다.

"나를 놀리는 거야?"

"아, 아니야."

아이가 다시 짖는 소리를 내더니 말했다.

"어쩔 수가 없어. 난 투레트 증후군이 있거든."

내가 빤히 쳐다보며 물었다.

"뭐가 있다고?"

"투레트 증후군."

"그게 뭔데?"

남자애가 목을 가다듬고 짖는 소리를 내더니 대답했다.

"투레트 증후군은 신경 질환으로 나도 모르게 움직이거나 소리를 내는 경련 현상인 틱을 유발해."

아이는 헝클어진 연갈색 머리카락을 신경질적으로 잡아당겼다.

나는 믿을 수가 없었다. 내가 전에 백 번은 족히 했던 것처럼 이 아이는 방금 열심히 연습한 자기 장애에 관한 설명을 줄줄 읊은 것이었다.

남자애는 내 얼굴에서 팔이 없는 쪽으로 시선을 옮기더니 소리쳤다.

선인장의 가니긴 일생에서 아주 잠깐 스쳐 지나가는,

"우아! 넌 팔이 없구나."

마치 '이 사실을 알고 있었어?'라는 투로 말이다.

내 팔이 없다는 사실에 대한 남자애의 반응이 너무나 직설적이라서 웃을 수밖에 없었다. 내가 슬쩍 내려다본 다음 꽥 소리치자 남자애가 놀라 살짝 움찔했다.

"웬일이야! 오늘 뭘 까먹고 온 것 같더라니!"

그 아이는 적절하지 않은 내 농담에 어떻게 반응해야 할지 몰라 한동안 멍하니 그대로 앉아 있다가 겨우 입을 열었다.

"어쩌다가 팔이 없어졌어?"

나는 어깨를 으쓱했다.

"내가 늘 뭘 제자리에 두질 않거든. 오늘 아침에 우유를 꺼내다가 냉장고에 팔을 두고 온 모양이야. 정말이지, 어디에든 있겠지."

남자애가 씩 웃더니 짖는 소리를 냈다.

"뭔지 몰라도 팔을 잘라야 했어?"

사람들은 보통 내가 팔이 없다는 걸 전혀 알아채지 못한 척하거나 어제 점심시간에 본 여자애들처럼 완전히 이해하기 어려운 반응을 보인다. 머릿속에 떠오른 생각을 그대로 말하는 사람이 있다는 데 마음이 놓였다.

나는 책상에 앉아 남자애 쪽으로 몸을 기울여 가까이 갔다. 그 아이는 나한테서 떨어지려 몸을 뒤로 기울이지 않았다. 오히려 더 가까이 왔다.

"서커스에 가 봤어?"

나는 새로운 이야기를 꾸며 내기 시작했다. 아직 한 번도 안 풀어 본 이야기였다.

"아니."

"음…. 나는 전에 공중그네 곡예사였어. 그게 뭔지 알지?"

"공중에서 줄 같은 거에 매달려 있는 사람들 아니야? 줄타기 같은 걸 하면서 말이야."

"아, 공중그네 곡예사는 그보다 더한 일도 해. 온갖 묘기를 부릴 줄 안다고. 공중그네를 타고 공중제비를 해서 다른 그네로 옮겨 타기도 하거든. 보통 둘이 짝을 이뤄서, 한 사람이 다른 사람을 붙잡고 허공에서 그네를 태우거나 공중제비를 해서 넘어오는 사람을 잡기도 하지. 그런 완전 끝내주는 일이라고."

"끝내주네."

남자애는 완전히 빠져든 것이 분명했다.

"그런데 너는 팔도 없이 어떻게 했어? 음, 다리를 써서 한 거야? 원숭이처럼?"

"아니, 전에는 팔이 있어서 팔로 했지."

남자애의 녹갈색 눈동자가 커졌다.

선인장의 가느낀 일생에서 아주 잠깐 스쳐 지나가는,

"전에는 팔이 있었다고?"

나는 고개를 끄덕였다.

"응. 있잖아, 내 파트너와 나는 새로운 훈련을 하고 있었어. 공중에서 내가 세 바퀴를 돌고 나면 파트너가 내 팔을 잡기로 했거든. 그런 놀라운 묘기를 하는 데 필요한 속도는 정말 엄청났어. 파트너가 나를 잡았는데…."

나는 눈을 감고 극적인 효과를 위해서 숨을 깊게 들이마셨다.

"파트너가 나를 잡자 어깨 구멍이 느슨해지더니 팔이 빠지고 말았어."

남자애가 입을 떡 벌리고 나를 쳐다보았다.

"뭐?"

"정말 끔찍했지. 파트너는 저기 높은 곳에서 팔을 붙잡고 있고, 놀라 소리 지르는 관객들 위로 피가 흩뿌려지고. 뉴스에 나오고 난리였지. 혹시 못 봤어?"

우리는 서로를 쳐다보고 있었다. 먼저 눈을 깜빡이면 지는 시합이라도 하는 것 같았다. 마침내 남자애가 슬며시 웃었다. 그러더니 활짝 웃다가 나중에는 깔깔거리기 시작했다.

"농담도 잘하네."

남자애가 더 크게 깔깔거렸다. 내 이야기를 재미나게 받아들이니 나도 즐거워졌다.

"코너, 조용히 해. 여기는 도서관이라고."

사서 선생님이 책 한 무더기를 들고 지나가며 말했다.

남자애가 사서 선생님한테 슬쩍 웃고는 짖는 소리를 냈다. 사서 선생님이 멀어지자 다시 나를 쳐다보면서 계속 키득거렸다.

"라이트 선생님이야. 아주 좋은 선생님이지. 내가 가끔은 아주 크게 경련을 일으키며 소리를 내는데도 점심시간 동안 여기에 앉아 있어도 된다 하셨거든. 점심시간에는 여기에 아이들이 거의 없어서 하루 중 내가 제일 좋아하는 시간이야."

남자애는 다시 머리카락을 잡아당기며 물었다.

"그래, 다른 사람들한테도 이렇게 말했어? 양팔이 서커스 사고로 떨어져 나갔다고?"

"아니, 그건 내가 방금 만든 이야기야. 나는 태어날 때부터 이랬어. 그건 너무나 따분해서 재미로 이야기를 만들어 냈지. 네가 듣고 싶다면 더 많이 해 줄 수 있어."

그 아이는 고개를 끄덕였다.

"이름이 뭐야?"

"에이븐."

"나는 코너야. 악수하고 싶지만, 어…."

코너는 팔이 없는 내 몸통을 가리키고는 눈을 빠르게 깜빡이더니 동시에 짖는 소리를 냈다. 내가 대꾸했다.

선인장의 가니긴 일생에서 아주 잠깐 스쳐 지나가는,

"하지만 너는 손이 사마귀투성이이잖아."

"에이븐, 너 참 재미있다."

코너가 다시 웃었다.

나는 볼이 붉어졌다. 내 피부는 너무 하얘서 조금만 볼을 붉혀도 심하게 빨개지고 만다. 아마 지금은 네온 불빛처럼 밝게 빛날 것이다. 한번은 '과도하게 붉어지는 볼'을 인터넷에서 검색해 봤는데 내 상태에 맞는 끔찍한 병명을 찾아냈다. 특발성 안면 홍조증이었다. 다음 날 학교에 가서 당당하게 발표했다.

"나는 특발성 안면 홍조증이 있어요!"

선생님은 그날 저녁 내 건강을 염려해서 엄마한테 전화했다.

코너가 빠르게 눈을 깜빡이고는 다시 짖는 소리를 냈다.

"여기에 온 지 얼마나 됐어?"

"며칠밖에 안 됐어. 식구들이랑 캔자스에서 이사 왔거든."

"캔자스라고! 회오리바람을 본 적 있어?"

"당연하지. 회오리바람 대피용 지하실 같은 곳도 있었어. 많이들 그랬지."

"그리로 대피해야 했던 적 있어?"

"어, 그럼. 다행히도 우리 집이 무너지거나 한 적은 없었어."

"네가 집에 있는데 회오리바람 안으로 휘말려 올라갔다는 것 같은 말도 안 되는 이야기를 해 줄 거라 생각했는데."

"아니야. 나는 팔에 대해서만 그런 이야기를 해. 하지만 생각해 보니 회오리바람 속에서 팔을 잃었다는 엄청난 이야기가 나올 것만 같네. 회오리바람이 어떻게 양팔을 빨아들이는지 볼 수도 있고."

나는 잠시 생각에 잠겼다가 말했다.

"나중에 이 이야기를 생각해 봐야겠다."

"멋지다. 어서 듣고 싶다. 회오리바람을 정말로 보고 싶거든."

코너는 고개를 홱 돌리더니 또 짖는 소리를 냈다.

"여기로 왜 이사 왔어?"

"우리 부모님이 스테이지 코치 패스라는 곳을 운영하시거든. 실제로 거기에 살기도 해. 믿기진 않겠지만."

"정말 끝내준다."

"별로 안 그래."

"아냐, 끝내주는 거 맞아. 나는 거기에서 아주 가까운 곳에 살거든. 부모님이 전에 데려가 준 적이 있었는데 오래 못 있었어."

"뭐, 달라진 건 거의 없을 거야. 그러니 염려 마."

"아직도 총싸움을 하니?"

"응."

"낙타 타기도 있어?"

"응."

"그리고 금….."

"응."

"끝내준다."

"언제 한번 들러 봐. 네가 오래 못 있었던 데다가 가까운 데 산다니 말이야. 내가 아이스크림 하나 정도는 공짜로 줄 수 있어."

초대를 받자 코너는 어쩐지 불편한 기색이었다.

"봐서. 밖에 오래 있고 싶진 않아."

"아, 그래."

나는 코너가 계속 눈을 빠르게 깜빡이는 걸 가만히 지켜보았다.

"그러면 네가 하는 이 모든 일들 말이야, 짖는 소리와 눈 깜박임과 홱 움직이는 것 같은 모든 게 다 네…."

"투레트 증후군 때문이지. 맞아, 정말 짜증 나."

"그냥 좀, 뭐랄까, 참을 순 없는 거야? 하품 참듯?"

코너는 고개를 저었다.

"잠깐은 가능해. 전에 해 봤어. 학교에서 정상인 것처럼 보이려고 틱을 참아 봤어. 그런데 아프더라고. 게다가 그런 식으로 참는 건 정말, 정말 어려운 데다 그러고 나서 집에 오면 상상할 수도 없는 틱 폭발 현상을 일으키더라고. 그러면 엄마가 정말로 속상해하셔서. 종일 참다가 밤에 폭발하고 나면 나는 너무 지쳐서 숙제든 뭐든 아무것도 할 수가 없게 돼. 그래서 더는 참으려고 하지 않아."

"약 같은 거를 먹어 보면 어떨까?"

코너가 고개를 저으며 대답했다.

"약을 좀 먹어 봤는데 도움이 안 되더라고. 사실 더 나빠지게 만들었지. 게다가 약을 먹으면 항상 지쳐 늘어진 상태가 돼. 침대에서 나오지도 못할 정도로."

"더 해 볼 수 있는 게 없는 거야?"

"그런 셈이지. 우리 부모님이 작년에 이혼하기 전에 전문 치료사한테 다녔어. 지금은 우리 엄마가 일하느라 너무 바빠서 못 가고 있어."

나는 얼굴을 찌푸렸다.

"다른 아이들이 너를 어떻게 대해?"

"괜찮아. 지금쯤 다들 나한테 익숙해졌겠지. 가끔은 놀림을 받기도 해. 아이들이 복도 같은 데서 짖는 소리를 내기도 해. 틱이 특히나 심할 때면 몇몇 아이들이 웃어 대는 소리가 들려. 한번은 교실에 있는데 뒤에서 키득거리는 소리가 들려 돌아보니 내가 머리를 휙 내젓는 걸 흉내 내고 있더라고."

나는 당혹스러웠다.

"정말 끔찍해."

코너는 어깨를 으쓱하더니 말했다.

선인장의 가나긴 일생에서 아주 잠깐 스쳐 지나가는,

"몇몇은 내가 관심을 끌려고 그런다고 여기는 듯하지만, 나는 신경 안 써. 대부분 처음에는 내가 일부러 그런다고 생각하거든."

나는 볼 안쪽을 깨물었다. 나도 그렇게 생각했으니까.

"친구는 있니?"

코너가 다시 어깨를 으쓱했다.

"여기 온 지 일 년밖에 안 됐어. 전에 살던 집을 팔고 엄마와 스테이지 코치 패스 근처 작은 집으로 이사 왔어. 그래서 전학도 와야 했고. 새로운 학교로 오고 그러는 것이 좀 힘들기도 해. 그래서 내가 도서관에서 주로 시간을 보내는 게 아닐까 싶어. 너는 어때?"

"여기에서는 아직 친구를 못 사귀었지만 캔자스에서는 친구가 엄청 많았어. 다들 어렸을 때부터 같이 자랐으니까 아무도 내가 이상하다는 생각을 못 한 거지. 그냥 다들 익숙해졌나 봐."

코너가 고개를 끄덕였다.

"맞아. 나도 이전 학교에는 내 틱에 신경 쓰지 않던 친구가 두어 명 있었어. 하지만 지금은 너무 멀어져서 그 친구들을 볼 수가 없어. 너한테 심술궂게 군 아이가 있었어?"

코너가 눈을 굴리더니 빠르게 깜박였다.

"아니, 진짜 없어. 다들 그저 주변에서 이상하게 행동할 뿐이

야. 알겠지만 쳐다봐야 하는지 아닌지, 팔이 없는 것에 관해 물어
봐야 하는지 아닌지 모르는 것처럼 말이지. 하지만 내가 진짜 사
람인 것처럼 나한테 말을 걸어 온 아이는 아무도 없었어."

코너는 이해한다는 듯 고개를 끄덕였다.

"내 주변 사람들도 그렇게 하더라. 다들 웃어야 할지 말아야
할지 갈피를 못 잡는 것 같다는 점만 달라. 그러면 심술궂게 구
는 것인지 아닌지 모르겠어. 어떤 사람들은 그냥 무시하더라고.
아무 일도 일어나지 않은 양. 그게 제일 나은 것 같아."

"어떤 사람들은 나한테도 그래. 하지만 내 경우에는 정말 말도
안 되는 것 같아."

코너가 고개를 휙 움직이더니 푸하하 웃었다.

"그래. 팔이 없는 것이 슬쩍 눈감고 넘어갈 수 있는 일인 것처
럼 말이지. 내 말은, 다른 사람한테 팔이 없는 걸 알아채지 못한
다면 관찰력이 얼마나 떨어진다는 소리겠니?"

"나는 꽤나 관찰력이 떨어지는 편인데도 일 분 만에 알아챘거
든."

"내 말이."

수업 시작종이 울리자 들뜬 기분이 가라앉았다. 나는 여기에서
코너와 같이 있고 싶었다. 부모님 말고 얘기할 사람이 있다는 게
좋았다.

선인장의 가시긴 일생에서 아주 잠깐 스쳐 지나가는,

"가방 가지러 가야겠어."

나는 탁자에서 일어나 코너를 쳐다봤다.

"오늘 여기에 들르길 참 잘했다 싶어."

코너가 나를 보며 웃었다.

"나도 그래."

일요일 오후, 나는 블로그에 글을 하나 더 올렸다.

여러분도 몸이 나처럼 기형(웩, 이 단어가 싫어요.)이라면, 일반적으로 받는 시선에 익숙해져야 해요. 가장 흔한 경우는 '나는 아주 차분하고 뒤끝 없는 성격이라 아무것도 나를 당황시키지 못해. 설령 팔 없는 사람이라도.'라고 이름 붙이고 싶은 눈길이랍니다. 팔 없는 걸 알아채지 못한 척하는 사람들에게서 볼 수 있지요. '뭐, 팔 없는 사람을 보는 일에는 완전히 익숙해졌다고.' 하는 시선이거나 '나한테는 팔 없는 친구가 수도 없이 많은걸.'이라고 하는 시선이라고도 부를 수 있겠어요. 이런 사람들은 그 문제에 그냥 심드렁해 하는 것뿐이에요. 생각해 보라고

선인장의 가나긴 일생에서 아주 잠깐 스쳐 지나가는,

요. 나한테 팔이 없다는 걸 정말로 알아채지 못했다고요? 태양이 내 가슴팍에서 눈부시게 이글거리기라도 하는 것처럼 몸통쪽을 보지 않으려 한다는 걸 알 수 있으니까. 제발 좀 당당하게 쳐다보라고요. 쳐다보고서 궁금한 것이 있으면 물어봐요. 이런 사람들은 일을 너무 어렵게 한다니까요.

'맙소사, 팔이 있어야 할 곳을 뚫어져라 쳐다보고 있네. 말도 안 돼. 아니야, 안 쳐다보고 있어. 지금은 쳐다보고 있네. 아니, 안 쳐다보고 있다고.'라고 이름 붙이고 싶은 시선도 있어요. 이런 사람들은 내가 곁눈질로 흘깃 보면 쳐다보고 있다가도 얼른 시선을 돌린답니다. 이봐요, 정말이지 그런 식으로는 아무도 속아 넘어가지 않는다고요. 그냥 계속 쳐다봐요. 궁금해서 그러는 건 괜찮으니까요. 다들 호기심은 있으니까요.

무섭도록 동정하는 시선도 있어요. '어머나, 팔 없는 불쌍한 것'이라는 시선이지요. 이런 사람들은 나를 쳐다보기만 하는 것이 아니라 나와 눈이 마주치면 안됐다는 듯 슬프게 웃어 보인답니다. 그런 시선은 굶주리고, 집도 없이 떠돌아다니는 고아한테나 쓰시지요. 팔이 없다고 그렇게 나쁘기만 한 건 아니니까요.

이제 최악의 시선을 말해 볼까요? 제가 감내해야만 하는 시선이지요. 그런 눈길은 예의범절을 아직 제대로 익히지 못한 어린 아이들이 보내는 것이니까요. 바로 '도무지 눈을 뗄 수가 없어.

괴물 딱지 같으니까.'라는 시선이에요. 이런 시선 끝에 비명을 지르며 아이가 부리나케 도망치고 마는 일도 이따금 있답니다.

나는 자판에서 발을 뗐다. 글은 가볍게 읽으면서 허허 웃어넘길 수 있는 듯했다. 하지만 내가 그러한 눈길들을 무시하려고 기를 쓴다는 사실은 쓰지 않았다. 그런 눈길이 나를 괴롭히지 않는 것처럼 행동하지만 사실 괴롭다는 것도, 14년 동안 그런 눈길을 받아 왔는데도 여전히 아프게 느껴진다는 것도, 이런 눈길을 최근에 받아 본 때는 바로 어제 엄마와 슈퍼에 갔을 때라는 사실도 쓰지 않았다.

엄마는 나를 데리고 슈퍼에 가기를 좋아했다. 엄마 말이 그러면 혼자서도 장 보는 법을 익힐 수 있기 때문이라지만, 내 생각에는 부려 먹을 노예가 필요하기 때문인 듯싶다. 엄마는 보통 슈퍼에서 물건을 내가 직접 집어 들게 한다. 나는 맨 아래 선반에서 토마토 캔을, 맨 꼭대기 선반(내가 꽤 유연해서 나를 보면 아마 다들 놀랄 거다.)에서 간장을, 중간 선반에서 시리얼을, 농산물 코너에서 사과 봉지(우리는 봉지에 담긴 과일을 산다. 그래야 사람들이 보는 앞에서 신선한 과일을 발로 집는 일이 없으니까.)를, 심지어 전기구이 통닭까지 꺼내야 했다. 전기구이 통닭은 대참사에 가까웠지만 이 이야기의 핵심은 그것이 아니다. 우리가 슈퍼에서 세

선인장의 가시긴 일생에서 아주 잠깐 스쳐 지나가는,

시간을 보냈다는 사실도 핵심이 아니다. 나한테 이런저런 일을 가르치는 것 말고 엄마한테도 다른 취미가 있었으면 싶다.

그때 나는 시리얼 코너에서 콘퍼프 시리얼 상자를 선반에서 발로 쓱 밀어내려 하고 있었다. 겨우겨우 시리얼 상자 모서리를 머리와 어깨 사이에 끼워 넣는 데 성공하고 일어서서 카트에 떨어뜨리려 몸을 돌리다가 옆에 어린 여자애가 잔뜩 겁에 질려 '도무지 눈을 뗄 수가 없어. 괴물 딱지 같으니까.'라는 눈길을 보내고 있는 걸 알았다.

나도 잠시 그 꼬맹이를 쳐다보았다.

"콘퍼프 꺼내는 데 뭐 문제 있니?"

인스턴트 오트밀 박스 상표를 보고 있던 그 아이의 엄마가 머리를 홱 들었다. 무슨 일인지 보고는 자기 카트와 딸아이를 잡고 부리나케 사라졌다.

나는 아무렇지도 않은 듯 행동했다. 전혀 신경 쓰지 않는 것처럼 말이다. 하지만 아직도 그 일을 기억하고 있다. 그런 일이 벌어질 때마다 다 기억한다.

내가 블로그에 글을 다 쓰자 아빠가 놀이공원 정문 입구 옆에 세워 놓은 납작한 나무 그림에 새로 칠을 하는 걸 좀 도와달라고 했다. 가운데 구멍이 뚫려 있어 그리로 사람들이 머리를 집어넣고 사진 찍는 그런 나무판 같았다. 색이 바랜 나무 형상 뒤에서 사진을 찍는 사람이 있을지 심히 의심스러웠지만 도와주기로 했다. 나는 아주 착한 딸이었으니까.

아빠가 나무판자 그림을 새로 칠하고 싶어 하는 이유를 알 수 있었다. 색이 너무 바래서 원래 무슨 그림이었는지 거의 알아볼 수가 없었다. 어떤 건 구멍에 머리를 집어넣으면 꼭 거대한 가슴 사이에 머리를 집어넣은 것처럼 보였다. 우리 놀이공원이 지향하는 가족 친화적인 이미지와는 전혀 맞지 않았다.

아빠는 내가 발로 색을 칠하는 동안 앉을 의자를 놔 줬다. 내 색칠 실력이 엄밀히 말해 아주 훌륭하지는 않지만 그래도 크고 단순한 그림은 그럭저럭 칠할 수 있었다. 졸라맨 스타일도 괜찮은 것이 아니라면 나한테 초상화를 그려 달라고 하면 안 된다.

내가 거대한 가슴을 꼭대기에 원통처럼 생긴 선인장이 있는 작은 언덕으로 바꾸는 작업을 하고 있는데 놀이공원 주차장과 연결된 다리를 건너는 코너가 보였다. 얕은 물구덩이 위에 지어진 다리였다. 그런 얕은 물구덩이는 애리조나 스코츠데일 전역에 걸쳐 있는 말라 버린 강바닥과 비슷했다. 그래서 비가 오면 도시 쪽으로 차례차례 홍수가 난다.

코너는 공원에 들어올 때 계산대를 통과해 들어올 필요는 없었다. 입장은 무료였으니까. 돈은 수많은 '놀이 기구'를 이용할 때 받았다. 쳇, 그것들을 그렇게 부를 수 있을지 모르겠지만.

선인장의 기나긴 일생에서 아주 잠깐 스쳐 지나가는

"안녕? 코너, 왔구나."

코너가 오면서도 몇 번 짖는 소리를 내면서 내가 있는 쪽으로 걸어왔다.

"안녕, 에이븐."

코너는 주위를 둘러보며 양손을 꼭 쥐었다.

"여기는 사람이 많지 않네."

"아, 이곳은 언제나 사람이 적어."

코너는 그 말에 마음이 놓이는 듯했다.

아빠가 카우보이 손에 들린 권총을 칠하다가 고개를 들었다. 나는 권총이 해삼인 줄 알았다. 그런데 생각해 보니 권총이 훨씬 더 말이 되었다. 놀이공원에 들어오는 사람들한테 카우보이가 왜 해삼을 겨누고 있겠는가. 사막 한가운데에서 카우보이가 해삼을 어떻게 구한다고.

"누구니, 에이븐?"

아빠가 물었다.

"아빠, 얘는 코너예요. 학교 친구죠."

아빠가 손을 내밀어 코너와 악수했다.

"만나서 반갑구나, 코너."

"저 잠깐 쉬어도 돼요?"

내가 아빠한테 물어봤다. 아빠는 내가 지금까지 한 작업을 살펴보았다.

"확실히 가슴 느낌은 덜 나는구나. 그래, 가도 좋아."

나는 아빠한테 붓을 건네고 신발을 다시 신은 다음 코너와 같이 메인 스트리트로 걸어갔다. 갑자기 코너가 옆에서 킥킥거렸다.

"네가 여기에서 살다니 진짜 멋지다."

그 말에 나는 눈살이 찌푸려졌다.

"어쩐 일로 왔어?"

"뭐, 그냥. 엄마가 주말 내내 일해서 혼자 비디오 게임 하는 것도 질렸는데, 문득 네가 여기 있는지 보러 가 볼까 하는 생각이 들었거든."

나를 보려고 코너가 여기에 왔다는 사실에 기분이 좋아졌다. 특히나 밖으로 나오는 걸 그다지 좋아하지 않는다고 했는데 말이다.

"나도 비디오 게임 좋아해."

"진짜?"

코너는 놀란 눈치였다. 그 바람에 살짝 짜증이 났다.

"그래, 나도 게임할 수 있거든. 무슨 게임이든 제대로 한 방 먹여 줄 수 있다고."

"나한테 도전하는 거야? 내가 집에 있을 때 주로 하는 일이 비디오 게임이거든. 프로나 다름없다고."

선인장의 가니긴 일생에서 아주 잠깐 스쳐 지나가는,

"어디 한번 붙어 봐야겠네. 너희 엄마는 주말마다 일하러 가시니?"

코너는 어깨를 으쓱했다.

"뭐, 항상 일하지. 일을 두 개 하거든."

코너가 어깨를 또 으쓱했다. 그제야 나는 어깨를 으쓱하는 것도 코너한테 나타나는 틱이라는 걸 깨달았다. 코너한테 얼마나 많은 틱이 있는지 궁금했다.

"엄마는 무슨 일 하셔?"

"응급실 간호사야."

"멋지다."

"그런 편이지. 내가 엄마 얼굴을 통 볼 수 없다는 것만 빼고 말이야."

"안됐다."

나는 뭐라 말해야 할지 몰라 음료수 가게 앞으로 걸어가서 흔들의자에 앉았다. 코너도 옆에 앉았다. 나는 무슨 말을 해야 할지 몰라 머리를 쥐어짰다.

"어제 엄마가 진짜 끝내주는 악기 박물관에 데려가 줬어. 거기 가 봤니?"

코너는 고개를 가로저었다.

"나는 밖에 잘 안 나가."

"다룰 줄 아는 악기 있어?"

코너가 또 머리를 저으며 짖는 소리를 냈다.

"아니."

코너가 나도 악기를 다룰 수 있는지 물어볼 때까지 기다렸다. 하지만 코너는 묻지 않았다. 아마 내가 악기 연주를 못할 거라 여겨서겠지.

"나는 다룰 줄 아는 악기 있어."

그렇게까지 젠체하며 말할 생각은 아니었다.

당연한 소리지만 코너는 또 놀란 표정이었다. 사람들은 내가 뭘 할 수 있다고 하면 어째서 늘 놀라는 걸까? 도와주지 않아도 내가 숨을 쉴 수 있다거나, 음식을 삼킬 수 있다거나, 화장실에서 오줌 쌀 수 있다고 말해도 다들 놀란 표정을 지을 게 분명하다.

"무슨 악기?"

"기타."

"발로 치는 거야?"

"아니, 배꼽으로."

코너는 눈을 휘둥그레 떴다가 슬며시 피식 웃고는 입술을 삐죽거렸다.

"또 농담하는 거구나?"

"그래, 배꼽이 아니라 발로 쳐."

선인장의 가녀린 일생에서 아주 잠깐 스쳐 지나가는,

"끝내주는데."

코너는 흔들의자를 흔들며 눈을 빠르게 깜박거렸다. 깊은 인상을 받은 눈치였다.

"언제 나한테 한 곡 들려주지 않을래? 발로 기타 치는 모습을 꼭 좀 보고 싶어."

나는 자세를 바꿔 앉았다.

"뭐, 좋아."

코너한테 내가 작사도 하고 작곡도 한다는 이야기는 하지 않았다.

오 학년 때 이야기를 만들어 내는 내 재능을 팔이 없게 된 소름 끼치고 무시무시한 이야기를 꾸며 내 사람들을 놀리는 데만 쓰기보다 작사나 작곡 쪽으로 쏟는 편이 좀 더 생산적이지 않을까 하는 생각이 들었다. 그 이후 노래 몇 곡을 지어 봤다. 대부분은 꽤 형편없었다. 차라리 귀를 막고 싶을 정도였다. 처음으로 브래지어 차는 법을 익히는 것에 대한 노래가 떠올라 바로 썼다. 두어 곡 정도는 들어 줄 만하지만 내 연주를 들어 본 사람은 부모님뿐이었다.

"아빠 만난 적 있어?"

코너의 얼굴이 어두워지는 바람에 나는 물어본 걸 곧바로 후회했다.

"거의 없어."

"괜히 물어봤다."

나는 코너 옆 흔들의자에 앉아 흔들었다.

"나 때문에 아빠랑 엄마는 늘 싸웠어."

코너가 메인 스트리트 쪽을 쳐다보며 말을 이었다.

"아빠는 내가 틱을 그냥 좀 참지 못하는 걸 도무지 이해하지 못했어. 그래서 화가 났나 봐. 아빠는 늘 나한테 '너, 틱을 어째서 떨쳐 버리지 못하는 거냐? 너 때문에 엄마랑 아빠가 얼마나 속상한지 봐. 그만 좀 해!' 하고 말했어. 게다가 내 치료 때문에 돈이 많이 들었는데 아빠는 그 돈을 더 이상 쓰고 싶지 않아 했어. 그냥 약을 먹고 틱을 멈추길 바란 거지. 그렇지만 나는 약을 먹으면 끔찍한 기분이 드는걸. 내 생각에 아빠는 틱만 멈추게 한다면 어떤 일이든 했을 것 같아. 그러다가 틱을 멈추게 할 수 없다는 걸 깨닫자 아빠는 못 견디고 떠난 거야."

"너나 틱 하고 전혀 상관없이 너희 부모님은 서로 잘 안 맞았던 것이 틀림없어."

나는 코너의 아버지가 진짜 얼간이 같다고 생각하며 말했다.

"두 분은 늘 나와 틱과 치료 청구서 문제 때문에 싸웠어. 두 분이 나를 못 견뎌 하는 이유를 알 수 있어. 나도 나를 견디기 힘들 때가 많으니까. 내가 틱을 참고 정상인 척할 수 있으면 좋겠어."

선인장의 기나긴 일생에서 아주 잠깐 스쳐 지나가는,

나는 무슨 말을 해야 할지 몰랐다. 코너가 자기 부모님을 잘못 볼 리는 없었다. 나는 부모님이 그렇게 나오는 걸 도무지 상상할 수가 없었다.

"어쩌냐, 나도 팔이 생겨서 정상인 척할 수 있으면 좋겠어."

코너 입꼬리가 슬쩍 올라갔다.

"그런데 나도 네가 틱을 왜 못 참는지 아직 이해가 잘 안 돼. 참으면 아프다고 했잖아. 근데 왜 그런 거야?"

코너가 잠깐 생각을 했다.

"심한 기침을 할 때랑 같아. 음, 목구멍이 간질간질하면 기침을 시원하게 하고 싶잖아. 엄청나게 신경 써서 기침을 참을 수는 있지만 그러면 너무 불편하고 결국에는 기침을 해야 할 거야. 틱을 참으려고 할 때 느끼는 것이 그런 거야. 가슴에서 생긴 고통스러운 느낌이 슬슬 목구멍으로 올라와서는 결국에는 짖는 소리를 내고야 마는 거지. 아니면 눈에서 생겨나서 쌓이다가 결국에는 눈을 깜빡이게 돼. 그러고 나서는 다시 쌓이기 시작해. 그러고는 계속 반복인 거지. 틱이 그리 오래 눌러지지 않아. 늘 다시 쌓여."

"아, 정말 이상하네. 왜 그러는 거래?"

코너는 어깨를 으쓱했다.

"뇌에 무슨 기능이 잘못 작동하는 모양이야."

"뇌 수술을 받을 순 없어?"

코너가 피식 웃었다.

"좀 과격하네. 수술하기도 하는 모양이야. 단, 투레트 증후군이 아주 심하고 위험할 때만 한대. 나는 이대로 살 수 있으니 뇌 수술을 받진 않을 거야. 정말 무섭거든."

"맞아, 게다가 무척 위험할 것도 같아. 나는 설령 가능하다 해도 팔 이식 수술을 받진 않을 거 같아. 무시무시한 부작용 같은 게 있을 수 있잖아."

내가 씩 웃자 코너가 눈썹을 살짝 올리며 대꾸했다.

"그래? 이를테면 어떤 무시무시한 부작용이 있는데?"

"이를테면, 그 팔이 연쇄 살인범한테서 나온 거라고 해 봐. 그 팔이 사람을 계속 죽이려 하면 어떻게 해? 다른 사람 몸에 붙어서도 말이야. 아니면 팔이 너무 죽어 있어서 좀비 팔이 되었는데 그걸 내 몸에 붙이면 어떻게 해?"

"너무 죽어 있다고?"

"응, 아니면 그 팔에 벌거벗은 여자 그림 문신이 온통 도배되어 있으면 어떻게 해? 아니면 지독한 손톱 무좀이 있어서 처음에는 서서히, 결국에는 온몸으로 다 퍼지면 어떻게 하냐고?"

"이 문제에 대해 전부터 많이 생각해 봤구나."

내가 한숨을 쉬었다.

"너도 그런 일이 생길 때를 대비해 미리 생각해 놔야 해."

선인장의 기나긴 일생에서 아주 잠깐 스쳐 지나가는,

내가 만질 수 있는 동물원 쪽을 흘깃 보자 스파게티가 혹이 달린 머리를 울타리에 딱 붙이고 있는 게 보였다. 스파게티가 나를 찾는 건지 궁금했다. 나는 하루에도 몇 번씩 스파게티한테 가서 발로 쓰다듬으며 얼마나 사랑스러운지 말해 주곤 했다. 스파게티의 자존감을 위해서 말이다. 다른 아이들은 누구도 스파게티를 쓰다듬으려 하지 않았기 때문에 스파게티의 자존감을 높이는 일은 내 책임인 듯한 기분이었다.

"가자. 너한테 보여 주고 싶은 게 있어."

내가 흔들의자에서 일어났다. 코너가 나를 따라 길을 건넜다. 나는 걸음을 멈추고 스파게티한테 가서 얼굴을 스파게티 머리에 비벼 댔다.

"얘는 스파게티야."

코너는 겁내지 않고 스파게티 머리를 쓰다듬었다.

"귀엽네."

"스파게티는 돌연변이야, 나처럼."

내가 스파게티 머리에 뽀뽀하며 말했다.

"스스로를 그렇게 말하면 안 돼."

코너가 우리 아빠라도 되는 양, 엄한 표정을 지었다.

"소름 끼치는 돌연변이를 말하는 건 아니야. 우리는 음, 〈엑스맨〉처럼 근사한 변종 같은 거지."

코너가 미소 지었다.

"아, 그럼 괜찮지."

우리는 스파게티를 뒤로하고 다시 음료수 가게로 왔다. 헨리 할아버지가 가게 앞으로 걸어 나왔다.

"에이븐, 네가 밖에 보이는 것 같았다."

"안녕하세요, 헨리 할아버지. 이 아이는 내 친구 코너예요."

'내 친구'라는 말을 쓸 때 가슴속에서 살짝 따스하고 간질간질한 느낌이 들었다.

헨리 할아버지가 코너한테 웃어 보이고는 다시 나를 쳐다보았다.

"다음번 로데오에 나갈 준비가 다 됐니?"

나는 코너를 흘긋 봤다.

"저는 로데오에는 안 나갈 건데요."

헨리 할아버지가 웃었다.

"설마 그럴 리가! 우리 에이븐이 참가하지 않은 로데오라니! 어, 조한테 내 안부 좀 전해 주려무나."

"조라는 사람은 모른다고요! 할아버지는 조를 아세요?"

나는 헨리 할아버지한테 큰 소리로 말했다.

헨리 할아버지는 그저 빙그레 웃기만 하고는 손을 슬쩍 흔들었다. 내가 타란툴라에 대해 아는 것이 하나도 없다고 할아버지에

선인장의 가시긴 일생에서 아주 잠깐 스쳐 지나가는,

게 말했을 때와 똑같았다.

"농담도 참 잘하는구나."

할아버지는 그렇게 말하고서는 다시 가게 안으로 들어가 버렸다.

"정말 이상한데. 조가 누구야?"

코너가 물었다.

"몰라. 이 놀이공원 소유자 이름이 조 케이바나지만 그 사람을 본 사람은 아무도 없는 것 같아. 그 사람에 대해서 뭘 아는 사람도 없어 보이고. 회계 담당 직원이 우리 부모님한테 말하길 그 사람은 절대로 여기에 안 온대."

그러고서 나는 코너 쪽으로 몸을 기울이고는 목소리를 낮춰 말했다.

"그리고 여기 박물관에 있는 케이바나 가족사진을 누가 떼어 냈어."

"이상한 일이네. 왜 그랬을까."

"모르지. 그런데 내가 건물 너머에 낡은 창고가 있는 걸 알아 냈거든. '출입금지' 팻말이 일곱 개나 붙어 있는 데다 낡아 떨어진 손잡이에 자물쇠가 달려 있어. 나는 문을 못 열었지만, 너는 가능할지도 모르겠다. 한번 해 볼래?"

코너가 신이 나서 고개를 끄덕였다.

"그래, 가 보자."

나는 코너를 데리고 지름길로 가서 낡은 나무 창고 앞으로 갔다. 창고는 금방이라도 무너질 것처럼 보였다. 놀이공원에 있는 다른 건물들과 비슷하다고나 할까.

"경고판 보이지?"

"우아! 안에 뭐가 있을까?"

몇 번 끙끙대고 당기더니 코너는 우리 둘이 비집고 들어갈 만한 틈이 생길 정도로 문을 조금 열었다. 나는 낡은 나무 문에 코를 좀 긁혔다. 부디 얼굴에 가시가 안 박혔길. 가시 빼는 일은 전혀 즐겁지 않을 테니까.

코너와 내가 둘러보니 차곡차곡 쌓여 있는 상자와 이런저런 잡동사니 더미, 오래된 책과 서류, 이런저런 자질구레한 물건이 놓인 책장이 보였다.

"어디부터 시작해야 하지?"

내가 말했다. 위쪽을 보니 낡은 책장 꼭대기에 상자가 하나 놓여 있었다. 겉에 쓰인 글자는 희미해지고 물에 번져 있었지만 겨우겨우 세 글자를 알아볼 수 있었다. 'ㅔ', '이'라는 글자와 물에 번져 지워진 공간이 있고 'ㄴ'이 있었다.

"저기 저 상자부터 확인해 보자."

내가 코너한테 말했다.

코너가 쳐다보더니 글자를 읽었다.

선인장의 가냘픈 일생에서 아주 잠깐 스쳐 지나가는,

"에, 이, 니은."

우리는 잠시 그대로 서서 아무 말도 하지 않았다. 그러다가 코너가 짖는 소리를 갑자기 내서 나는 깜짝 놀랐다.

"에이븐!"

코너가 외쳤다.

내가 코웃음을 쳤다.

"당연히 에이븐은 아니지."

잠시 생각해 보니 떠올랐다.

"케이바나!"

"아, 맞다. 바보같이."

코너가 자기 머리를 쥐어박고는 한동안 상자를 뚫어져라 쳐다봤다.

"어떻게 꺼내지?"

나는 사다리 같은 게 없나 하고 방을 둘러보았다.

"내가 한번 책장을 머리로 들이받아 볼까?"

코너가 깔깔거렸다.

"밟고 올라설 것만 찾으면 내가 내릴 수 있을 것 같은데."

우리는 방 한쪽 구석에서 낡은 서류가 잔뜩 놓인 작은 탁자를 찾아냈다. 코너가 서류를 치우고 책장까지 탁자를 끌고 왔다. 그 위에 올라서는 상자를 들어 탁자 위에 내려놓고는 뚜껑을 열어 보았다.

"이거 되게 오래되었네."

코너가 상자 안에서 수없이 물에 젖었다 마르기를 반복한 것 같은 책을 꺼내며 말했다. 여기저기 많이 망가졌지만 그래도 표지에 있는 커다랗고 털이 북슬북슬한 타란툴라는 알아볼 수 있었다.

"타란툴라가 또 있네."

표지를 찬찬히 보며 내가 중얼거렸다.

"타란툴라가 대체 무슨 상관인데?"

"누가 타란툴라에 진짜 관심이 많았나 봐. 음료수 가게에 타란툴라 그림이 있고 박물관에도 타란툴라가 전시되어 있었거든."

코너가 다른 책을 꺼냈다. 스케치북이었다. 코너가 넘겨 보는데 쭈글쭈글한 책장이 바스러지는 소리가 났다. 그러다가 한쪽 끄트머리가 찢어져 나갔다.

"조심해."

우리는 스케치를 유심히 들여다보았다. 말 그림과 스테이지 코치 패스 그림이 몇 장 그려져 있었다. 아, 당연히 타란툴라 그림도 있었다. 파란색 돌이 박힌 목걸이를 자세히 스케치한 그림도 있었다.

코너가 그림 귀퉁이에 적힌 날짜를 가리켰다. 1973년이었다.

선인장의 가시긴 일생에서 아주 잠깐 스쳐 지나가는,

"40여 년 전에 누가 그렸나 봐."

우리는 상자를 마저 뒤져 봤다. 작은 말 조각상, 낡은 머리빗, 수족관처럼 생긴 유리 상자가 나왔다.

"다 좋은데 여기에 왜 수족관이 있는 걸까?"

코너가 고개를 저었다.

"다른 용도였을지도 모르지."

나는 금방이라도 부스러질 것 같은 스케치북을 발가락으로 조심스럽게 넘겨 보다가 타란툴라 그림에서 멈췄다. 정말이지 진짜랑 똑같이 그려 놓았다. 다리 여덟 개마다 작은 털 한 올 한 올까지 세세히 그리느라 누군지는 몰라도 엄청나게 시간을 많이 쏟았을 터였다. 이 거대한 거미에 엄청난 관심이 있었던 게 분명해 보였다.

"네 말이 맞는 것 같아."

11

다음 날 학교 끝나고 집에 가 보니 엄마는 스테이크 레스토랑에서 사용할 소고기가 제대로 배달되어 왔는지 확인하고 있고, 아빠는 만질 수 있는 동물원에서 탈출한 닭을 잡아넣고 있었다. 현관을 두드리는 소리가 들렸다. 나는 전자책을 보다가 내려놓고 누가 왔는지 보러 갔다. 《스타 걸》이라는 책을 새로 읽으려던 차였다. 이 책을 고른 이유는 두 가지였다. 하나는 애리조나 사막에서 벌어지는 일이어서였다. 나는 새로 바뀐 환경에 적응하려고 나름대로 최선을 다하고 있었다. 이곳에서 벌어지는 재미있는 이야기를 읽어 보면 내 시각이 좀 달라질 수도 있겠다 싶어서였다. 그리고 두 번째 이유는 누구하고도 잘 어울리지 못하는 여자애에 관한 이야기였기 때문이었다. 그 여자애는 정말이지 성

선인장의 가시에 일생에서 아주 잠깐 스쳐 지나가는,

격이 독특한 데다 다른 사람이 어떻게 생각하든 신경 쓰지 않았다. 나도 그런 성격이면 얼마나 좋을까.

문을 열기도 전에 짖는 소리가 들려서 코너가 온 걸 알았다. 계단을 같이 내려가면서 코너한테 학교에서는 어땠냐고 물어보았다.

"괜찮았어. 아이들 두 명이 나한테 짖는 소리를 냈어. 애들이 그러고 나면 엄청나게 당황스러워. 그럴 때면 꼭 되짖는 소리를 내거든."

나는 얼굴을 찌푸렸다.

"내가 옆에 있었으면 걔들이 그대로 가지 못했을 텐데."

농담이 아니었다. 이런 부당함은 참아 넘길 수가 없었다. 이런 불공평한 일을 견딜 수가 없었다. 내가 쌍절곤을 익히는 즉시 그냥….

"너는 오늘 어땠어? 오늘 도서관에 안 보이던데."

잠시나마 펼치던 혼자만의 상상은 코너가 불쑥 물어보는 바람에 중단되었다. 나는 코너한테 점심을 화장실에서 먹었다고 말하고 싶지 않았다.

"괜찮았어. 도서관에 안 갔어. 우리 엄마는 내가 또 점심을 거르는 걸 싫어해서. 그러면 내가 신경질적으로 된다나. 당이 떨어지니까."

내가 진지한 표정으로 코너에게 대답하자 코너가 피식 웃었다.

"짜증 나게 우리가 같이 듣는 수업이 하나도 없네. 다음에는 점심 먹고 잠깐 도서관에 들를래? 아주 잠깐이어도 돼."

"좋아. 어, 아이스크림 먹으러 갈래?"

코너가 뭐라 대답하기도 전에 나는 음료수 가게 계단을 쿵쾅거리며 올라갔다. 그런 다음 코너가 문을 열어 줄 때까지 기다렸다. 내가 턱과 어깨로 문을 열지 못해서가 아니었다. 그저 코너한테 신사적인 행동을 할 기회를 주려는 거였다. 코너는 마지못해 문을 열면서 얼굴을 찡그렸다.

"나는 아이스크림 생각 별로 없다고."

"어떻게 공짜 아이스크림을 마다할 수 있어? 내가 여기 중요 인물이라는 거 몰랐어? 원하면 언제든지 아이스크림이랑 코울슬로를 공짜로 먹을 수 있고, 감옥 체험도 공짜로 할 수 있고, 스프레이를 칠한 금색 돌도 공짜로 받을 수 있다고."

이렇게 말하면서 카운터로 걸어갔다.

가서 헨리 할아버지한테 민트칩 더블 콘을 먹고 싶다고 말했다. 할아버지가 아이스크림을 담을 때 내가 물어봤다.

"할아버지, 전에 했던 로데오 얘기는 무슨 소리예요? 스테이지 코치 패스에 마지막으로 로데오가 열렸던 때가 언제예요?"

로데오 경기장은 로데오가 안 열린 지 백 년쯤 되어 보였다.

내가 헨리 할아버지를 쳐다보며 대답을 기다리는데 할아버지

선인장의 가시는 일생에서 아주 잠깐 스쳐 지나가는,

는 그대로 선 채 입까지 떡하니 벌리고 내 몸통을 빤히 쳐다보았다. 할아버지 손에 들려 있던 아이스크림 뜨는 주걱이 바닥에 떨어졌다.

"왜요?"

내가 물었다.

"대체 팔은 어쩌다가 그렇게 된 게냐?"

헨리 할아버지는 근심 가득한 얼굴이었다. 코너와 나는 서로 흘깃 쳐다보았다.

"저한테 팔이 없다는 거 알잖아요, 할아버지."

"허, 있었어!"

할아버지가 분명하다는 듯 말하며 내 팔이 달려 있어야 텅 빈 곳을 당황스러워하며 쳐다보았다.

"말타기 사고 때 팔을 잃은 게야?"

"네?"

"그렇지. 네가 말타기 사고를 당했었잖아? 그래서 그리된 게 틀림없구나."

헨리 할아버지가 조금 더 분명하다는 말투로 말했다.

"아녜요, 할아버지. 그런 게 아니라고요."

흐음, 말이 내 팔을 짓밟았다고? 밟아서 팔만 깨끗이 떼어 냈다니.

.헨리 할아버지는 다시 정신이 조금 돌아온 듯했다. 할아버지가 코너를 쳐다보며 물었다.

"애야, 넌 뭘 줄까?"

"걘 주지 마세요. 공기 다이어트 하고 있대요."

헨리 할아버지가 내 아이스크림을 담는 동안 코너가 나한테 속삭였다.

"좀 전에 되게 이상했어."

"알아."

헨리 할아버지가 카운터에 초콜릿 아이스크림을 올려놓자(쳇, 민트칩 아이스크림은 영영 받지 못할 거다.) 코너가 나 대신 아이스크림을 들고 밖으로 나왔다. 우리는 가게 앞 흔들의자로 가서 앉았다. 나는 발가락으로 숟가락을 잡고 아이스크림을 떠먹었다. 코너가 지나가는 관람객 둘한테 짖는 소리를 냈다. 두 사람은 놀라서 코너를 쳐다보았다. 그러다가 나를 보더니 놀라 뒤로 나자빠질 것처럼 보였다.

"사람들이 쳐다보는 게 싫어."

코너가 투덜거렸다.

"나도."

"있잖아, 너 되게 잘한다."

코너가 나한테 관심을 돌렸다.

선인장의 가시 일생에서 아주 잠깐 스쳐 지나가는,

"뭘?"

"그거, 아이스크림 먹는 거."

"하하, 아이스크림을 잘 먹는다고 칭찬받는 사람이 대체 얼마나 될 것 같니? 이렇게 능숙하게 먹을 수 있는 것도 다 14년 동안 연습한 덕분이지."

"엄청 능숙하네."

"닥치면 다 하게 되어 있어."

코너가 어깨를 으쓱하더니 물었다.

"가게에서 있던 일은 어떻게 생각해?"

"모르겠어. 헨리 할아버지는 정말이지 알 수 없는 분이야."

끼이익 끽끽 하는 소리가 들렸다. 둘 다 몸을 돌려 음료수 가게 창문을 쳐다보았다. 헨리 할아버지가 휘핑크림 스프레이를 뿌리며 창문을 닦고 있었다. 크림 얼룩 사이로 할아버지가 우리한테 손을 흔들었다. 코너도 손을 흔들어 주었다.

"할아버지한테 무슨 일이 생긴 거야?"

"엄마가 그러는데 치매래. 그래서 할아버지가 자꾸 헷갈리고, 잊어버리고 하시는 거 같아. 나이도 엄청 많으시잖아. 분명히 그래서일 거야."

"케이바나 가족에 대해 할아버지가 알까?"

"할아버지는 여기에서 줄곧 일했으니까 분명 할아버지는 그 가족에 대해 아실 거야."

나는 헨리 할아버지가 '이 망할 놈의 유리창은 세제로 닦는데
도 왜 깨끗해지지 않지?' 하는 표정으로 팔짱을 낀 채 오만상을
쓰며 창문을 쳐다보고 있는 걸 바라보았다. 내가 할아버지한테
웃어 보이자 할아버지 얼굴도 밝아졌다. 할아버지가 안으로 사
라졌다. 보아하니 더는 뿌연 창에 신경 쓰지 않는 것 같았다.

"케이바나 가족이 왜 그렇게 비밀스러운 거 같아?"

"모르겠어."

나는 잠시 생각해 보고는 말을 이었다.

"범죄자 집안이라서 법망을 피해 숨어 있는 걸지도."

"아니면 유명해서일지도 몰라."

"맞아! 유명 아이돌 그룹 멤버인데 서부 영화 스타일의 놀이공
원에 잠깐 손댔다는 걸 누가 알기라도 하면 잘 나가는 팝스타 이
미지가 깨질까 그러는 걸지도 모르지."

그러자 머릿속에서 이야기 꾸며 내는 장치에 발동이 걸렸다.

"아니면 어쩌면, 음, 어쩌면 탈출한 로데오의 광대일지도 몰라.
로데오 광대 마피아가 그들을 찾는 데 혈안이 되어 있고."

코너가 피식 웃었다.

"그 마피아는 왜 그렇게 찾아내려고 난리인데?"

"케이바나 사람들이 장난칠 사람을 잘못 골랐나 보지. 그런 거

선인장의 기나긴 일생에서 아주 잠깐 스쳐 지나가는,

있잖아. 그래서는 안 될 사람한테 물을 찍 뿜는 가짜 꽃으로 얼굴에 정통으로 물세례를 퍼부었다든가 아니면 뽕 망치로 머리를 내려쳤는데 맞은 사람이 장난으로 받아들이지 않는다든가 하는 거지. 그래서 복수하러 찾아다니는 거야."

나는 이 이론이 완전 그럴듯하다고 인정할 수밖에 없었다.

"아니면 이미 누군가가 케이바나 사람들한테 복수했을지도 모르지. 다들 죽었을지도 몰라."

코너가 너무나 진지하게 말하는 바람에 나는 다리에 소름이 다 돋을 지경이었다. 순간 엄청나게 큰 소리로 빵빵대는 소리가 들려 깜짝 놀랐다. 메인 스트리트를 쳐다보니 커다란 트럭이 스테이크 레스토랑 쪽으로 후진하고 있었다. 엄마가 클립보드를 들고 밖으로 걸어 나왔다.

나는 코너를 쳐다보고, 분위기가 좀 누그러지길 바라며 물어보았다.

"장난쳐 본 적 있어?"

코너는 어깨를 으쓱하고 대답했다.

"친구랑 몇 년 전에 선생님 집을 화장지로 도배한 적이 있어."

코너는 얼굴을 찡그리며 말을 이었다.

"그러고 나서 많이 혼났지. 너는 장난친 적 있어?"

"흠, 그런 건 뭐 일도 아니지. 역대 최고로 끝내준 장난만 말해 줄게."

"뭘 했는데?"

코너가 신이 나서 물었다.

"4학년 때 우리 선생님이 장례식장에 가야 해서 임시 선생님이 오신다는 걸 알았지. 그래서 나랑 제일 친한 에밀리가 자기 엄마 마네킹에서 팔을 빼 왔어."

"걔네 엄마한테 마네킹이 있어?"

"옷 같은 걸 만드셨거든. 마네킹으로 샘플 옷을 만들고 사진을 찍거나 하는 데 썼던 것 같아. 아무튼, 에밀리가 마네킹 팔 두 개를 가방에 넣어 학교에 가져왔어. 마네킹 팔이 너무 커서 가방 밖으로 삐져나왔지."

코너가 깔깔거렸다.

"좀비 팔처럼 튀어나왔겠구나."

"맞아. 좀비 영화 〈살아 있는 시체들의 밤〉 같았어. 아무튼, 우리는 교실로 가서 비밀 작전을 시작했지. 에밀리랑 매슈가 나를 도와서 내 긴 소매 옷 겨드랑이에 마네킹 팔을 감쪽같이 끼워 넣으려고 했어. 그런데 마네킹 팔 윗부분이 너무 굵어서 소매에 들어가질 않는 거야. 머리를 싸매다가 목에서 소매 쪽으로 마네킹 팔을 끼워 넣자는 기막힌 생각을 해냈지. 마네킹 팔이 긴팔 소매보다 훨씬 더 길어 나는 무릎까지 팔을 길게 늘어뜨린 돌연변이

선인장의 가시긴 일생에서 아주 잠깐 스쳐 지나가는,

괴물처럼 보였어."

나는 말을 이었다.

"그래도 다들 이왕 여기까지 한 거 끝까지 밀고 나가기로 했지. 매슈가 마네킹 팔을 양손으로 잡고 들어 줬어. 선생님이 우리 이름을 부르며 자리에 앉힐 때 내가 '매슈, 내 팔 좀 그만 놓으라고!' 하고 크게 외쳤지. 매슈가 가짜 팔을 잡아당겼어. 원래 계획은 매슈가 내 양팔을 완전히 뽑아서 머리 위로 들고 무슨 원시인처럼 의기양양해하며 고함을 지르는 거였거든."

"끝내주네."

"맞아. 그럴 뻔했지. 하지만 마네킹 팔이 소매통보다 더 굵어서 완전히 빼낼 수가 없었어. 4학년 머리로는 거기까지 미처 생각하지 못했던 거지. 마네킹 팔이 반쯤 나오다 소매에 끼어 버렸어. 매슈가 낑낑거리며 잡아당기고 또 잡아당겼지만 마네킹 팔은 소매 밖으로 빠지질 않았지."

"그래서 어떻게 됐어?"

"마네킹 팔이 소매 밖으로 나오지 않은 탓에 우리 계획은 완전히 어그러졌어. 나는 엉엉 울면서 '아이고, 내 팔! 네가 팔을 뜯어 냈어! 팔이 팔 구멍에서 뜯겨 나간 게 느껴진다고! 엉엉, 사람도 아냐. 불쌍한 내 팔!' 하고 소리쳐 댔어."

"다들 웃고 난리 났지만 임시 선생님은 우리를 그저 쳐다보고만 있었어. 매슈는 그만 포기하고 자리로 갔고 나도 자리로 갔지. 너무 잡아당겨서 내 티셔츠 소매가 늘어나는 바람에 마네킹 팔이 바닥에 질질 끌려서 마네킹 팔을 조심조심 피해 자리로 가야 했어."

코너가 놀라 손으로 입을 막았다.

"어이쿠, 저런. 그 일로 혼났니?"

"아니. 임시 선생님은 진짜 정말 착했어. 교장 선생님한테 말해 혼나게 하거나 하지는 않았어. 하지만 그 바보 같은 팔을 점심때까지 달고 있게 했지."

코너가 깔깔거렸다.

"진짜 볼만했겠네."

"뭐, 그랬지."

"그 일이 역대 최고의 장난이라고 불러야 할진 모르겠어."

"그렇지, 성공하지 못했으니까."

"엄청나게 창피한 대실패작이라고 하자."

나는 아이스크림을 내려다보았다. 더운 날씨에 이미 다 녹아 있었다. 더 먹고 싶은 생각이 사라졌다. 어쨌거나 내가 진짜 먹고 싶은 건 민트칩 맛이니까.

"남은 거 먹을래?"

내가 묻자 코너는 고개를 가로저었다.

선인장의 가시긴 일생에서 아주 잠깐 스쳐 지나가는,

나는 다시 스테이크 레스토랑에 관심을 돌렸다.

"음, 카우보이끼리 권총 결투하는 쇼가 한 시간쯤 후에 시작될 거야."

나는 장난스레 눈빛을 빛내며 웃었다. 나한테 손이 있었다면 턱 밑에서 양 손가락을 맞대고 음흉하게 꼼지락거리고 있었을 거다.

코너가 영문을 모르겠다는 듯 쳐다보며 물었다.

"그래서?"

나는 아이스크림을 내려놓고 흔들의자에서 벌떡 일어섰다.

"따라와."

코너는 나를 따라 스테이크 레스토랑으로 왔다. 엄마가 드디어 물건을 다 내리고 트럭이 떠난 후였다. 우리는 몰래 뒷문으로 가서 조리실로 향했다. 조리실에는 요리사, 보조 요리사, 종업원들이 분주하게 오가며 저녁 손님 받을 준비를 하느라 정신이 없었다. 우리는 아무한테도 들키지 않고 커다란 식당용 냉장고 뒤에 섰다.

코너와 나는 보조 요리사가 커다란 통에 든 코울슬로를 섞는 모습을 보고 역겨워했다. 보조 요리사의 팔뚝 위까지 통에 파묻혀 있었다. 민소매 티셔츠를 입고 있었는데 겨드랑이 털에 맺힌 코울슬로 소스 한 방울이 통으로 떨어지는 게 보였다. 코너는 자지러질 듯 낄낄대며 으에엑 하는 소리를 냈다.

"여기서 다시는 코울슬로를 먹지 말라고 꼭 얘기해 줘."

코너가 키득거리며 짖는 소리를 냈다.

"저 사람 겨드랑이에 작은 머릿수건이라도 달아 놔야 하는데."

"여서 뭣들 하는겨?"

등 뒤에서 목소리가 들렸다. 뒤를 돌아보니 조지핀 할머니가 팔짱을 끼고 서 있는 모습이 보였다. 할머니는 우리가 스테이지 코치 패스에 오던 날 인사를 했다. 십 대 때 텍사스에서 애리조나로 와서 이후로 쭉 여기에서 일했다고 한다. 할머니는 요즘 서빙, 손님맞이 및 그 밖에 스테이크 레스토랑에서 온갖 일을 다하고 있었다. 내가 보기에 조지핀 할머니가 이곳을 운영하는 것 같았다. 할머니는 얼추 여든 살쯤 되어 보였지만 아직도 콩 통조림 열 그릇이 놓인 커다란 쟁반 하나쯤은 거뜬하게 들고 나를 수 있었다.

나는 얼른 머리를 굴렸다.

"저기, 엄마가 좀 전에 그랬는데요, 어, 저녁으로 먹을 스테이크 두 개를 고르래요."

조지핀 할머니는 나를 처음 만났을 때 보던 것처럼 이상하다는 표정을 지으며 가만히 쳐다보았다. 내가 스테이크 레스토랑에 올 때면 가끔 할머니가 식당 저편에서 나를 빤히 쳐다보는 것이 느껴졌다. 사람들이 나를 빤히 쳐다보는 일에는 익숙해져 있지만 이는 어쩐지 좀 다르게 다가왔다.

"너네 엄만 방금까지 여기 있었는데."

조지핀 할머니는 짧게 자른 빨간 머리를 긁적거렸다. 염색한 게 분명했다. 여든 살 먹은 할머니 머리가 빨간색일 리는 없으니까.

"왜 그때 두 개 골라가지 않고서?"

나는 어깨를 으쓱하며 대답했다.

"까먹었나 보죠."

"알았다. 두 개 골라서 여기에서 나가. 곧 식당 문을 열어야 혀."

할머니는 식당으로 통하는 스윙 문을 세차게 밀치고 갔다. 꼭 대단한 임무라도 수행하는 모습이랄까.

코너가 커다란 식당용 냉장고 문을 열고 얇게 자른 스테이크 두 조각을 집었다. 그러고서 우리는 조리대 서랍을 뒤적거린 끝에 조리용 실과 가위를 찾아내 후다닥 위층으로 올라갔다. 나는 아무도 없는 걸 보고 마음이 놓였다. 엄마는 다른 일이나 사건을 해결하러 나간 게 틀림없었다. 여기에서는 할 일이 끝도 없는 듯했다.

엉성했지만 코너는 스테이크에 겨우겨우 구멍을 내고 요리용 실을 넣어 묶은 뒤 내 티셔츠 머리와 팔뚝으로 통과시켜 소매 쪽에 둘러맸다. 나는 어깨에 카디건을 걸치고 코너와 함께 아래로 내려가 총싸움을 보러 거리로 나갔다. 바깥에는 이미 사람들이 조금 모여 있었다.

"안절부절하지 좀 마."

틱이 점점 심해지는 코너한테 말했다.

"주변에 사람이 많아서 그래."

퍽이나. 우리 주변에 네 명쯤 있는 것 같은데.

몇 분 기다리니 카우보이들이 나와서 서로 소리를 지르기 시작했다. 나는 카우보이들이 늘 하던 레퍼토리대로 떠드는 소리에 맞춰 발을 까딱거렸다. 드디어 그 순간이 왔다. 스테이크 레스토랑 종업원인 파란색 셔츠를 입은 카우보이가 기념품 가게에서 일하는 사람인 카우보이 바지를 입은 카우보이한테 총을 겨누고 외쳤다.

"네 녀석을 해치우면 더는 코 고는 소리가 들리지 않겠군!"

나는 신경 써서 카우보이 바지를 입은 카우보이 뒤쪽에 서 있었다. 파란색 셔츠를 입은 카우보이가 카우보이 바지를 입은 남자한테 쏘는 첫 발은 늘 빗나갔지만, 오늘은 완전히 빗나가지는 않을 것이다. 헤헷.

파란색 셔츠를 입은 카우보이가 총을 쏘는 순간 나는 고통스럽게 소리를 지르면서 그럴듯하게 시선을 끌며 어깨를 흔들어 걸

선인장의 기나긴 일생에서 아주 잠깐 스쳐 지나가는,

치고 있던 카디건을 떨어뜨렸다. 내 뒤에 있던 코너는 손으로 입을 틀어막고 낄낄거렸다.

주변에 있던 아이 두어 명이 겁에 질려 비명을 질렀고 부모들도 일 초 동안은 놀란 눈치였다. 상황을 파악하는 데 걸린 시간은 단 일 초였다. 이봐요, 그건 분명 내 티셔츠에 대충 얽어맨 스테이크 두 덩이지 총에 맞아 떨어진 팔이 아니잖아요.

카우보이들은 결투를 벌이려다가 멈추고 나를 쳐다보았다. 스테이크 팔을 어찌해야 할지 감이 안 잡히는 눈치였다. 어린 꼬맹이들은 다음번에 자기 팔이 떨어질까 봐 무서워서 엄마나 아빠 다리에 울며불며 매달렸다. 총싸움은 이제 완전히 엉망이 되어 버렸고, 사람들은 하나둘씩 공원 다른 곳으로 가 버렸다. 카우보이들이 나를 노려보았다.

코너가 카디건을 다시 내 어깨에 둘러 주었다. 나는 카우보이들한테 배시시 웃으며 "미안해요. 쇼를 망칠 생각은 아니었어요." 하고 말했다.

다음 날 아침 카우보이들이 아빠한테 와서 내 장난에 대해 항의했다. 둘이 나에 대한 항의를 마치고 가자 부모님과 나는 시리얼을 놓고 작은 식탁에 둘러앉았다.

아빠가 몸쪽으로 과장되게 손짓했다.

"에이브, 사람들이 공원으로 오게 하는 게 우리 목표야. 무섭게 해서 공원 밖으로 쫓아내는 게 아니라."

나는 알아들었다고 고개를 끄덕였다.

"다시는 이런 일 없을 거예요."

아빠는 만족스럽게 고개를 끄덕이고 시리얼 그릇을 밀어 놨다. 그러고는 일어서서 내 이마에 뽀뽀했다.

"오늘 하루 학교에서 잘 보내라, 여왕님."

아빠가 나가자 엄마는 나를 쳐다보며 입을 비죽거렸다. 그러더니 시리얼 한 숟갈을 떠서 입에 넣고 씹었다.

"꽤 괜찮았어."

"그렇죠, 괜찮았다니까요."

우리는 과장되게 엄숙한 눈빛을 주고받고는 숨죽여 킥킥대면서 같이 아침 식사를 끝냈다.

선인장의 가느린 일생에서 아주 잠깐 스쳐 지나가는,

코너와 내가 같이 보내는 시간이 많아지자 부모님은 학교가 끝 난 뒤 코너를 저녁 식사에 초대했다.

점심시간이 되자 나는 평소처럼 화장실로 가서 발을 깨끗이 씻 었다. 화장실 칸을 뚫어져라 쳐다보았다. 그날은 도저히 그 안에 들어갈 수가 없었다. 너무나 기분이 좋았다. 코너를 만나서 집으 로 초대할 생각에 잔뜩 들떠 있었다. 들뜬 기분을 망치는 화장실 안에서의 점심 식사는 필요 없었다.

코너를 찾으려고 도서관으로 향했다. 행정실로 돌아가는, 더 오래 걸리지만 한적한 길을 택했다. 모퉁이를 돌다가 저번에 봤 던 그 아이한테 또 발이 걸려 넘어질 뻔했다.

"어이쿠, 미안."

다음번에는 잘 기억해 뒀다가 이 아이를 훌쩍 뛰어넘어야지.

"괜찮아."

남자애는 고개를 들지 않고 부드럽게 말했다. 나는 그대로 걸어가다가 잠시 멈춰서 그 아이를 돌아봤다. 아이는 옆에 놓인 포도와 샌드위치를 내려다보고 있었다. 나는 남자애가 왜 이 뜨거운 길바닥에서 혼자 먹는지 궁금했다. 화장실 칸 안에 웅크리고 점심을 먹는 나처럼 그 아이도 쓸쓸하고 딱해 보였다.

내가 어떻게 그 아이가 투명 인간이라도 되는 양 또 그냥 지나쳐갈 수 있담? 길 가다가 마주친 과속 방지 턱이기라도 한 것처럼? 나는 도로 가서 그 아이 앞에 섰다. 아이는 긴 샌드위치를 입으로 가져가다 말고 나를 올려다보았다. 갈색 뺨을 타고 땀방울이 흘러내렸다.

"옆에 앉아도 돼?"

남자애는 잠시 주위를 둘러보았다. 내가 근처 벽이나 가로등에게 말을 건 것이 틀림없다고 여기기라도 하는 것 같았다. 나를 다시 쳐다보며 아이는 어깨를 가볍게 으쓱했다.

"그래."

나는 책가방 끈에서 머리를 빼내고 앉았다. 남자애는 내가 발가락으로 조심스럽게 책가방을 열고 점심 도시락을 꺼내는 모습을 유심히 지켜보았다. 나는 앞에 냅킨을 넓게 펼치고 치토스, 깎

선인장의 기나긴 일생에서 아주 잠깐 스쳐 지나가는,

은 사과, 곡물초코바, 땅콩버터 샌드위치를 하나씩 꺼내 냅킨 위에 가지런히 내려놓았다. 내가 발가락으로 치토스 봉지를 뜯으며 물었다.

"이름이 뭐야?"

"끝내준다. 그거 어떻게 해?"

아이는 이름을 얘기하는 대신 이렇게 물었다.

"연습을 많이 하면 돼. 난 에이븐이야."

내가 치토스를 하나 꺼내 입에 집어넣는 모습을 유심히 지켜보면서 대답했다.

"자이언."

"성경에 나오는 자이언?"

"아니, 영화 '매트릭스'에 나오는 자이언."

"어, 그게 뭔데?"

나는 치토스를 우물거리며 물었다. 자이언은 입이 쩍 벌어졌다.

"몰라? 우리 부모님이 엄청 좋아하는 영화인데. 부모님은 공상 과학을 굉장히 좋아하거든. 내가 태어났을 때 매트릭스에 나오는 모피어스를 닮았다고 하더라. 빡빡이에다 신비스럽다고 말이야. 그렇지만 나는 그 영화를 못 봐. 나이 제한에 걸리거든."

자이언이 얼굴을 찌푸렸다.

"어, 그럼 나도 못 보겠네. 실망이야. 모피어스라는 사람이 좀 궁금했는데."

"우리 부모님은 제정신이 아니야. 내 남동생 이름은 란도라고 지었다니까. 란도 칼리시안을 따서 말이야. 그게 누군지 네가 알지 모르겠네."

자이언은 눈알을 굴렸다.

"장난하냐? '스타워즈'는 봐도 되는 나이거든!"

자이언이 피식 웃었다.

"우리 부모님이 무척 감명받겠군."

나는 자이언한테 치토스 한 개를 건넸다(물론, 발로). 자이언은 얼굴을 찡그리지 않고 내게서 치토스를 받아들었다.

"자이언, 뭐 좀 물어봐도 돼?"

"으응."

자이언이 치토스를 우물거리며 대답했다.

"왜 여기 길에 혼자 앉아서 먹어?"

자이언은 천천히 주스 팩을 들어 올리더니 길게 빨아 마셨다.

"여기는 조용하거든."

나는 고개를 갸웃거리며 미심쩍다는 듯 한쪽 눈썹을 치켜 올렸다.

"그 이유뿐이야?"

자이언은 바닥만 쳐다보며 대답하지 않았다.

선인장의 가난한 일생에서 아주 잠깐 스쳐 지나가는,

"괜찮아. 나는 화장실 칸 안에서 점심을 먹었는걸."

자이언이 놀라 나를 쳐다보더니 말했다.

"다른 아이들이 내가 먹는 모습을 지켜보는 게 싫어. 다들 뚱뚱한 애가 먹는 모습을 지켜보는 게 좋은가 봐. 입에 음식을 얼마나 많이 처넣는지 보고 싶은 거지."

"그렇게 안 뚱뚱한데."

이렇게 말하고서 아차 싶었다. 좋은 의도로 한 말이었지만 막상 내 입에서 나온 말이 그리 좋게만 들리지는 않았다.

"괜찮아. 내가 뚱뚱하다는 거 알아."

"내가 보기엔 넌 딱 좋은데, 뭘."

자이언이 포도를 건넸다. 나는 발로 받아 입에서 톡 터뜨렸다.

"너는 왜 화장실에서 먹어?"

나는 포도를 꿀꺽 삼켰다.

"나도 다른 아이들이 내가 먹는 모습을 지켜보는 게 싫거든."

"어째서?"

"역겹다고 생각하니까."

"아니야, 그렇게 생각하지 않아."

"맞거든, 그래."

"어떻게 알아?"

"그냥 알아. 예전에 부모님이랑 어린이 박물관에 간 적 있었는데, 컬러 찰흙을 갖고 놀려고 탁자에 앉았어. 나는 발로 갖고 놀수밖에 없잖아. 그런데 탁자에 있던 아이들이 죄다 나를 뚫어져라 쳐다봤지."

"신기해서 그런 거야."

"그러다가 어떤 아이가 소리쳤지. '으악! 쟤가 찰흙에 발을 대.' 라고."

"꼬맹이들은 바보 같아."

"그랬더니 걔네 엄마가 우리 엄마한테 '아주머니 딸이 찰흙에 발을 대지 않게 해 주실래요?' 하고 말했어."

"어이가 없네. 너희 엄마가 뭐랬어?"

자이언이 툴툴대며 물었다. 나는 씩 웃으며 대답했다.

"그럼 발 대신 궁둥이로 갖고 놀도록 단단히 일러두겠다고 했지."

자이언이 배꼽을 잡으며 깔깔거렸다.

"우아, 완전 최고다."

나는 치토스를 하나 더 입에 집어넣었다.

"난 그전까지 사람들이 발로 뭘 하는 걸 역겹다고 생각하는지 전혀 몰랐어. 아무튼, 그게 유치원에 들어가기 바로 전 일이었어. 팔 없는 꼬맹이가 유치원에 들어간 첫날을 어떻게 보냈을지 상상이 가니?"

선인장의 가시 일생에서 아주 잠깐 스쳐 지나가는,

자이언이 빙긋 웃으며 대답했다.

"통통한 유치원생보다 훨씬 더 견디기 힘들었을 것 같아."

"그럴지도. 아이들이 괴상한 질문을 어찌나 퍼부어 대든지."

나는 꼬맹이 목소리를 흉내 냈다.

"누가 팔을 잘랐쪄? 손가락이 없는데 손가락 그림은 어떻게 그려? 손이 없는데 가위는 어떻게 써? 수건돌리기 놀이는 어떠케 해? 겨드랑이는 간지럼 타는 거야? 얼굴에 땅콩버터가 묻으면 어떻게 닦가?"

사실 그 아이들이 진지하게 물어본 말은 '응가하고 엉덩이는 어떻게 닦아?'였지만 자이언한테 그 말은 하지 않을 거다. 절대 말해 주지 않을 테니 다들 헛된 기대는 버리도록.

"진이 쏙 빠졌어."

"당연히 그랬겠지. 아이들은 나한테 '빌딩을 통째로 먹었어?' 나 '우리 아빠보다 몸무게가 더 나가는 거 아니야?' 같은 걸 물어 댔어."

나는 눈살을 찌푸렸다. 그러니 자이언이 자기가 뚱뚱하다고 여기는 것도 당연하지.

"너무했다. 이따금 학교에서 정말로 못 견디겠다 싶을 때도 있지 않니?"

"맞아. 너는 남들이 하는 모든 일을 죄다 발로 할 수 있어?"

"대충. 늘 더 힘들긴 해. 호키포키 같은 걸 할 때. '오른손을 안에 넣고' 하는 가사가 나오면 나는 마네킹처럼 멀거니 서 있어야 하니까. 허리에 찬 깃발을 뺏는 플래그 풋볼 놀이를 할 때는 악몽 수준이야. 뛰면서 동시에 다른 사람 허리춤에서 깃발을 잡아채려고 해 봐. 좀 어렵지."

"흠, 얼마나 어려운 일이지 확실히 알겠어."

"내가 진짜 잘하는 유일한 스포츠는 축구야."

"봄에 학교 축구팀 입단 테스트 볼 거야?"

"어, 잘 모르겠어. 캔자스에서는 축구할 때 수비수를 했어. 거기에서는 친구가 많은 데다 다 같은 학교에 갔잖아. 하지만 여기에서는 아는 아이가 거의 없어서."

"나는 알잖아."

나는 웃으며 자이언한테 치토스를 하나 더 건넸다.

"가끔 너랑 여기에서 같이 점심 먹어도 괜찮아?"

자이언이 활짝 웃었다.

"물론이지."

자이언과 나는 그날 함께 점심을 마저 먹었다. 아무도 우리를 지켜볼 수 없는, 행정실 저쪽 구석에 몸을 숨기고서 말이다.

선인장의 가녀린 일생에서 아주 잠깐 스쳐 지나가는,

　그날 오후 학교 끝나고 같이 버스를 타고 오면서 드디어 코너한테 놀러 오라고 말할 수 있었다. 알고 보니 둘 다 집에 갈 때 같은 버스를 이용했다. 그동안에는 엄마가 차로 학교에 오갈 때 태워 줬지만 스테이지 코치 패스에서 버스를 타고 조금만 가면 되는데 계속 차를 타고 다닐 필요는 없었다. 엄마가 놀이공원 일로 눈코 뜰 새 없이 바쁜 걸 잘 알아서, 한창 바쁠 때 일을 멈추고 나와서 나를 데리러 오는 걸 바라지 않았다.

　"오늘 밤에도 너네 엄마 일하셔?"

　내가 코너한테 물었다.

　"응, 내일 아침 일찍 들어오실 거야."

　"그러면 놀이공원 겸 우리 집에 저녁 먹으러 올래? 우리 부모님이 널 보고 싶대. 우리 아빠는 잠깐 봤지만 두 분이 널 보고 싶어 해. 뭐랄까 특히 스테이크 장난 이후에 공식적으로 말이지."

마지막 말은 가까이 가서 목소리를 낮춰 말했다. 코너는 화들짝 놀란 눈치였다.

"저녁 먹기 전까지는 있어도 되지만 이후에는 집으로 가야 해."

"어째서? 너네 엄마는 밤새 일하신다며? 그냥 더 있다 가도 되지 않아?"

나는 정색을 하고 물었다. 코너는 어깨를 으쓱하더니 눈알을 이리저리 굴렸다.

"어어, 더 있다 가도 될지도. 이따 봐서."

"괜찮을 거야."

코너는 점심을 먹지 않았다. 나와 아이스크림도 먹지 않았고, 이제는 우리 집에서 같이 저녁도 먹고 싶어 하지 않았다. 굶어 죽으려는 건지 슬슬 미심쩍어졌다. 나는 얼른 대화 주제를 바꿨다.

"지난번에 네가 한 말에 대해서 생각해 봤는데, 누군가 케이바나 가족을 어찌어찌해서 몰아냈을지도 모른다고 했던 거 말이야."

나는 누가 들을까 봐 '몰아냈다'는 말을 할 때 목소리를 낮췄다.

"그런데?"

선인장의 가냘픈 일생에서 아주 잠깐 스쳐 지나가는,

코너가 눈을 깜빡거리며 묻자 내가 고개를 끄덕이며 말을 이었다.

"그랬지. 생각해 보니까 스테이지 코치 패스에 살인자가 있을지도 모른다는 가능성을 생각해 둬야 할 것 같아."

'살인자'라고 말할 때 나는 또다시 목소리를 잔뜩 낮췄다. 이런 문제를 논의할 때는 아무리 조심해도 지나치지 않는 법이니까.

"누굴까?"

코너도 작은 목소리로 물었다.

"누구든 가능하지. 금광 담당 직원이 있는데 다들 심술쟁이 밥할배라고 불러. 심술궂거든. 어쩌면 그 할아버지일지도 몰라. 아니면 우리 부모님 면접을 본 회계 담당 직원인 게리 아저씨나. 그 아저씨가 그랬을지도 모르지."

"왜?"

"이 놀이공원을 가지려고."

"그 아저씨가 왜 이 놀이공원을 갖고 싶어 할까?"

"돈 때문이지. 다 돈 문제더라고."

"네 생각에 이 놀이공원으로 돈을 얼마나 많이 벌 것 같아?"

내가 보기에 이 공원은 솔직히 적자일 것 같았다.

"아, 그래. 돈 때문은 아닌가 보다."

내가 이렇게 말하며 눈을 찌푸린 채 코너를 쳐다보았다.

"복수야."

"뭘 복수해?"

"모르지. 아직은 말이야. 이 엄청난 미스터리를 내 힘으로 풀고야 말 테야. 선생께서 나를 돕고 싶으면 같이 해 봅시다."

"좋아."

이렇게 대답은 했지만 코너는 그다지 열성적이지도 않았고, 나처럼 영국 탐정처럼 말하지도 않았다. 내가 보기에, 훌륭한 탐정은 늘 영국 탐정처럼 말했다.

"낡은 창고로 다시 가야 해."

"거기에는 뭐라 쓰여 있는지 제대로 알아보기도 힘든 종이와 낡은 잡동사니밖에 없잖아."

"그래, 하지만 거기에 뭔가 숨겨져 있을 수도 있잖아. 안 그러면 출입금지 표지판은 왜 해 놨겠니?"

코너가 고개를 끄덕였다.

"하긴, 그렇네."

나는 발로 버스 바닥을 탁탁 쳤다.

"여태 흥미진진한 미스터리를 풀어 본 적은 한 번도 없었어. 음, 아침에 일어나 보니 머리며, 몸이며, 침대가 죄다 초콜릿으로 뒤덮여 있던 적만 빼고 말이지."

"무슨 일이었는데?"

선인장의 가시긴 일생에서 아주 잠깐 스쳐 지나가는,

"키세스 초콜릿이 가방에서 침대로 굴러 떨어졌는데, 내가 자면서 그 위를 계속 굴러다닌 덕분에 그렇게 되었지. 믿어져? 키세스 초콜릿 하나 때문에 그렇게 되었다는 게!"

코너는 키세스 초콜릿 이야기에 그다지 감명받지 못한 표정이었다.

"머틀 아줌마한테 그 이야기를 해 봐야 하지 않을까? 점성가라면 무슨 일이든 다 알고 있지 않을까? 혼령과 대화도 하고 막 그런다는데?"

"머틀 아줌마는 그냥 손금이나 보는걸. 나한테 별로 도움이 안 돼."

코너가 피식 웃더니 둘째 손가락을 까딱거리며 말했다.

"걱정하지 마십시오! 우리가 어마무시하게 미스터리한 미스터리를 풀고 말 테니까요."

나는 코너가 영국 탐정처럼 말해 줘서 기분이 좋았다.

14

코너와 내가 집에 가니 부모님이 안 계셨다.

"과자 먹을래?"

작은 부엌으로 들어서며 내가 물어봤다.

"아니, 괜찮아. 진짜 배 안 고파."

"점심도 안 먹었는데 어떻게 배가 안 고플 수가 있어?"

"그냥 안 고파."

"알았어."

나는 아래쪽 찬장 문을 발로 열어 프레첼 비스킷을 꺼냈다.

"탄산음료 마실래?"

"아니."

나는 한숨을 쉬고는 탈수로 코너가 죽지 않기만을 바랐다. 바

선장의 가니긴 일생에서 아주 잠깐 스쳐 지나가는,

깥 기온은 아직도 32도였다.

우리는 작은 거실로 향했다. 코너가 구석에 놓아둔 내 기타를 발견했다.

"저거 네 기타야?"

"응."

나는 발로 텔레비전 받침대 서랍을 열며 대답했다.

"나한테 한 곡 쳐 줄래? 네가 발로 기타 치는 모습을 꼭 보고 싶어."

"봐서 다음에. 지금은 연습을 통 안 했거든."

엄연히 말해 그렇지는 않았다. 코너 앞에서 기타를 치기 전에 연습해야 한다는 것이 어쩐지 꺼려졌다. 정말로 코너 앞에서 기타를 연주를 해야 하나 사실 아직 마음을 정하지 못했다.

"약속했다?"

"언젠가 보여 줄게. 지금은 아니야."

코너는 서랍 안에 쭉 놓인 비디오 게임 팩으로 주의를 돌렸다. 엄지손가락으로 쭉 훑으며 말했다.

"여기 보니 괜찮은 게임이 꽤 있네."

"우리 아빠가 좋아하시거든. 거기에 있는 대부분이 아빠가 하는 게임이야."

"너네 아빠 참 멋지다."

코너는 우리 아빠의 어린아이 같은 면에 정말로 감탄한 눈치였다. 그러더니 엄청나게 폭력적인 전쟁 게임을 꺼냈다.

"우리 이거 하자."

나는 고개를 저었다.

"하면 안 돼. 아빠만 하는 거야."

코너가 얼굴을 찌푸리며 게임 팩을 다시 제자리에 두더니 다른 게임 팩을 꺼냈지만, 그것도 내가 해서는 안 되는 게임이었다.

"겉에 청소년 이용 불가라고 쓰여 있는 게임은 못 하게 해."

내가 서랍 쪽으로 가서 레이싱 게임을 꺼냈다.

"이거 하자."

"그래야겠지."

코너가 보란 듯이 크게 한숨을 쉬었다. 서로 피 튀기며 죽고 죽이는 전쟁 게임을 할 수 없어서 실망한 것이 분명했다.

"나는 보통 오락용 조이스틱으로 할 때 더 잘해."

내가 이렇게 말하는 사이, 코너는 게임기 안에 게임 시디를 집어넣었다.

"좋아. 네가 날 이기려면 최대한 유리해야 할 테니."

우리는 두어 시간쯤 게임을 했다. 코너는 내가 게임을 아주 잘한다고 생각할 것 같진 않았다. 뭐, 코너가 나를 많이 이겼지만 꽤 박빙인 경우도 있었고 두어 번 내가 이기기도 했다. 나는 평

선인장의 가시긴 일생에서 아주 잠깐 스쳐 지나가는,

소보다 더 못한 듯했다. 코너가 게임을 하면서 틱을 자주 보이는 바람에 도무지 집중하기가 힘들었다. 틱 때문에 코너도 게임 하기 더 힘들었을 것 같지만. 코너가 밤에 집에서 혼자 게임 하면서 틱을 심하게 하는 광경을 상상해 봤다. 그런 식으로 시간을 계속 보내는 편이 코너에게 그리 좋지 않을 것 같았다.

나는 코너가 보이는 틱을 슬슬 이해할 것만 같았다. 어떻게 하면 더 심해지고 어떻게 하면 더 나아지는지 알 수 있었다. 코너가 무언가에 흥분하거나 스트레스를 받으면 확실히 틱이 심해졌다. 반면 진정되고 편안하면 틱이 그다지 심하지 않았다. 게임은 코너를 흥분시키는 듯했다.

우리가 게임을 다하고 뒷정리를 하는데 때맞춰 엄마가 들어왔다.

"내가 지금 밥 할아버지가 무슨 짓을 했는지 말해도 도저히 믿지 못할걸."

엄마는 모자를 식탁 위로 내던졌다.

나는 코너를 바라보며 (무슨 이유에서인지는 몰라도 드라큘라처럼) 낮은 목소리로 말했다.

"누구를 죽였나?"

코너가 키득거렸다.

엄마가 거실로 걸어오다가 코너를 보았다.

"네가 코너로구나."

엄마는 손을 내밀어 코너와 악수했다.

"만나 뵙게 되어 반갑습니다, 아주머니."

코너가 부드럽게 말했다. 틱을 참으려 하는 게 뻔히 보였다.

"나도 만나서 반가워."

코너가 별안간 크게 짖는 소리를 내자 엄마는 깜짝 놀라 뒤로 펄쩍 뛰었다.

"아이고, 이런. 특이하네."

엄마가 피식 웃으며 말했다.

"코너는 투레트 증후군을 앓고 있어요."

내가 엄마한테 일러 줬다.

"아, 맞다. 그렇게 초조해할 필요 없어, 얘야. 그러다가 틱만 더 심해질 거야."

엄마가 코너를 진정시키려 팔을 부드럽게 쓰다듬었다. 나는 깜짝 놀라 엄마를 쳐다보았다.

"엄마, 투레트 증후군이 뭔지 알고 있어요?"

엄마는 살짝 볼멘 표정을 지었다.

"에이븐, 엄마는 대학에서 심리를 전공했어. 당연히 투레트 증후군이 뭔지 알지."

"엄마가 대학에서 심리를 전공했다고요? 그게 뭐예요?"

선인장의 가시긴 일생에서 아주 잠깐 스쳐 지나가는,

엄마는 한숨을 쉬더니 잠깐 생각하는 눈치였다.

"심리학. 내가 너한테 한 번도 얘기한 적 없었니?"

"네. 엄만 만날 지루한 옛날 사람들 이야기나 했잖아요."

내가 장난스레 대꾸했다. 그러자 엄마가 나를 붙잡고 주먹으로 머리를 마구 문대는 바람에 머리카락이 헝클어졌다.

"어이구!"

내가 몸을 꿈틀대며 빠져나왔다.

"좋아, 이제 저녁을 할게. 너희 둘은 부탁 좀 들어줄래? 금광에 가서 밥 할아버지를 해고해 줘."

나는 피식 웃었지만 코너는 심각한 표정이었다.

"고맙습니다만, 저는 저녁은 먹지 않고 갈 거예요."

"아냐, 먹고 가. 너희 엄마는 일하신다면서. 여기서 같이 안 먹으면 너는 저녁을 뭐 먹을 건데?"

코너는 그대로 굳어 버렸다. 뭐라고 말해야 할지 전혀 떠오르지 않는 듯했다.

"어, 음…, 시리얼을 먹을 거야."

"그건 안 돼. 우리랑 먹자. 너희 어머니께서 일하시니 내가 저녁 먹고 나서 집에 데려다줄게."

엄마가 말했다.

그 말에 코너가 완전히 겁에 질린 게 분명했다.

"아뇨, 정말이에요…. 저, 저는 시리얼을…, 좋아해요."

코너는 틱 때문에 겨우겨우 말을 이어 갔다.

"왜 안 먹는 거야? 거식증이야?"

내가 물었다.

코너는 그 말에 긴장을 조금 풀더니 웃으며 말했다.

"아니야. 거식증은 아니야. 그저…."

"뭔데? 코너, 나는 네 친구잖아. 말해 봐."

"내가 먹을 때 말이야…, 가끔씩 뱉어 버려."

코너의 양 볼이 아주 붉게 물들었다. 어깨를 으쓱거리며 눈을 심하게 깜빡대기도 했다.

"사람들한테 음식을 뱉어."

엄마는 코너를 보며 이해한다는 미소를 지어 보였다.

"그리 드문 일도 아니야. 오늘 저녁 식사는 다들 비옷 입고 하자."

그렇게 말하며 엄마는 찬장을 열고 감자를 꺼내기 시작했다.

코너가 나를 쳐다봤다.

"마스크까지 했으면 좋겠는데."

나는 코너 신발을 툭 찼다.

"봤지? 별일 아니라고. 이제 어쩔 수 없을걸."

코너의 표정이 바뀌었다.

"우리 부모님도 너희 부모님처럼 이해해 주면 좋겠다. 집에서는 이제 나랑 같이 먹고 싶어 하는 사람이 아무도 없어. 우리 아빠는 내가 음식을 뱉으면 마구 소리쳐. 그러면 나는 더 심해지고."

코너는 자기 머리카락을 잡아당기며 말을 이었다.

"지금은 내 방에서 혼자 먹어. 우리 엄마는 거의 곁에 없으니 아무래도 상관없지만."

"상관있어. 중요한 거야."

내가 단호하게 말했다.

우리가 저녁을 차리는데 아빠가 들어오셨다.

"아무래도 그 늙은 라마를 보내 줘야겠어."

아빠는 서글픈 목소리로 말했다. 어깨까지 축 처져 있었다. 나는 고개를 벌떡 들었다.

"뭐라고요? 싫어요, 스파게티를 보낼 순 없어요!"

내가 소리 질렀다. 엄마와 아빠는 나를 묘한 표정으로 쳐다보았다. 나는 어깨를 으쓱했다.

"우리는 서로 특별하게 연결되어 있다고요."

나는 코너를 쳐다보며 조심스럽게 말을 이었다.

"우린 엑스맨이라고요."

"미안하다, 얘야. 스파게티는 너무 늙었어. 스물세 살이나 되었다고. 데니스 아줌마가 그러는데 이틀 동안 거의 먹지도 않았대.
게다가 머리에서 계속 자라나는 혹이, 음, 편할 수는 없잖니."

"건강해질 때까지 제가 보살필게요."

"그 나이에 그게 가능할지 모르겠다. 아무튼 나중에 얘기해. 수
의사가 내일 온다니까 어떻게 될지 며칠 두고 보자."

다들 같이 식탁에 둘러앉을 무렵 나는 별로 먹고 싶은 생각이
들지 않았다. 불쌍한 스파게티가 먹지 못한다는 생각만 자꾸 났
다. 나는 코너를 바라보았다. 자기 접시에 놓인 돼지고기 찹스테
이크를 먹을지 망설이고 있다는 걸 알 수 있었다.

"코너야, 괜찮아. 우린 준비되었어."

아빠가 무릎에서 뭔가를 들어 올려 보였다. 스키 고글이었다.
아빠는 스키 고글을 썼다.

"걱정할 거 없어."

"여보! 너무하잖아."

엄마가 소리치며 아빠 팔을 툭 쳤다.

하지만 코너는 깔깔거렸다. 그 덕분에 긴장이 풀린 모양이었
다. 드디어 매시트포테이토를 한 입 먹었다.

"걱정할 거 없어. 물들지 않는 음식들뿐이니까."

엄마가 말했다. 나는 아빠를 노려보았다.

"우리 물건은 죄다 처분해야 했는데 아빠는 햇빛이 쨍쨍한 애

선인장의 기나긴 일생에서 아주 잠깐 스쳐 지나가는,

리조나로 오면서 스키 고글을 가져왔네요."

"자그마치 80달러나 주고 샀단 말이야."

아빠가 변명하듯 말하더니 우스꽝스러운 스키 고글을 벗으며 코너한테 말했다.

"그래, 너는 뭐에 관심 있니? 우리 딸과 함께 무시무시한 장난을 쳐서 여기 온 손님들을 쫓아내 버리는 거 말고 말이다."

아빠가 나를 슬쩍 째려보며 말을 이었다.

"에이븐과 같이 어울리는 걸 다시 생각해 보는 게 어때? 에이븐이 너한테 나쁜 영향을 끼치거든."

"그러는 아빠는 구레나룻이 아주 볼품없어요."

나는 더 나은 말이 떠오르지 않아 그렇게 말했다. 아빠는 진짜로 구레나룻이 볼품없었다. 양쪽이 심하게 짝짝이기도 했다.

아빠는 내 말을 무시하며 다시 코너를 쳐다보았다.

"그래, 뭐지?"

"어, 저는 영화 좋아해요. 집에 모아 둔 영화가 엄청 많아요."

"어머, 그러면 이번 주말에 영화관에 데려다줄까?"

엄마는 나한테 친구가 생겼다는 사실에 무척이나 들뜬 것이 분명했다.

코너는 화들짝 놀라더니 자리에서 그대로 기가 팍 죽었다. 고개를 맹렬하게 가로저었다.

"아뇨, 아녜요. 영화관은 안 돼요."

"영화관에 안 가?"

"절대 안 돼. 몇 년 전에 내 틱이 시작된 이후로 딱 한 번 가 봤는데 진짜 즐거운 기억이 아니었어."

"무슨 일이 있었어?"

"사람들이 툴툴댄 거지, 뭐. 영화를 보면서 개 짖는 소리를 듣고 싶어 하는 사람은 아무도 없잖아."

"참 너무하네. 사람들이 너무 무례한 것 같아."

"무례한 게 아니야. 나한테 투레트 증후군이 있는지 몰랐던 거지. 그래서 더 난처한 거지만."

나는 코를 찡긋거렸다.

"'저한테 투레트 증후군이 있어요'라는 말이 쓰인 티셔츠를 어디를 가나 입고 다녀야겠다. 그러면 사람들이 그냥 내버려 둘 거야."

"그래, 네가 나한테 그런 티셔츠 하나 만들어 주면 되겠네, 에이븐."

코너가 코웃음을 치더니 식탁 아래로 내 발을 툭 치며 작게 물었다.

"너희 부모님께 말씀드려야 할까?"

"우리한테 뭘 말하는데?"

선인장의 가시 일생에서 아주 잠깐 스쳐 지나가는,

엄마가 물었다. 나는 부모님을 아주 심각한 표정으로 쳐다보며 말했다.

"아무래도 스테이지 코치 패스에 살인자가 있는 것 같아요."

아빠가 콜록거리다가 그만 고기가 목에 걸려 캑캑거렸다. 아빠가 냅킨에 음식을 뱉는 동안 엄마는 아빠 등을 쳐 줬다. 겨우 제대로 숨을 쉴 수 있게 되자 아빠는 헐떡거리며 물었다.

"뭐라고? 어떻게 하다 그런 생각을 하게 됐니?"

우리는 케이바나 가족에 관한 우리 가설을 엄마와 아빠한테 들려주었다.

"에이브, 어떤 사람이 비밀스럽게 군다고 꼭 살해당했다는 소리는 아니야."

엄마가 말했다.

"솔직히 말해 그렇게 믿을 만한 근거를 우리한테 내놓지 못했어, 여왕님."

이번엔 아빠가 말했다.

"사생활을 가장 중요하게 여기는 사람도 있거든."

엄마가 덧붙였다.

나도 그렇게 생각한다는 듯 고개를 끄덕였지만, 코너와 서로 의미심장한 표정을 주고받았다. 그랬다. 우리는 그 일을 쉽사리 내려놓을 것처럼 굴었다.

코너가 나를 보다가 부모님을 바라보다가 했다.

"에이븐 빨간 머리는 누구한테 물려받았어요?"

"코너, 나는 입양아야."

"우아, 끝내준다."

"정말 끝내주지."

엄마가 말했다. 나는 눈을 또르르 굴렸다.

"또 시작이시네. 엄마는 내 입양 이야기를 사람들한테 들려주는 걸 정말 좋아한다니까."

코너가 흥미를 보이며 쳐다보자 엄마는 백만 번째로 그 이야기를 풀어놓으라는 신호로 받아들였다.

"음, 에이븐 아빠와 나는 아이를 가질 수가 없어서 결국에는 아이를 입양하게 되리라 생각했어. 나는 인터넷으로 입양에 대해 읽어 보기 시작했지. 어느 날 그 인터넷 사이트에 '평생 가족을 찾는 아이들'이라는 팝업 창이 뜨더구나. 그래서 눌러 봤지. 아래로 화면을 쭉 내려가며 훑어보다가 여태 본 중에 가장 소중한 작은 아기 천사의 얼굴을 보게 되었어."

"그게 나야. 그 얼굴이 누군지 궁금하다면 말이지."

내가 덧붙였다.

"보자마자 곧바로 내 딸이라고 깨달았어. 토실토실한 분홍빛 뺨에 복슬복슬하고 선명한 빨간색 머리카락이 있는 아기가 말이

선인장의 가시인생에서 아주 잠깐 스쳐 지나가는,

야."

"엄마는 그렇게 눈부시고 아름다운 데다, 경이로우며, 멋지고, 총명한 아이는 본 적이 없었대."

내가 이렇게 말하자 코너가 의심스럽다는 듯 한쪽 눈썹을 치켜 올렸다.

"내가 좀 과장한 걸지도."

"아니야, 전혀 과장이 아니었어. 에이븐을 본 순간 내 딸 얼굴을 보고 있다는 걸 알았어. 나한테는 그 순간 에이븐이 태어난 것 같았지. 다들 아는 곳으로 아기를 낳는 여자도 있지만 나는 그날 컴퓨터로 에이븐을 낳았어."

내가 끙 하고 소리를 냈다.

"엄마, 그 부분이 엄마 이야기에서 최악인 부분이라고요. 코너가 그 부분까지 들을 필요는 전혀 없다고요."

"정말이야, 여보. 최악이야. 그냥 끔찍해."

아빠도 동의했다. 엄마는 아빠를 잠시 쎄려보다가 다시 이야기로 돌아갔다.

"아무튼 그 아기 사진 바로 아래에는 '에이븐, 만 2세'라고 쓰여 있었지. 나는 아기가 두 살이고 아직 입양되지 않았다는 사실이 믿기지 않았어."

"흐응, 엄마는 그때까지도 특별한 보살핌이 필요한 아이들을 위한 입양 웹사이트라는 걸 모르고 있었거든."

"내가 사진을 클릭했는데 그제야 에이븐한테 양팔이 없다는 걸 알게 되었어."

"그래도 문제 될 것이 전혀 없었어. 엄마는 어쨌거나 나를 원했으니까."

엄마가 사랑스러워 죽겠다는 얼굴로 나를 바라보며 말했다.

"그래서 그 소식을 저녁 먹으며 에이븐 아빠한테 전했단다."

"맞아. 나한테 장차 딸이 될 아이는 근사한 빨간 머리라고 했어. 참, 게다가 양팔도 없다 했지."

"그 이야기를 들으니 어떠셨어요?"

코너가 물었다.

"뭐, 짐작하겠지만 당연히 놀랐지. 그렇지만 에이븐을 보는 순간 전적으로 동감이었어. 우리 딸이었지."

아빠도 아빠만의 사랑스러워 죽겠다는 표정으로 나를 바라보았다.

"에이븐을 데려오기 전에 이것저것 많이 알아봤단다. 그래야 제대로 돌볼 수 있으니까. 있잖니, 코너야, 세상에는 팔이 없어도 멋지게 사는 사람들이 참 많이 있단다."

엄마가 말했다.

"진짜요?"

선인장의 가시인생에서 아주 잠깐 스쳐 지나가는,

"그럼. 에이븐이 컴퓨터 자판을 치는 것처럼 발로 자판을 쳐서 높은 빌딩을 설계한 잘나가는 건축가가 있단다. 꽤 비싼 값에 팔리는 아름다운 그림을 그리는 여성 화가도 있고."

"동기 부여 강사 일을 하는 사람도 있지."

아빠가 덧붙였다.

"아, 맞다. 지극히 평범하게 사는 사람도 있단다. 아기를 낳고 운전을 하고 팔 달린 사람들이 하는 건 다 하면서 말이지."

"완전 멋지네요."

"그 선생님 만났을 때 기억나? 이름이 뭐였더라? 칼이었나?"

아빠가 엄마한테 말했다.

"인터넷에서 찾은 선생님이란다. 팔 없는 교육자라고 하더구나. 그 선생님을 만나러 콜로라도까지 차를 몰고 가야 했지만 그럴 만한 가치가 있었지."

엄마가 코너에게 말해 줬다.

"그 선생님은 우리한테 온갖 일을 어떻게 하는지 보여 줬어. 우리를 태우고 슈퍼까지 운전하기도 했단다."

"맞다. 에이븐 아빠는 가는 내내 차 안에서 손톱을 물어뜯고 있었지."

엄마가 깔깔거렸다.

"나한테 쪼잔하다고 할 거냐?"

아빠가 코너한테 물었다.

"아무튼 혼자 온갖 식재료를 사서는 발로 근사한 저녁을 만들어 우리한테 대접해 줬단다. 에이븐도 그런 온갖 일뿐만 아니라 더한 일도 할 수 있으리라는 걸 알게 됐지. 마침내 우리가 만났을 때 에이븐은 아무것도 할 수 없었지만 말이야."

엄마는 질렸다는 듯 팔을 크게 흔들며 말을 이었다.

"위탁 가정에서 에이븐에게 모든 걸 다 해 줬더구나. 목욕도 시켜 주고, 음식도 먹여 주고, 양치까지 시켜 줬다니까. 에이븐은 그냥 민달팽이처럼 가만히 앉아만 있었지. 여왕님처럼 옆에서 다 알아서 해 주기만을 기다리면서 말이야."

"여왕님."

아빠가 되풀이해서 말했다.

"아니면 줄여서 영님이라고도 부르지."

"그래서 엄마는 온종일 에이븐한테 온갖 걸 가르치는 것이 일이 되었지."

내가 눈을 또르르 굴리며 말했다.

"즉시 말이야. 구슬이 담긴 단지를 엎은 다음 에이븐한테 도로 다 담으라고 했어. 물고기 모양 과자를 그릇에 담아 주고서는 한 개씩 집어 먹으라고도 하고. 스티커 한 장과 종이 한 장을 주면서 종이를 꾸며 보라고도 하고, 혼자서 양치해 보라고, 발을 혼자

선인장의 가녀린 일생에서 아주 잠깐 스쳐 지나가는,

서 닦아 보라고, 가려운 곳을 직접 긁어 보라고도 말했지."

"생각해 봐요. 이것저것 하라고만 했지, 어떻게 해야 하는지 알려 주지는 않았다고요."

내가 툴툴거렸다.

"그랬을 수도. 가르쳐 준다는 것이 대부분 에이븐한테 기를 쓰고 애쓰다 보면 무슨 일이든 할 수 있다고 말해 주는 것이었으니까."

"그렇죠. 덕분에 저는 여왕님 처지를 꽤나 빠르게 벗어날 수 있었죠."

"그런 것 같네."

코너가 매시트포테이토를 내 얼굴로 뱉으며 말했다.

15

"야!"

이틀 후 내가 사물함 앞에 있는 코너한테 갔다. 코너가 몸을 돌려 나를 쳐다봤다.

"안녕? 스파게티는 좀 어때?"

"좀 나아졌어."

나는 스파게티와 가능한 한 같이 시간을 보냈다. 스파게티가 힘을 내서 건초를 먹도록 애썼다. 건초를 발로 집어 주기까지 했다. 스파게티가 자기 식사를 다 먹은지 확인도 했다. 내 노력이 통하는 듯했다.

"다행이다. 그런데 이름이 왜 스파게티야? 라마 이름치고 좀 이상하잖아."

선인장의 가냘긴 일생에서 아주 잠깐 스쳐 지나가는,

"데니스 아줌마 말로는 스파게티 웨스턴에서 나온 이름이래."

"어, 그게 뭐야?"

나는 어깨를 으쓱했다.

"몰라. 카우보이들이 모여서 스파게티를 잔뜩 먹는 영화인가 ."

코너가 고개를 끄덕였다.

"이상해."

자이언이 우리 쪽으로 걸어오는 모습이 보였다.

"안녕, 자이언."

내가 인사했다. 자이언은 자기 발을 쳐다보는 데 너무 집중하느라 내 인사를 못 들었다.

"자이언!"

내가 다시 불렀다.

자이언이 고개를 들었다. 누군가 자기한테 말을 걸어서 또 놀란 모양이었다. 나는 손을 흔들어 주의를 끌 수 없어서 위아래로 폴짝폴짝 뛰었다.

"자이언."

내가 또 자이언을 부르면서 폴짝폴짝 뛰었다. 드디어 자이언도 나를 보았다.

자이언이 우리 앞에 섰다.

"안녕, 에이븐."

자이언이 부드럽게 말했다.

"얘는 코너야."

둘은 서로 살짝 손을 흔들어 보였다.

"너 나랑 역사 수업을 같이 듣더라. 수업 시간에 네가 내는 소리를 들었어."

자이언이 코너한테 말했다.

코너가 짖는 소리를 내고는 어깨를 으쓱했다.

"너랑 다들 들었겠지."

"코너는 투레트 증후군이 있어. 일부러 그런 소리를 내는 건 아니야."

내가 자이언에게 설명했다.

"아, 그런 거라고 생각하지 못했어."

자이언은 자기 운동화를 내려다보고, 다시 코너를 쳐다보며 말했다.

"미안."

코너가 다시 어깨를 으쓱했다.

"괜찮아."

"아무튼. 코너한테 학교 끝나고 놀러 와서 몇 가지 조사 활동을 같이 할 건지 물어보려는 참이었어. 내가 스테이지 코치 패스라는 놀이공원 안에 살고 있거든."

내가 자이언을 심각한 얼굴로 쳐다보며 말했다.

"아, 나 거기 알아."

"잘됐다. 우린 거기 소유자를 본 사람이 왜 아무도 없는지 그 이유를 알아내려고 하는 중이야. 우리 생각에 그 사람이 어쩌면…."

나는 주위를 둘러보며 낮은 소리로 말했다.

"살해된 것 같아."

자이언이 뒤로 한 걸음 물러났다.

"무시무시하게 들리는걸."

"거기에는 무서운 건 하나도 없어. 믿어도 돼."

코너가 짖는 소리를 냈다.

"그거야 모르지. 오늘 아침에 집에서 나오는데 계단 맨 아래에 죽은 도마뱀이 있더라. 내 생각에 누군가가 메시지를 보내려고 하는 것 같았어."

나는 한숨을 쉬며 고개를 끄덕였다.

"무슨 메시지?"

자이언이 물었다.

"상관없는 일에 그만 신경 꺼라, 그렇지 않으면 죽은 도마뱀을 보내겠다는 거지. 분명해."

코너가 고개를 저었다.

"글쎄, 잘 모르겠는데. 사막에는 늘 죽은 동물이 있는걸. 사막이 그렇잖아. 뭔가 죽이는 거."

"흠, 너희 둘 다 와 봐야 해. 내가 죽은 도마뱀을 보여 줄게. 낡은 창고도 더 뒤져 보자고."

내가 말했다.

"난 못 가. 엄마가 수리 기사 아저씨를 기다렸다 문 열어 주래. 집에 뜨거운 물이 잘 안 나오거든."

코너가 사물함 문을 닫으며 말했다.

"아, 짜증 나겠네."

"나도 못 가. 게다가 살인이나 죽은 도마뱀 같은 거하고 엮이고 싶은지 잘 모르겠어. 우리 부모님이 그런 걸 좋아할지도 모르겠고."

자이언이 말했다.

"겨우 살인자 한 명이랑 죽은 도마뱀 한 마리뿐이야."

나는 잠시 생각하다가 발을 탁탁 굴렀다.

"내일은 어때? 토요일이잖아."

"좋아. 일찍 갈 수 있어."

코너가 대답했다. 우리 둘은 자이언을 쳐다보았다.

"알았어. 하지만 누군가 너한테 죽은 동물을 또 보내면 그땐 빠질 거야."

"잘됐다. 내일까지 못 기다리겠다."

내가 말했다.

코너와 자이언과 내가 같이 걸어가는데 누군가 재채기하는 소리가 들렸다. 재채기 소리로 무슨 말을 감추려 했지만, 전혀 감춰지지 않았다.

그 말은 '병신들'이었다.

16

다음 날 아침, 블로그에 글을 하나 올렸다.

　나를 처음 보는 사람들 대부분 나를 안됐다고 여길 거예요. 팔 없이 사는 게 얼마나 끔찍할지를 처음으로 생각해 보겠죠. 그런 사람들은 내가 아무것도 못 하고 커다란 포대기에 싸여 엄마 등에 업힌 채 이동하고 불쌍한 우리 부모님이 내 이를 닦아 주고, 튜브로 먹이고, 기저귀를 갈아 주는 등의 모습들을 떠올리겠죠.

　그럼에도 많은 사람이 미처 깨닫지 못하는 게 있는데 그건 바로 팔이 없어서 엄청나게 끝내주는 일도 많다는 점이랍니다.

　정말이에요. 여기에 스무 가지 정도는 바로 꼽을 수 있어요.

1. 주먹다짐이 없다는 거예요. 다른 사람들한테 정말 잘된 일이겠죠. 어떤 주먹다짐에서든 내가 꼭 이길 테니까요. 아니, 완전히 묵사발이 되겠죠.

2. 팔꿈치에 굳은살이 없어요. 엄마한테 습진이 있는데, 그것 때문에 팔꿈치 굳은살이 얼마나 거칠거칠해지는지 내가 잘 알거든요.

3. 손톱을 깨끗이 할 필요가 없어요. 아울러 손톱을 다듬고 광내고 꾸미는 일도 안 해도 되죠.

4. 범죄 현장에 지문을 남기지 않아요. 은행을 털 때 참으로 유용하겠죠.

5. 코 파다 걸릴 일이 없죠. 보통은 신발에 막혀 있으니까요.

6. 팔씨름할 일이 없어요.

7. 골프 칠 일이 없어요. 뭐, 골프 치는 방법을 궁리해 볼 수도 있겠지만 그러지 않을 거예요. 골프는 너어어무 지루하니까요.

8. 하이파이브 하다가 겨드랑이에서 냄새 풍길 일도 없어요.

9. 손가락으로 '오케이!'라는 의미의 바보 같은 동그라미를 그릴 일이 없지요.

10. 자외선 차단제 바를 면적도, 햇볕에 탈 부분도 줄어들죠. 이 점은 나한테 참으로 잘된 일이에요. 내 피부는 엄청 하얗거든요.

11. 축구하다가 혹시라도 손을 쓸까 걱정할 필요가 없어요. 그 부분은 내가 좀 유리한 것 같네요.

12. 영화관에서 팔걸이를 두고 옆 사람과 다툴 일이 없죠. 사실 어디에서든 팔걸이를 두고 다툴 일이 없답니다.

13. 겨드랑이가 없어요. 팔이 없는데 어떻게 겨드랑이가 있을 수 있죠? 나한테 있는 건 뭐랄까…, 좀 더 평평하답니다.

14. 몇 년 후면 운전면허를 따서 운전을 하게 되면, 아주 특별한 대우를 받게 될 거예요. 맞는 말이죠. 내가 가는 곳마다 특별 주차 구역이 있을 테니까요. 진짜 자동차를 몰 거예요. 길거리에서 다들 조심해요!

15. 반지나 팔찌나 시계 같은 액세서리에 돈이 덜 들죠.

16. 나이 들면 생기는 축 늘어지는 팔뚝 살도 없답니다. 우리 증조할머니한테는 있죠. 증조할머니가 이 글을 보시지 않기를.

17. 팔 굽혀 펴기는 안 해도 돼요.

18. 팔베개를 하고 자다가 팔이 저려 밤에 깰 일도 절대 없어요. 우리 아빠는 매일 밤 그런답니다.

19. 내게 엄지손가락 씨름을 도전하는 사람이 없죠. 잘된 일이에요. 나는 씨름을 좋아하지 않으니까요.

20. 장난이 통한답니다. 언젠가 엘리베이터 문 같은 데 팔이 끼어 팔이 떨어져 나간 척을 하는 근사한 장난을 해 볼 거예요.

선인장의 가난한 일생에서 아주 잠깐 스쳐 지나가는,

기대가 커요.

나는 컴퓨터 화면을 뚫어져라 쳐다보았다. 나는 대체 이런 글
로 누구를 설득하려는 걸까? 어제 나를 병신이라고 부른 애? 아
니면 나 자신? 나는 '발행' 버튼을 클릭하고 전에 올린 글을 몇
개 훑어보았다. 에밀리가 꽤 많은 글에 댓글을 남긴 걸 알게 되
었다. 대부분 '푸하하하!'나 '보고 싶어.' 같은 짤막한 말이었다.
학교에서 나와 미술 수업을 같이 들었다는 아이도 몇몇 있었지
만 자신이 누구인지는 밝히지 않았다. 두어 명은 내 글을 읽고
웃음이 터져 나왔다고 썼다. 그건 좋았다.

에밀리 댓글에 답을 하고 있는데 방문을 노크하는 소리가 들렸
다. 나는 코너한테 들어오라고 했다. 자이언이 올 때까지 우리는
게임을 했다.

다시 노크 소리가 들리자 나는 벌떡 일어나 방문을 열었다. 자
이언이 서 있었다. 평소처럼 잔뜩 수줍어하면서 자기 엄마와 같
이 있었다. 자이언 엄마는 활짝 웃고 있었다.

"자이언이 새로 사귄 친구가 보고 싶었단다."

자이언 엄마는 기뻐서 죽겠다는 표정이었다. 아줌마 표정을 보
아하니 자이언 친구를 많이 만나 보지 못한 듯했다. 아줌마가 입
은 엑스맨의 울버린 민소매 티셔츠와 보라색 치마를 보니 자이

언이 부모님이 엄청 괴짜라고 했던 말이 떠올랐다. 내 생각에는 아줌마가 엄청 근사해 보였다.

"안녕하세요. 에이븐이에요."

나는 자이언처럼 고개를 푹 숙이고 발만 뚫어져라 쳐다보고 싶은 충동을 억눌렀다. 코너를 쳐다보며 말했다.

"쟤는 코너예요."

코너는 완전히 우리를 무시한 채 계속 게임만 하면서 짖는 소리를 냈다.

"자이언 엄마란다."

아줌마는 구불거리는 까만 머리에 반짝반짝 빛나는 보라색 머리띠를 했다. 나도 그렇게 반짝거리는 보라색 머리띠를 하나 갖고 싶었다. 거기에 딱 어울리는 보라색 치마도.

아줌마는 자이언과 똑같은 진한 갈색 눈으로 나를 쳐다보았다.

"무슨 게임 하고 있었니?"

"마리오 카트요."

아줌마가 다시 코너와 나를 번갈아 쳐다보았다. 나는 아줌마가 같이 게임 해도 되겠냐고 물어보려는 걸까 봐 잠시 질겁했다. 그 대신 아줌마는 자이언을 쳐다보았다.

"흠, 새 친구들과 재미나게 놀다 오렴, 우리 귀요미 파이."

이렇게 말하며 아줌마는 자이언 머리에 뽀뽀했다. 자이언이 조금 툴툴거렸다.

"이제 가세요, 엄마."

말은 그렇게 했지만 못되게 내뱉는 투는 아니었다. 아줌마가 다시 나한테 활짝 웃으며 말했다.

"괜찮다면 몇 시간 후에 데리러 다시 올게."

"알겠어요."

내가 문을 닫자 자이언이 한숨을 푹 내쉬었다.

"엄마가 안 가는 줄 알았네."

아줌마가 대충 일 분 정도 있었나 했는데도 그렇게 말했다.

"야, 너네 엄마 머리띠 어디서 사셨어?"

내가 자이언한테 묻자 자이언은 나를 정신 나간 아이처럼 쳐다보았다.

"몰라."

우리는 카트 게임을 두어 번 더 했다. 그러고 나서 두 녀석을 데리고 낡은 창고로 갔다.

코너가 잡동사니 속을 뒤적거리는 동안 자이언과 나는 한쪽 구석에 어마어마하게 쌓인 서류 더미에서 찾아낸 오래된 기록을 읽어 보려 했다. 코너가 이따금 낡은 부츠나 손수건 같은 걸 들고 와서 "이것 좀 봐 봐." 하고 말했다. 그게 볼만한 것이기나 한 것처럼 말이다. 사실 전혀 안 그랬다.

코너는 타란툴라에 관한 전집을 찾아내기도 했다.

"끝내주네. 너희가 이걸 우리 집까지 옮겨 줄 수 있을 거 같은데."

내가 상자에 있는 책을 발로 뒤적거리며 말했다.

내가 타란툴라 책 한 권을 뒤적거리는 동안 자이언은 서류 상자 더미를 이리저리 옮기다가 그 아래 가려져 있던 커다란 나무 책상을 찾아냈다. 코너와 나도 자이언과 함께 책상을 꼼꼼히 살펴보았다. 한쪽에 여러 단으로 된 서랍이 있었지만 잠겨 있었다.

"열쇠가 어디 있을까?"

자이언이 나한테 물었다. 나는 어깨를 으쓱했다.

"이 책상은 아마 50년쯤 되었을걸. 어딘가에 있겠지. 지렛대 같은 것으로 여는 법 알아?"

자이언은 고개를 저었다.

"여기에는 먼지가 너무 많아."

자이언이 콜록거렸다.

"게다가 우리 엄마가 금방 올 거야."

나는 한숨을 쉬었다.

"좋아, 오늘은 이만해야겠다."

"잠깐만, 이것 좀 봐."

코너가 말했다. 코너가 책상 아래에서 낡은 기타를 꺼냈다. 그

선언장의 기나긴 일생에서 아주 잠깐 스쳐 지나가는,

낭 내버려 두어 엄청 낡았고 기타 줄도 사라졌다. 기타 뒷면에는
아주 작은 크기로 누군가 'ㅇㅋ'라는 글자를 새겨 놓았다.

"이게 뭘 의미하는 것 같아? 오케이?"

코너가 물었다.

"아니야. '○○ 케이바나'라는 걸 줄인 약자야."

내가 새겨진 글자를 발가락으로 훑으며 대답했다.

17

"있잖아, 네가 치료 같은 거 받으러 다니지 않는다는 거 알아. 엄마랑 인터넷을 보다가 여기를 찾았거든. 병원에 투레트 증후 군이 있는 아이들을 위한 게 있더라고."

새로운 한 주가 시작되었을 때 같이 교실로 향하며 코너에게 말했다. 코너가 걸음을 멈추고 나를 쳐다보았다.

"지원 모임 같은 걸 말하는구나."

"음, 그런 것 같아."

"지원 모임은 필요하지 않아. 나는 완전 괜찮거든."

"내 생각에 너랑 똑같은 병이 있는 다른 아이를 만나 보는 것 도 괜찮을 것 같아서. 누가 알아? 새 친구를 사귀게 될지."

사실 이건 거의 엄마 생각이었지만 내가 말을 꺼내는 편이 낫다고 했다. 그래야 코너가 조금 더 마음을 열지도 모르니까.

코너가 나를 보고 눈썹을 찡그렸다.

"글쎄."

"너한테도 좋겠지만 나한테도 무척이나 좋을 거야. 내가 투레트 증후군이 있는 아이를 좋아하는 것으로 드러났잖아. 게다가 난 친구도 별로 없고. 그러니 남들과 다른 아이가 많은 곳에 가서 새 친구를 사귀고 싶어."

코너가 계속해서 미심쩍은 눈으로 쳐다보았다.

"정말?"

"뭐, 팔 없는 아이를 위한 지원 모임을 찾아봤는데, 어땠게? 하나도 없더라. 적어도 내가 찾아본 바로는 그랬어. 투레트 증후군이 훨씬 더 흔한가 봐."

"일 퍼센트야."

코너가 몸을 돌려서 교실 쪽으로 걸어갔다.

"뭐가?"

"일 퍼센트 사람만 투레트 증후군이 있어."

"거봐! 투레트 증후군이 있는 아이가 많이 올 거야."

내가 불쑥 말해 버렸다.

"지원 모임이야."

"뭐든 간에. 멋질 것 같아. 나랑 같이 갈래? 응?"

내가 졸랐다.

"내가 없어도 가겠단 소리야?"

"왜 안 되겠어?"

"어, 너는 투레트 증후군 환자가 아니잖아."

"칫, 나도 가끔 야옹 소리를 내거든. 아무도 몰랐을걸."

코너가 장난스레 나를 툭 쳤다.

"알았어. 같이 가 줄게. 그리고 야옹거리는 소리를 낼 필요는 없어."

엄마가 7시 30분에 병원으로 우리를 데려다주었다. 안내하는 사람이 복도를 지나서 작은 회의실로 가라고 했다. 엄마는 9시 정각에 우리를 데리러 병원 정문으로 오기로 했다. 우리끼리 용기를 내어 모임에 참가하도록 내버려 두고 말이다.

우리가 회의실로 들어서자마자 어떤 남자애가 외치는 "치킨 젖꼭지!" 소리가 우리를 맞이했다.

나는 놀라서 그 아이를 쳐다보았다. 남자애는 또 그 말을 외쳤는데 딱히 누구에게 하는 말은 아니었다. 나는 회의실에 있는 다른 아이들을 훑어보았다. 남자애 다섯 명과 여자애가 한 명 있었다.

"왜 남자애들이 많지?"

선인장의 가냐긴 일생에서 아주 잠깐 스쳐 지나가는,

내가 코너 귀에 대고 작게 물었다.

"투레트 증후군은 남자애한테 더 흔하게 나타나."

코너가 짖는 소리를 내며 대답했다. 우리는 그대로 서서 회의실 안을 훑어보았다. 다른 아이들은 코너의 짖는 소리에 전혀 당황하지 않는 듯했다. 다들 나를 호기심에 가득 찬 눈으로 쳐다보았다. 그런 건 괜찮았다.

예쁜 여성 한 사람이 회의실로 들어오더니 우리한테 자기소개를 했다.

"난 앤드리아야."

그러더니 코너와 악수를 했다.

"네가 코너구나?"

코너가 고개를 끄덕이고, 짖는 소리를 내고, 어깨를 으쓱하고, 눈을 깜빡거렸다. 코너는 긴장했다. 나는 알 수 있었다.

"네가 코너 친구 에이븐이구나?"

"안녕하세요."

"너희 둘도 자리에 앉을래? 이제 시작해 보자."

나는 앤드리아 선생님도 투레트 증후군이 있다는 걸 알 수 있었다. 손가락으로 희한하게 숫자를 세는 동작을 했기 때문이었다. 그것만 빼면 선생님은 몸을 잘 통제하는 편이었다. 앤드리아 선생님은 투레트 증후군 증세가 약한 건지 통제하는 법을 배운 건지 궁금했다. 통제법이 있다면 코너를 위해서 알고 싶었다.

치킨 젖꼭지 남자애가 자리를 옆으로 비켜 줘서 코너와 나는 나란히 앉을 수 있었다. 그 아이가 소리쳤다.

"치킨 젖꼭지!"

내가 그 아이 옆에 앉자, 그 아이가 내 쪽으로 몸을 기울이며 작은 소리로 물었다.

"너도 투레트 증후군이 있어?"

나는 고개를 저었다.

"아니."

"아, 치킨 젖꼭지. 혹시 네가 모를까 봐 말해 두는데, 치킨 젖꼭지, 난 있어."

나는 그 아이를 보며 활짝 웃었다.

"진짜 그런 줄 몰랐는걸."

"난 덱스터야. 치킨 젖꼭지."

"난 에이븐."

다들 둥그렇게 모여 앉자 앤드리아 선생님이 말했다.

"자, 이제 시작해 보자. 오늘 밤에는 새 친구 두 명이 왔네. 자기소개를 하면 어떨까?"

앤드리아 선생님이 우리한테 말했다. 코너가 틱을 심하게 해서 내가 먼저 말했다.

"저는 에이븐이에요."

"에이븐은 투레트 증후군을 앓고 있지 않단다."

앤드리아 선생님이 덧붙였다.

"맞아요. 상상이 가요? 투레트 증후군까지 있다면 얼마나 특이할까요?"

내가 웃었다. 그러자 덱스터가 깔깔대며 소리쳤다.

"치킨 젖꼭지!"

다른 아이들도 피식 웃었다. 나는 벌써 덱스터가 마음에 들었다.

"너는 투레트 증후군이 있어도 나처럼 늘 자기 얼굴을 찰싹 때릴 걱정은 하지 않아도 되겠네."

내 건너편에서 무표정하게 앉아 있던 여자애가 그야말로 단조로운 말투로 말하고는 때를 맞춘 듯 자기 얼굴을 찰싹 때렸다.

"그래, 하지만 에이븐이 발로 무슨 일을 할 수 있는지 너도 한번 봐야 해. 자기 얼굴을 찰싹 때리는 일 따위는 그다지 힘든 일이 아니야."

코너가 눈을 심하게 깜박이며 말했다.

"나도, 치킨 젖꼭지, 네가 발로 뭘 할 수 있는지 보고 싶어."

"시간이 있고 에이븐이 괜찮다고 하면 나중에 기회 봐서 보자."

앤드리아 선생님이 빙그레 웃으며 말했다. 선생님은 아이들끼리 가볍게 나누는 수다를 재미있어하는 모양이었다. 나도 그랬다. 앤드리아 선생님이 코너에게 말했다.

"코너, 네 소개를 해 보렴."

"코너입니다. 투레트 증후군을 앓고 있어요. 혹시나 모를까 해서요."

그러고는 짖는 소리를 냈다.

"음, 잘 왔어, 너희 둘 다. 만나게 되어 무척 반갑구나. 돌아가며 쭉 자기소개를 해 보는 게 어떨까? 덱스터, 너부터 시작해 봐."

"치킨 젖꼭지. 덱스터입니다. 다들 알겠지만 '치킨 젖꼭지'라고 자주 말한답니다. 치킨 젖꼭지."

코너가 입을 딱 벌리고 덱스터를 바라보았다.

"궁금한데, 왜 치킨 젖꼭지야? 다른 말이 아니고?"

"덱스터는 투레트 증후군 중에서도 드문 편인 강박적 외설증을 앓고 있단다. 덱스터가 쓰는 말이 어떤 사람들은 부적절하다고 느낄 수 있지만 덱스터가 일부러 그러는 건 아니야."

앤드리아 선생님이 설명해 줬다. 코너는 덱스터한테 물었다.

"그렇구나. 근데 왜 하필 치킨 젖꼭지야?"

덱스터가 키득거렸다.

"가끔은 다른, 치킨 젖꼭지, 말을 해. 그냥 치킨 젖꼭지로 나올

선인장의 가끔 일생에서 아주 잠깐 스쳐 지나가는,

때 다행이다 싶어. 치킨 젖꼭지. 가끔은 '바비큐'나 '해적선'이나 '거품 목욕을 좋아.' 같은, 치킨 젖꼭지, 말이 나오기도 하지. 때로는 내 이름이 튀어나올 때가 있는데 그럴 때는 어쩐지 정말로 당황스럽더라. 전에는 한동안 아기를 볼 때마다 '아기를 쳐 버릴 거야'라는 말을, 치킨 젖꼭지, 하고 다닌 적이 있었어. 정말 끔찍했어. 치킨 젖꼭지. 사람들이 자기, 치킨 젖꼭지, 아기를 안고 부리나케 나한테서 도망치더라고."

덱스터가 진지한 표정으로 나를 바라보았다.

"치킨 젖꼭지. 나는 아기를 때린 적이 한 번도 없어. 진짜야. 오히려 아기를 좋아한다고."

"네 말 믿어."

나도 진지한 표정을 유지하려 애쓰며 대꾸했다. 바로 그때 덱스터가 큰 소리로 불쑥 말했다.

"바비큐치킨샌드위치."

다들 깔깔거렸다. 특히 덱스터는 더했다. 나는 보통 다른 사람의 장애를 보고 웃는 일은 절대 없었다. 모두 덱스터 때문에 깔깔거리고 있지만 덱스터를 비웃는 건 확실히 아니었다. 좋았다. 덕분에 다들 어느 정도 긴장이 풀어진 듯했다.

다음으로 조시가 자기소개를 했다. 조시는 계속해서 쿵쿵대는 소리를 냈다. 앤드리아 선생님이 운동 틱이라고 부르는 틱이 몇 개 있었다. 몸을 자주 수그리며 기타 치는 시늉 같은 행동도 여기에 포함되었다. 그것 말고는 조용한 편이었다.

여자애는 리베카라고 했다. 리베카한테 자기 얼굴을 찰싹 때리는 행동이 있다는 건 이미 알고 있었다. 리베카는 찰싹 때릴 때 고통을 조금 덜기 위해 패드가 덧달린 장갑까지 끼고 있었다. 나는 투레트 증후군 때문에 아프거나 당사자까지 다치게 하는 줄은 꿈에도 생각하지 못했다. 리베카는 끙끙대는 소리를 내고 기침도 많이 했다. 감기에 걸린 것 같진 않은데도 그랬다.

잭은 계속해서 눈동자를 이리저리 굴리며 고개를 흔들었다. 내가 처음 들어 보는 이상한 소리를 질러 대기도 했다. 공기를 엄청 빠르게 들이마셔서 비명을 지르는 듯한 소리가 났다.

재커리는 어깨를 지나치게 구부리고 있었다. 그래서 이미 16년간 닳아 빠진 관절에 수술까지 해야 할까 봐 무서워했다.

메이슨은 입으로 계속 방귀 소리를 내고 머리카락을 잡아당겼다. 그래서인지 머리카락이 중간중간 휑했다. 너무 자주 잡아당긴 나머지 머리카락이 빠진 모양이었다. 메이슨은 틱이 50개도 넘는다고 우리한테 말했다. 뜻대로 통제할 수 없는 틱을 그렇게나 많이 지닌 채 사는 일은 도무지 상상조차 안 갔다. 이 모임에서 덱스터뿐만 아니라 메이슨의 틱도 아마 사람을 무척이나 당황스럽게 하는 듯했다. 메이슨은 사람이 많은 곳은 거의 가지 않

선인장의 기나긴 일생에서 아주 잠깐 스쳐 지나가는,

는다고 했다. 코너처럼 말이다.

앤드리아 선생님은 사람이 많은 곳에 갔을 때 어떤 감정을 느끼는지 이야기를 나눠 보게 했다. 좀 더 구체적으로 영화관이나 도서관 같은 곳에 갔을 때를 가정했다. 영화관에 가는 걸 좋아하지 않는 아이는 코너뿐이 아니었다. 영화관에 가 본 사람은 아무도 없었다. 리베카만 유일하게 대부분의 장소에 가도 괜찮다고 느낀다고 했다. 리베카의 음성 틱이 다른 아이들처럼 크지 않은 데다 기침을 심하게 것도 거의 보통 사람과 비슷한 정도였기 때문이었다. 그래도 사람들이 리베카 때문에 성가셔하는 일이 잦았다.

시원시원한 성격을 가진 덱스터도 사람이 많은 곳에 가기를 두려워했다. 약국에서 아기를 안은 어떤 아빠 앞에서 '아기를 쳐 버릴 거야.'라고 말했다가 그 아기 아빠가 덱스터한테 달려들 뻔한 일 때문인 듯했다. 덱스터 엄마가 끼어들지 않았다면 덱스터가 크게 곤란해질 뻔했다. 나는 또 덱스터가 투레트 증후군이 있다고 쓰인 티셔츠를 입고 있었다면 그런 상황은 피할 수 있지 않았을까 하는 생각이 들었다.

덱스터에게는 강박 장애도 있었다. 앤드리아 선생님이 이는 투레트 증후군과 곧잘 같이 나타난다고 설명해 줬다. 덱스터는 외출하는 일이 힘들었다. 집에 가스레인지와 오븐이 켜져 있을까 봐 심하게 걱정을 하기 때문이었다. 심지어 모임 중에도 두어 차례 집으로 전화해서 엄마가 가스레인지와 오븐을 확인했는지 물어보기까지 했다. 앤드리아 선생님은 그러도록 해 줬다.

여기 모인 아이들의 부모님 대부분은 투레트 증후군을 이해하고 도와주는 듯했다. 뭐, 코너 부모님 빼고 말이다. 여기 모인 아이들의 이모, 삼촌, 할머니와 할아버지 같은 친척들은 코너의 아빠가 그랬듯 아이가 관심을 끌려고 일부러 그런다고 혼내는 일이 자주 있었다. 내 생각에 주목을 받겠다고 그런 행동을 일부러 계속해서 한다면 지쳐서 하다 그만둘 텐데 어째서 그런 짓을 일부러 한다고 생각할 수가 있는지 도무지 알 수 없었다.

짖는 소리, 방귀 소리, 쿵쿵대는 소리, 비명 소리, 치킨 젖꼭지의 불협화음 속에서 모두가 이야기 나누는 걸 듣고 있자니 이상했다. 또 이상하게도 위안이 되었다. 아무도 나한테 팔이 없다는 걸 신경 쓰지 않았다. 각자 자기가 겪는 어려움에 신경 쓰느라 남을 볼 여유가 없었다. 따로 노는 이 아이들 사이에서 처음으로 나는 완전히 평범한 사람이 된 기분이 들었다. 코너도 똑같은 기분을 느껴서 나와 같이 다시 모임에 나가기를 바랐다.

"모임은 어땠어?"

엄마가 우리를 차로 데려오면서 물었다.

선인장의 가시긴 일생에서 아주 잠깐 스쳐 지나가는,

"굉장했어요."

나는 코너한테 동의를 구하듯 쳐다봤다.

"네, 정말로 좋았어요."

코너는 차창을 보며 말했다.

"잘됐네. 무슨 얘기들 했니?"

"이런저런 얘기 다요. 각자 가진 틱이 무엇인지, 사람 많은 곳에 가면 어떤 기분인지 같은 얘기를 했어요."

나는 엄마가 백미러로 코너를 쳐다보고 있다는 걸 깨달았다.

"도움이 좀 되었니, 코너야?"

"네?"

코너가 건성으로 대답했다.

"도움이 된 것 같냐고 물었어."

코너는 어깨를 으쓱했다.

"그런 것 같아요. 맞아요, 저랑 같은 아이들을 만나 보니 좋았어요. 단지…."

"뭔데?"

코너가 말을 흐리자 내가 얼른 물어봤다.

"내가 덱스터처럼 험한 말을 할까 봐 걱정이야."

"'치킨 젖꼭지'가 험한 말이라고는 생각하지 않는데."

"내가 무슨 말을 하는지 알잖아."

"앤드리아 선생님 말을 들었잖아. 그런 일은 정말로 드물다고."

"그래, 하지만 덱스터도 시작은 나 같았어. 이상한 소리를 내거나 이상하게 움직였다고. 그러다가 어느 날 '치킨 젖꼭지'라고 말하게 되면서 모든 게 바뀌었어. 똑같은 일이 나한테도 일어날 것 같아 두려워."

코너가 창밖을 쳐다보고 있어 얼굴이 보이지 않았다.

"지금 상태로도 이미 힘들어. 계속해서 불쾌한 말을 하기 시작하면 얼마나 더 힘들어질지 상상도 안 돼. 그때는 차라리 뇌 수술을 받는 편이 낫겠어."

"그런 일을 걱정해서는 안 돼. 네가 걱정하면 할수록 점점 더 스트레스를 받게 될 테고, 그러면 틱도 더 심해질 거야. 설령 네가 무슨 말을 내뱉게 된다 해도 '나는 아프리카 사파리가 좋아요.'처럼 평범한 내용일 거야."

코너가 키득거렸다.

"그게 평범한 거야?"

"응, 아프리카 사파리를 좋아하는 사람에게는 그래. 네가 그 일을 너무 많이 생각하는 것이 좋지는 않을 것 같아."

"다음 모임은 언제래?"

엄마가 물었다. 화제를 바꾸려는 게 분명했다.

선인장의 가느긴 일생에서 아주 잠깐 스쳐 지나가는,

"다음 달요. 한 달에 한 번씩 모인대요. 또 참석해야겠어요. 이완에 관해서 이야기를 나눠 볼 거라고 하니까요. 사람이 많은 곳에 갔을 때 이완이 어떻게 도움이 되는지도요."

내가 대답했다.

"내가 사람이 많은 곳에 나갔을 때를 말하는 것이겠지. 에이븐, 네가 그런 문제를 걱정할 필요는 없을 거야."

"그렇지 않을걸. 틱은 없어도, 나 역시 사람들이 쳐다보는 눈길과 변종으로 취급하는 건 이겨 내야 한다고."

"그럴지도. 하지만 너는 적극적으로 사람들 주의를 끌지는 않잖아. 투레트 증후군만 없앨 수 있다면 나는 차라리 양팔을 포기하는 편을 택하겠어."

"그런 말 하지 마. 나는 있는 그대로의 네가 좋단 말이야."

"진짜?"

코너가 미심쩍다는 표정을 지었다.

"응. 틱이랑 다."

늦가을이 되니 드디어 날이 선선해지면서 지내기 좋은 날씨가 되었다. 나는 데저트 리지 중학교 도서관, 피닉스 도서관, 낡은 창고 건물에서 찾은 상자에서 타란툴라에 관한 책을 골라 매일 한 권씩 읽었다. 덕분에 이제 타란툴라와 관련 있는 무시무시한 사실을 알게 되었다. 이를테면 타란툴라 호크라는 말벌이 타란툴라에 독침을 쏴서 마비시킨 후 둥지로 가져가 타란툴라 안에 알을 낳고 입구를 막아 버리면, 후에 말벌 유충이 알을 깨고 나와 타란툴라 고기를 먹으며 자란다고 하는 사실 같은 것 말이다. 으엑. 이 정보로 다른 사람들을 깜짝 놀라게 해 줄 생각을 하니 미치겠다. 심지어 블로그에도 올려놨다.

그동안 블로그에 글을 몇 개 더 올렸다. 공원, 학교, 타란툴라,

선인장의 가니긴 일생에서 아주 잠깐 스쳐 지나가는,

팔 없이 어찌 지내는지에 관한 내용이 대부분이었다. 주제가 꽤 뒤죽박죽이었다. 그래서 내 블로그를 '에이븐의 이런저런 생각'이라고 이름 붙였다. 아무튼 엄청나게 흥미진진한 내용은 아니었지만 그래도 구독자가 몇 명은 있었다. 자이언은 이제 거의 정기적으로 와서 내 글에 댓글을 달았다. 에밀리는 여전히 '푸하하하!'나 '보고 싶어.' 같은 말만 때때로 남겼다. 캔자스에 있는 다른 친구들이 댓글을 안 남긴 지 적어도 일주일은 되었다.

아빠와 나는 바깥이 시원해질 때면 주말 아침 일찍 같이 경기장에서 축구 연습을 했다. 서늘한 공기를 다시 맛보게 되니 참 좋았지만 주말이면 매번 일어나 밖으로 나가는 일이 버거워 차츰 시들해졌다. 아빠가 이를 눈치챈 게 틀림없었다. 어느 날 놀이공원 어느 구석에서 낡은 튜바를 찾아 아침에 불쑥 내 방에 와서는 튜바를 불어 대며 소름 끼치는 긁는 소리를 내더니 당당하게 이렇게 소리쳤다.

"데저트 리지 중학교 축구팀의 장차 여왕님이 되실 에이븐 로라 그린, 만세!"

나는 베개로 귀를 틀어막고는 아빠한테 축구팀에 여왕님 따위는 없다고 말해 줬다. 그다음 주말에 아빠는 튜바를 불고는 이렇게 소리쳤다.

"데저트 리지 중학교 축구팀의 장차 황제 폐하가 되실 에이븐

로라 그린, 만세!"

그다음 주에는 이렇게 외쳤다.

"데저트 리지 중학교 축구팀의 장차 독재자가 되실 에이븐 로라 그린, 만세!"

아빠는 지금쯤 뱀이 겨울잠을 자러 들어갔을 거라고 했다. 그래서 나는 축구 연습을 하고 나서 스테이지 코치 패스 뒤에 있는 언덕에 올라갔다. 그 위에서 놀이공원과 도시를 내려다볼 수 있다는 점이 좋았다. 나만의 커다란 사와로 선인장을 보러 가는 것도 좋았다.

언덕에서는 주로 타란툴라를 찾아보거나 석영이 들어간 돌(집에 꽤 많이 모아놓았다.)을 모으며 시간을 보냈다. 헐렁한 가방을 목에 두른 상태라 발가락으로 집은 돌을 쏙 떨어뜨려 넣으면 그만이었다.

학교에 있는 아이들은 이제 대부분 나를 완전히 무시했다. 지금쯤은 내가 주변에 있어도 익숙해졌을 테니 더는 놀라 자빠진 얼굴을 보지 않아도 되겠지. 내 존재는 그냥 없는 것에 더 가까웠다.

커다란 사와로 선인장 옆에 앉아서 불쌍한 늙은 빌리와 프레드를 내려다봤다. 아이들을 등에 태우고 흙먼지가 풀풀 날리는 길을 끊임없이 돌고 있었다. 내가 보기에 빌리와 프레드는 이제 그

선인장의 가시긴 일생에서 아주 잠깐 스쳐 지나가는,

만 만질 수 있는 동물원으로 은퇴할 시점인 듯싶었다. 그 빈자리는 대형 마트에서 종종 보는 작은 기차로 메울 수 있지 않을까.

부모님은 이제 날씨가 제법 선선해져서 자금 사정이 조금 나아졌지만, 놀이공원을 유지하고 동시에 여기저기 손보려면 돈이 충분치 않다고 말했다.

나는 언덕 뒤편 주위를 돌아다니며 새로운 돌을 찾을 수 있지 않을까 서성였다. 거무죽죽한 끈이 내 눈길을 끌었다. 플랫 슈즈를 벗어 발가락으로 그 끈을 잡고 끌어 올리려고 했다. 땅에 있는 무언가에 연결되었는지 좀처럼 나오지 않았다. 나는 다시 플랫 슈즈를 신고 땅을 발로 차서 흙을 파냈다.

마침내 땅을 파서 끈을 집어 올렸다. 나는 그 끈을 땅바닥에 펼쳐 놓고 자세히 들여다보았다. 흙덩어리가 붙어 있었지만 한때는 반짝반짝 빛나던 터키석이 검은 금속에 붙어 있는 목걸이였다는 걸 알 수 있었다. 목걸이를 발가락으로 들어 올려 가방 안에 쏙 넣었다. 코너한테 전화해서 내가 발견한 걸 말해 주려고 부리나케 집으로 향했다. 어쨌든 우리 둘은 전에 그 목걸이를 본 적이 있었으니까.

19

나는 코너, 자이언과 함께 학교 앞 잔디밭에 앉아서 첫 수업 종이 울리기를 기다렸다. 코너가 목걸이를 자세히 들여다보는 동안 자이언은 낡아 빠진 스케치북을 조심조심 넘겨보았다. 종잇조각이 부서져 날릴 때마다 모두 헉하고 소리를 냈다. 자이언이 마침내 목걸이가 그려진 그림을 찾아냈다.

"확실히 그 목걸이야."

코너가 목걸이를 들어 올렸다.

"금속이 거의 까맣게 변했는데 그림에서는 연한 회색이네."

"우리 엄마가 그러는데 은 색깔이 변해서래. 터키석 모양하고 그 주위에 있는 줄무늬를 봐. 똑같은 목걸이가 확실해."

"그런데 이게 왜 언덕에 있었을까?"

선인장의 가느린 일생에서 아주 잠깐 스쳐 지나가는,

코너가 이렇게 말하고는 짖는 소리를 냈다. 나는 어깨를 으쓱했다.

"모르겠어."

자이언이 무척이나 불안한 눈초리로 나와 코너를 번갈아 쳐다보았다.

"왜?"

내가 물어보았다. 자이언은 입을 가렸다가 고개를 절레절레 저었다. 지금 하는 생각이 너무나 끔찍해서 말을 할 수 없다는 것처럼.

"뭔데?"

내가 다시 물었다.

"시체야."

자이언이 작게 말했다. 코너와 내가 서로 얼굴을 바라보았다.

"글쎄."

"그것 말고 다른 설명이 있을 수 있어? 누군가 이 목걸이를 한 사람을 살해하고 시체를 언덕에 묻은 거지. 안 그럼 이게 왜 거기 있겠냐?"

코너가 눈을 동그랗게 뜨고 나를 바라보았다.

"로데오 광대 마피아야."

코너는 이렇게 말하고서 키득거렸다. 나는 코너를 보며 고개를 흔들며 심각함을 잃지 않으려 했다.

"내가 그 언덕에서 시간을 많이 보냈는데 무덤 같은 건 코빼기도 안 보였거든."

"아주 오래전에 일어난 일인 거지. 덤불이나 선인장 같은 게 그 위에 자란 거야. 시체는 좋은 비료가 된다더라."

코너와 나는 웃음을 터뜨렸다.

"야, 너무 역겹다. 그런 건 대체 어디서 들은 거야?"

자이언이 턱을 긁적였다.

"만화책에서 본 것 같아."

"아이고, 그러면 진짜 그렇겠네."

자이언이 잔디를 한 움큼 뜯어서 나한테 던졌다. 나는 머리를 흔들었다.

"언덕 위에 시체가 있었을지도 모르지. 그렇지만 진짜 있다면 내가 갔을 때 엄청 으스스한 기분이 들었을 거라고. 한기를 느끼거나 오싹하거나 아니면 음, 뭐랄까…."

나는 잠시 생각했다.

"덜덜 떨었을 거라고!"

코너가 웃으며 짖는 소리를 냈다. 그와 거의 동시에 근처에 있는 아이들 무리에서 짖는 소리가 들렸다.

코너의 얼굴이 흐려졌다. 내가 몸을 돌려 근처에 서 있던 아이

선인장의 가느린 일생에서 아주 잠깐 스쳐 지나가는,

들을 노려보았다. 아이들 가운데 몇 명이 우리를 몰래 힐끔거리면서 손으로 입을 가리고 웃고 있었다.

나는 다시 코너를 쳐다보았다.

"저런 걸 참아 넘겨서는 안 돼."

코너 어깨가 축 처졌다.

"내가 뭘 어떻게 할 수 있겠어?"

평소 같으면 나는 절대로 주목받으려고 하지 않았을 거다. 하지만 열이 치솟으면 주목받지 않으려 하는 마음을 눌러 버리는 때가 있었다.

내가 벌떡 일어서서 그 아이들한테 소리쳤다.

"그런 짓을 한 게 누구든, 옳지 않은 행동이야! 부끄러운 줄 알아!"

나는 "흥!" 하면서 다시 자리에 앉았다. 코너와 자이언은 내 행동에 충격을 받은 눈치였다.

"자, 이게 네가 해야 하는 행동이야."

내가 말했다.

20

요즘 코너와 나는 자이언과 행정실 뒤쪽에서 같이 점심을 먹는 일이 잦았다. 코너는 여전히 잘 먹으려 하지 않았지만 가끔 한 입 먹기도 했다. 때로는 음식을 뱉기도 했지만 코너는 늘 벽 쪽으로 뱉으려 애썼다. 그렇긴 해도 프레첼이나 포도가 우리 머리로 날아올 때면 그때마다 자이언과 나는 닌자처럼 잽싸게 막아야 했다.

행정실 옆 인도에 앉아 있는데 자이언이 말했다.

"'오즈의 마법사' 오디션을 볼까 해."

자이언이 어찌나 얼굴을 붉히던지 갈색 뺨에 붉은 기가 확 돌았다.

"우아, 어떤 배역?"

내가 물었다. 자이언은 어깨를 으쓱했다.

"나도 몰라."

나는 잠깐 생각해 봤다.

"너라면 훌륭한 으음, 사자 역을 할 수 있을 거야."

자이언이 얼굴을 찌푸렸다.

"나는 뚱뚱해서?"

"아니, 용기를 찾아야 하니까."

내가 발로 자이언을 툭 쳤다.

"농담 반 진담 반으로 한 얘기야."

자이언이 웃었다.

"너희는 그런 거 해 본 적 없어?"

"뭐? 연극 배역 오디션을 봤냐고?"

코너가 물었다.

"그래."

코너가 자이언을 미친 사람처럼 쳐다보았다.

"픽이나."

나는 코너한테 얼굴을 찌푸렸다.

"너는 훌륭한 배우가 될 수 있어."

"내가 맡을 수 있는 배역이라고는 성가시게 짖는 개 역할밖에
없을 거라고."

그 말에 뭐라 대답해야 할지 몰라서 나는 이렇게 말했다.

"캔자스에서 다니던 학교에서는 6학년이면 극본 경연 대회를 열었어. 누구든 자기만의 아이디어 또는 간략한 줄거리나 연극 대본을 써서 참가할 수 있지. 우승하면 그 대본으로 연극을 하는 거야. 나는 역대 최고의 대본을 써서 냈지. 그게 뭐냐면…."

나는 잠시 뜸을 들인 후 말했다.

"'범죄 도시 캔자스 시티'야."

자이언이 코웃음을 치는 바람에 주스가 조금 코로 나왔다. 자이언은 주스를 쓱 닦아 냈다.

"무슨 이야기인데?"

내가 목을 가다듬었다.

"'범죄 도시 캔자스 시티'는 해럴드라는 완전히 끝내주는 닌자에 관한 이야기야. 캔자스 시티에 사는 해럴드가 충직한 돼지 제럴드의 도움을 받으며 범죄자들과 싸워. 해럴드와 제럴드는 은행을 터는 갱단을 막는, 범죄에 맞서 싸우는 2인조야. 둘은 사랑에 빠지지. 서로 사랑한다는 소리가 아니고. 각자 아름답고 섹시한 여자와 암컷 돼지랑 사랑한다는 거야. 해럴드와 제럴드가 합동결혼식을 올리면서 연극이 끝나지."

코너는 키득거렸고 자이언은 주스를 마시다가 사레들려 캑캑거렸다.

선인장의 가시가 일생에서 아주 잠깐 스쳐 지나가는,

"내 생각에 이 연극의 절정은….."

나는 말을 이었다.

"해럴드와 제럴드가 마침내 악당 두목과 대결하는 장면인 것 같아."

나는 머리카락을 뒤로 휙 넘겼다.

"그 악당을 내가 맡는 거였어. 흥미진진하게 싸우다가 헤럴드 와 제럴드가 내 양팔을 잡아 뜯어 피를 사방으로 튀기면서 바닥 에 쓰러져 죽는 거야."

나는 에밀리네 엄마한테 가짜 팔을 다시 빌릴 수 있었을 거라 고 생각했다.

"우승했어?"

자이언이 물었다.

"완전 꽝이었어. 게다가 우리 부모님까지 상담하러 학교에 와 야 했지. 부모님은 이미 내 대본을 읽어 보고 아주 재미있다고 생각했던 터라, 그런 상황에 좀 당황스러워하셨어. 상담할 때 나 는 거의 귀담아듣지 않았지만 그래도 '섬뜩하고 소름 끼친다.'는 말은 들은 것 같아. 어쨌든 루크라는 아이가 우승했어. '사막 위 에 뜬 사막 달'이라는 대본이었지. 난 제목이 장황하다고 생각했 는데, 심사 위원들은 루크 작품이 아주 창의적이라고 생각했나 봐. '범죄 도시 캔자스 시티'을 골칫거리라고 여긴 사람들한테 뭘 기대할 수 있겠냐?"

"그러게. 루크라는 아이의 대본은 무슨 얘기였어?"

코너가 수긍하며 물었다.

"'사막 위에 뜬 사막 달'은 달에 관한 이야기야. 진짜야. 사막 위에서 내려다보는 달이지. 농담이 아니라고. 그 달이 그러다가 코요테와 사랑에 빠지는 거야. 진짜라니까. 코요테도 사막 달과 사랑에 빠지게 되고. 당연한 소리지만 달과 코요테는 함께할 수가 없잖아. 그래서 코요테가 길게 울부짖고, 울부짖다가 결국에는 선인장과 친구가 되면서 모든 일이 다 잘 풀린다는 얘기지."

"너도 연극에 참여했니?"

자이언이 물었다.

"응. 나는 선인장 역을 맡았어. 칙칙한 녹색 분장을 해서 무대 위에서 그다지 밝게 보이지 않았지. 그래서 반짝반짝 빛나는 스프레이 페인트로 칠해야 했어. 무대에 세운 커다란 종이 달 뒤에 조명을 밝혔어. 그래서 나는 온통 반짝반짝하면서도 달빛에서 나오는 빛으로 밝게 빛났지. 아주 멋졌어. 무대에 선 건 좋았는데 진짜 멍청한 대사를 읊어야 했어. 아직도 기억한다니까."

나는 연극에서 내 대사를 읊었다.

"코요테야, 달은 엄청나게 멀리 떨어져 있지만 나는 이 지구에 너와 같이 있어. 코요테야, 내 새 친구, 나를 따뜻하게 안을 때 가

선인장의 가냐긴 일생에서 아주 잠깐 스쳐 지나가는,

시에 찔리지 마. 코요테야, 혹시 물이 없어 죽게 되는 일이 생기면 내가 삶을 포기할게. 내 소중한 선인장즙을 마셔도 돼."

자이언이 킥킥거렸다.

"끔찍하네."

"'오즈의 마법사'에서는 분명 좀 더 나은 대사를 할 거야."

"어이쿠, 그래야지."

"아니야, 진짜야. 연극에 푹 빠지게 될걸. 연극이 끝나자 다들 손뼉 치며 환호했지. 무슨 일이든 할 수 있을 것만 같은 기분이었어. 여배우의 길을 걸어도 되겠다 싶은 생각까지 들었다니까."

"왜 안 돼?"

코너가 물었다. 내가 입을 딱 벌리고 쳐다보았다.

"팔이나 다리가 없는 영화배우를 대체 몇이나 봤냐?"

둘 다 아무 말도 하지 않았다. 나는 고개를 젓고는 코너를 쳐다봤다.

"참, 엄마가 학교 끝나고 너네 집에 놀러 가도 된대. 저녁 전에 데리러 오시겠대."

코너 얼굴이 확 밝아졌다.

"진짜? 너희 부모님은 부모님이 모르는 집에는 못 가게 하시는 줄 알았는데."

"엄마가 너를 아니까 괜찮다고 하셨어. 게다가 너네 엄마는 일을 너무 많이 하시느라 저녁때 주무시잖아. 그래서 우리 엄마가 너희 엄마랑 만날 기회가 거의 없을 것 같더라고. 학교 끝나고 집에 가면 엄마 계시지?"

코너가 어깨를 으쓱하고는 짖는 소리를 냈다.

"어, 집에서 주무시고 계실 거야. 어젯밤에 열두 시간 교대 근무를 했거든."

"교대 근무를 낮 근무로 바꾸실 생각은 없으시대?"

"당장 있는 일을 해야 하니까. 게다가 이 일은 벌이가 좋아."

코너가 자이언을 보며 물었다.

"너도 놀러 올래?"

자이언은 고개를 젓고는 우거지상을 지었다.

"치과 예약이 있어."

"다음 모임이 조만간 있네."

내가 코너한테 말했다.

"모임?"

자이언이 물었다. 코너가 쓴웃음을 지었다.

"에이븐, 지원 모임을 말하는 건 아니겠지?"

나는 코너를 노려보면서 자이언한테 설명해 줬다.

"매달 병원에서 하는 소규모 모임이야."

"미안, 자이언. 병신만 올 수 있어."

코너가 말했다.

"야! 거기에 병신은 없어. 특히 너는 아니야."

코너가 눈을 깜빡이고, 어깨를 으쓱하더니, 짖는 소리를 냈다.

"에이븐 네가 그리 말한다면야."

나는 크게 한숨을 쉬었다.

"아무튼, 우리 엄마가 우리를 데려다줄 계획이라고."

코너가 눈썹을 찡그렸다.

"그런 식으로 옆에서 압력 행사하는 거야? 그렇다면 갈 수밖에."

"그래."

리

코너는 엄마와 같이 사는 방 두 개짜리 작은 집으로 나를 데려
갔다. 쭉 훑어보니 가구가 별로 없었다. 3인용 소파, 작은 탁자, 사
이드 테이블, 전등이 다였다. 벽에 그림 같은 건 하나도 걸려 있지
않았다. 한쪽 구석에는 뜯지 않은 상자 두 개가 쌓여 있었다.

"엄마랑 여기에 온 지 얼마나 됐어?"

"일 년 좀 넘었어. 알아. 엄마는 일을 너무 많이 해서 집을 꾸미
거나 할 만한 시간을 많이 낼 수가 없었어. 게다가 여기에서 오
래오래 살지 않길 바라니까."

나는 너무 서글픈 표정을 짓지 않으려 애쓰며 코너한테 말했다.

"정말 그랬으면 좋겠다."

우리는 자그마한 식탁에 가방을 내려놓았다. 식탁 의자가 두 개

뿐이었다. 코너가 짖는 소리를 냈다. 그 순간 후줄근한 모양새의 금발 여자가 잠옷 위에 가운을 걸치고 좁은 복도에서 나타났다.

"왔니, 애야?"

그러다가 나를 발견한 모양이었다. 놀라고 당황한 눈치였다. 그러더니 가운을 잘 여미고 허리끈을 맸다.

"아, 집에 친구를 데려왔구나."

"엄마, 여기는 에이븐이에요."

코너 엄마는 내 몸통 쪽을 흘깃 봤다.

"안녕, 에이븐. 옷차림이 이래서 미안하구나."

"괜찮아요. 코너가 그랬는데 밤새도록 일해야 하신다면서요."

나는 당황한 아줌마를 진정시키려 말했다. 아줌마는 코너를 가만히 쳐다보았다.

"어, 그래…. 코너한테 냉장고에 맥앤치즈 한 그릇 있으니 저녁으로 데워 먹으라고 말해 주려 나왔단다. 한 그릇밖에 없어서 미안하…."

"아니에요, 괜찮아요."

아줌마 말을 끊으며 내가 말했다.

"엄마, 에이븐은 같이 게임 좀 두어 시간 하려고 온 거예요. 에이븐네 엄마가 저녁 먹기 전에 데리러 오신대요."

코너 엄마가 이 상황을 너무나 당황해하는 듯해서 나는 코너가

집에 내가 온다고 엄마한테 미리 귀띔이라도 해 줄 수 없던 상황
이 상당히 불편했다.

"놀라게 해 드려 죄송해요, 아줌마. 드디어 뵙게 되어 반갑습니
다."

"나도 만나서 반갑단다, 에이븐. 코너한테 친구가 있다니 다행
이야. 나중에 내가 상태가 좀 나을 때 다시 놀러 오려무나."

"네, 그럴게요."

어쩌다가 그렇게 되었는지는 모르겠지만 그 말을 하고 나서 곧
바로 아줌마한테 이렇게 말했다.

"아줌마도 저희랑 다음번 투레트 증후군 지원 모임에 가셔도
좋겠네요."

코너가 고개를 휙 돌려 나를 쳐다보았다. 그 덕에 나는 아줌마
가 그 모임에 대해 전혀 모른다는 사실을 곧 깨달았다. 이전부터
이미 미심쩍어했던 부분이었다. 아줌마는 놀라서 눈이 휘둥그레
졌다.

"투레트 증후군 지원 모임?"

아줌마가 느릿느릿 말했다. 코너가 어깨를 으쓱했다.

"네. 에이븐이랑 한 번 나갔어요. 엄마가 일하고 계실 때요."

"코너, 이런 일은 이야기를 해 줬으면 좋겠어. 거기에는 어떻게
갔니?"

선인장의 가시인 일생에서 아주 잠깐 스쳐 지나가는,

아줌마가 미간을 찌푸리며 말했다.

"에이븐네 엄마가 태워 주셨어요."

나는 아줌마 얼굴에 가득한 근심 어린 표정을 알아채고 얼른 말했다.

"염려 마세요. 우리 가족은 정신 이상자나 뭐 그런 사람들이 아니에요. 완전 정상이지요. 이것만 빼고요……."

이렇게 말하며 나는 어깨 쪽으로 고갯짓했다.

"하지만 제가 이런 건 부모님께 물려받은 게 아니에요."

아줌마가 지친 기색으로 웃었다.

"너희 가족은 틀림없이 괜찮은 사람들이겠지."

그런 뒤 아줌마는 코너를 쳐다보며 말했다.

"네가 지원 모임에 나간다니 기쁘구나, 얘야. 다만… 에이븐 어머니가 데리러 오시면 만나 뵙고 싶구나."

코너가 고개를 끄덕였다. 아줌마는 코너한테 가서 이마에 뽀뽀를 해 주었다.

"나는 이만 자러 갈게. 조금 있다가 깨워 줄래? 그래야 엄마가 옷매무새라도 가다듬지."

코너가 또 고개를 끄덕였다. 그러자 아줌마는 좁은 복도로 가서 어두운 방으로 들어갔다.

나는 코너한테 말했다.

"너네 엄마 참 좋으시다. 네가 왜⋯."

코너가 내 말을 잘랐다.

"엄마한테 지원 모임에 대해 말하지 않았으면 했어. 엄마는 거기에 가 볼 시간이 없으니까. 그래서 언짢으실 거라고."

"너희 엄마가 어떻게 하고 싶으신지 정할 기회라도 줘야 하는 거 아냐?"

"엄마는 이미 스트레스라면 넘치게 받고 있어. 거기에 더할 필요는 없잖아."

"지원 모임 때문에 너희 엄마가 스트레스 받으실 것 같진 않은데. 너한테 무슨 일이 있는지 모르시는 게 더 스트레스일 거야."

"엄마는 내 문제를 처리할 필요가 없을 때가 더 나아."

갑자기 상황이 아주 분명하게 보였다. 코너가 말한 대로 엄마가 코너를 못 견뎌 하는 건 전혀 사실이 아니었다. 코너가 자신을 못 견뎌 하는 것이었다. 코너는 엄마가 힘들어하는 원인을 다 자기 탓으로 돌렸다. 아빠가 떠나간 일, 지금 사는 좁아 터진 집, 엄마의 빡빡한 일 스케줄 같은 것까지도. 나는 코너가 이 모든 일을 자기 탓이라고만 느낀다는 걸 알았다. 하지만 방금 본 바로는 코너 엄마도 똑같이 느끼는지는 심히 의심스러웠다.

"코너, 너희 엄마시잖아. 네 문제를 처리하는 게 아니야. 엄마는 너를 사랑하셔. 엄마한테 한번⋯."

선인장의 가시긴 일생에서 아주 잠깐 스쳐 지나가는,

"너는 어째서 늘 나를 고치려고만 드냐? 그냥 친구로 좀 있으면 안 되는 거야, 에이븐? 나는 고치고 싶은 생각이 없다고."

코너가 사납게 소리쳤다.

"너를 고치고 싶은 게 아니야. 네가 망가지기라도 한 양 생각하지 않아. 그저 너를 돕고 싶어서 그래. 친구는 서로 돕는 거잖아?"

"차라리 나랑 같이 게임이나 했으면 좋겠어. 그쪽이 나를 돕는 거라고."

나는 고개를 떨구고 무지개 줄무늬 플랫 슈즈를 우중충한 카펫에 굴렀다.

"알았어. 그래도 나는 모임에 계속 나갈 거야. 너도 오고 싶으면 와. 에라, 모르겠다. 신경 안 쓸래."

나는 어깨를 으쓱했다. 코너는 누그러진 얼굴을 하더니 씩 웃었다.

"그래, 너는 나가겠지. 음, 알았어. 나도 갈게."

22

코너와 나는 투레트 증후군 지원 모임 장소로 들어갔다.

"또 오고 말았네."

내가 문을 여는데 코너가 중얼거렸다. 이번 달 모임은 인원이 줄었다. 덱스터, 잭, 메이슨만 있었다.

"안녕, 팔 없는 에이브."

덱스터가 인사했다.

"덱스터, 그거 새로 생긴 틱이야?"

덱스터가 부적절한 말을 하는 틱이 있다는 걸 떠올리며 물었다.

"그게 무슨 소리야?"

덱스터가 잔뜩 당황한 기색으로 말했다. 나는 바닥을 내려다보며 피식 웃었다.

"아무것도 아니야."

덱스터가 자기 옆자리를 톡톡 쳤다.

"여기 앉아, 치킨 젖꼭지."

코너와 나는 덱스터 옆에 나란히 앉았다.

"다들 어디 갔어?"

내가 물었다.

"나도 몰라. 리베카는 자기를 너무 세게 후려쳐서, 치킨 젖꼭
지, 부엌 바닥에 기절한 채 쓰러져 있을지도 모르지."

"덱스터, 그것 좀 별로다."

잭이 크게 코웃음을 치며 말했다. 나도 고개를 절레절레 흔들
었다.

"확실히 별로야."

"미안. 화장실 바닥일 수도 있어."

덱스터는 최대한 아무 잘못이 없다는 표정을 지으려고 애쓰며
말했다.

"그만 하렴, 덱스터. 좀 도가 지나쳤어. 장난치는 게 아니라 놀
리는 쪽에 가깝잖니."

앤드리아 선생님이 무릎에 둔 클립보드를 들여다보다가 고개
를 들며 말했다. 선생님은 덱스터를 가만히 쳐다보았다. 선생님
목소리에 장난기가 살짝 묻어 있었다. 덱스터가 고개를 푹 숙이

고 입을 삐쭉 내밀었다.

"죄송합니다. 다시는 안 그럴게요."

덱스터는 터져 나오는 웃음을 가리려 입으로 손을 가렸다.

"자, 오늘 나올 사람은 다 온 듯싶구나. 이제 시작해 볼까? 사람이 많은 곳에 가는 일에 대한 두려움에 대해 지난달에 다들 조금씩 말해 봤으니까, 이번 달에는 밖에 나갔을 때도 편하게 있을 수 있는 기술 몇 가지에 관해 이야기해 보는 게 좋겠다. 너희 중 누구도 바깥세상으로 나오기 두려워 집 안에만 있어야 한다고 생각할 필요는 없단다. 모두 가능한 한 평범하게 사는 일이 중요해. 그리고 사람 많은 곳에 나갔을 때도 편하게 느끼는 것이 가장 큰 관건이지."

"하지만 편하게 있을 수가 없어요. 틱이 진짜 심해지면 어떻게 해요?"

잭이 쿵쿵대는 소리를 크게 내며 물었다.

"사람이 많은 곳에서 편하게 있을 수 없다고 지레짐작하지 마, 잭. 그래서 너희가 해 볼 수 있는 기술 몇 가지를 가르쳐 주려고 해. 사람 많은 곳에서 틱이 생길까? 아마 그렇겠지. 인정해야 하는 사실이야. 하지만 틱이 걷잡을 수 없게 되는 걸 내버려 두지는 마."

"습관 역전 훈련 같은 건가요? 저는 이미 해 봤는데요."

선인장의 가끼 일생에서 아주 잠깐 스쳐 지나가는,

코너가 말했다.

"그게 뭐야?"

내가 물었다.

코너가 대답하기도 전에 앤드리아 선생님이 말했다.

"아니야, 코너. 오늘은 습관 역전 훈련에 대해 다루지 않을 거야."

코너가 나한테 말했다.

"틱이 시작될 것만 같으면 곧바로 주의를 다른 곳으로 돌리려고 하는 거지. 근본적으로 틱이랑 경쟁하는 거나 다름없어. 계속해서 하다 보면 틱이 잦아들려고 하는 게 느껴진대."

"그게 통해?"

"조금은. 하지만 나는 그걸 해서 상태가 좋아져 본 적이 없어."

"어떤 아이한테는 잘 통하기도 하지. 하지만 오늘은 편안하게 있는 것만 집중적으로 다룰 거야."

나는 선생님 말을 무시하고 코너한테 말했다.

"도움이 되면 나중에 다시 해 봐야 하는 거 아닐까?"

"에이븐, 내가 상담 치료는 더 안 받는다고 했잖아. 게다가 나한테 잘 맞지도 않았다고."

나는 얼굴을 찌푸리며 의자 다리를 찼다. 앤드리아 선생님은 심호흡하는 방법을 설명해 주셨다. 우리 모두 눈을 감고 선생님이 말한 대로 코로 숨을 깊이 들이마시고 입으로 천천히 내쉬는 연습을 했다. 옆자리에서 '치킨 젖꼭지'라고 쉴 새 없이 말하는 덱스터가 있어서 마음을 안정시키기가 어려웠지만 최선을 다했다.

앤드리아 선생님이 부드러운 목소리로 말했다.

"자, 가슴속에 있는 온기를 느껴 봐. 아주 근사한 이 온기는 가슴에서 나와 어깨로, 이제는 팔로 내려가서, 손가락 끝까지 갈 거야."

나는 어쩔 수 없이 그만 자지러지게 웃고 말았다. 곧이어 코너와 다른 아이들도 깔깔거렸다.

"에이브, 손가락 끝에 온기가 느껴지니?"

덱스터가 물었다.

앤드리아 선생님은 그 온기가 우리 다리로, 발로 내려간다고 계속 말을 이어 가려 했지만 다들 끊임없이 키득거리고 틱을 하는 바람에 결국 포기하고 사람이 많은 곳에서 안정을 취할 수 있는 다른 방법에 대해 말했다. 그러한 방법에는 심호흡, 시각화, 명상, 심지어 숫자 세기, 구구단 외우기 같은 것이 있었다.

그런 뒤에 선생님은 우리 모두가 각자 추구하는 목표가 있어야 한다고 했다. 큰 목표일 필요는 없었다. 쉽게 달성할 수 있는 목표면 되었다. 우리 부모님이 나한테 늘 가르쳐 준 것과 같았다. 한 번에 작은 목표 하나씩만.

선인장의 가냐긴 일생에서 아주 잠깐 스쳐 지나가는,

덱스터는 엄마한테 가스레인지를 확인했냐고 전화하지 않고 모임 시간을 버티고 싶다고 했다. 앤드리아 선생님이 훌륭한 목표라고 대답했다. 그러자 덱스터는 엄마한테 가스레인지를 확인했냐고 전화해도 되는지 물었다. 잭은 학교에서 좋아하는 여자애한테 말을 걸어 보고 싶다고 했다. 데이트 신청 같은 얘기가 아니라 그저 "안녕!" 하고 말하고 싶다고 했다. 메이슨은 방귀 소리를 그만 내고 싶다고 했다.

앤드리아 선생님이 나한테 물었을 때 나와 코너는 서로 마주 보며 다 안다는 듯 씩 웃었다. 그래도 이 모임에서 우리의 살인 사건 수사에 대해 말할 수는 없었다. 그 대신 나는 쌍절곤 사용법을 배우고 싶다고 했다. 그 말도 사실이니까.

앤드리아 선생님이 코너한테 목표를 묻자 내가 불쑥 말했다.

"코너는 다음번에 학교에서 놀리는 아이가 있으면 그 녀석과 죽어라 한판 뜨는 일에 도전할 거예요."

다른 아이들은 키득거렸지만 코너는 의도를 모르겠다는 듯 나를 째려보다가 앤드리아 선생님한테 대답했다.

"어딘가 다른 곳에 나가는 것으로 할까 해요. 이사 와서 학교와 스테이지 코치 패스 말고는 아무 데도 안 가 봤거든요."

코너가 목표를 말하는 방식이 애매하게 느껴져서 나는 코너가 진짜 할 마음이 있는지 심히 미심쩍었다.

앤드리아 선생님은 남은 십 분 동안 서로 어울리며 보내라고 했다. 다들 내가 발로 무슨 일을 할 수 있는지 궁금해했다. 앤드리아 선생님이 내게 클립보드, 종이, 볼펜을 건네줬다. 나는 종이에 '팔 달린 사람들은 변변찮다.'고 썼다. 물병을 열어 보이기도 했고, 내 머리를 한데 묶어 보였다. 아주 인상 깊은 일이겠지.

"우아, 에이븐! 슈퍼히어로 같아. 완전 멋진 팔 없는 슈퍼히어로 같아."

덱스터가 말했다.

"쌍절곤이 있으면 좋을 텐데."

내가 대꾸했다.

"팔 없는 에이븐! 발가락 한 개로도 물병을 딸 수 있습니다!"

덱스터가 외쳤다.

나는 얼굴이 붉어졌다(그 지독한 특발성 안면 홍조증 때문이다.).

"발가락 한 개로는 아니지만, 뭐 괜찮네."

내가 코너를 흘깃 보니 웃고 있지 않았다. 사실, 코너는 화가 잔뜩 나 있었다.

나중에 차 타고 집에 오면서 코너한테 물었다.

"왜 그래?"

"아무것도 아니야. 덱스터는 자기가 되게 재미있다고 생각하나 봐."

선언장의 가나긴 일생에서 아주 잠깐 스쳐 지나가는,

코너는 팔짱을 낀 채 뒤로 털썩 기대며 말했다.

"재미있잖아."

"너는 덱스터가 재미있다고 생각하는 거 알아. 하지만 나는 안 그렇거든."

코너는 고개를 돌려 창밖을 쳐다보면서 우물거리며 말을 이었다.

"너를 팔 없는 에이븐이라고 불러서 내 신경을 긁는단 말이야."

"지원 모임에 있는 아이가 너를 팔 없는 에이븐이라고 부르니? 투레트 증후군 때문에 그런 거니?"

엄마가 물었다.

"아녜요. 그 녀석 인성이 썩어서 그래요."

코너가 대꾸했다.

나는 자동차 뒷거울에 비친 엄마 얼굴을 쳐다보았다. 눈가에 주름이 잡히고 가늘게 뜬 눈으로 보아 엄마가 웃고 있다는 걸 알 수 있었다. 나도 씩 하고 같이 웃고 나서 창밖을 쳐다보았다. 키득키득 터져 나오는 웃음을 도저히 참을 수가 없었다.

남자애가 질투하는 건 난생처음이었다.

23

스테이지 코치 패스에서의 크리스마스는 정말 진짜 추웠다. 부모님은 업체를 불러 놀이공원 여기저기에 불빛 장식을 하고 메인 스트리트 가운데에 커다란 크리스마스트리를 세우기로 했다. 창고에서 오래된 크리스마스 장식용품을 모조리 꺼내 놀이공원 여기저기에 장식했다. 편자, 카우보이 부츠, 가짜 포인세티아를 엮어 만든 화환 같은 장식용품들이었다.

아빠는 업체에 말해 입구 쪽에 있는 포장마차에도 작은 전구로 장식하게 했다. 업체는 '스테이지 코치 패스'라는 말 뒤에 '크리스마스'를 덧붙였다. 그래야 다들 조금은 색다르다는 걸 알 테니까.

나는 따뜻한 코코아와 구운 마시멜로를 크래커 사이에 끼워 먹는 간식을 파는 부스를 세우자는 아이디어를 냈다. 낡은 철제 쓰레기통 두어 개에 불을 피우는 것도 말이다. 애리조나의 밤이 이리도 추울지 상상조차 못했다. 심지어 영하로 떨어진 적도 두 번 있었다. 나는 귀마개를 단단히 하고 코너와 밖에서 마시멜로를 불에 구워 먹었다. 뭐, 마시멜로는 코너가 구워 줬지만. 내 발가락이 얼어 터질 필요는 없으니까.

"겨울 방학에 자이언이 없어서 참 아쉽다."

내가 말했다. 자이언은 가족과 뉴질랜드에서 두 주 동안 있다 온다고 했다. 자이언네 가족은 남반구까지 가서 '반지의 제왕' 시리즈를 찍은 촬영장을 보러 간다고 했다. 우리 아빠는 이 말을 듣자 눈을 동그랗게 뜨더니 이렇게 말했다.

"그 가족 좀 꼭 만나 봐야겠어."

"자이언이 그러는데 거기는 지금 진짜 여름이래. 그거 되게 이상하지?"

내가 말했다.

코너는 대답하지 않고 주위를 둘러보다가 신경질적으로 짖는 소리를 냈다. 그 바람에 코너가 모닥불 위에서 굽던 마시멜로 막대가 조금 흔들렸다.

"이곳은 여느 때보다 북적이네."

코너가 이렇게 말하고는 짖는 소리를 냈다. 맞은편에서 마시멜로를 굽던 사람들이 코너를 쳐다보았다.

"그렇다고 겁에 질리면 안 돼."

내가 이렇게 말하자 코너는 상처받은 눈치였다.

"안 그럴 거야. 음, 너무 북적거리지만 않는다면 말이지."

내가 장난스레 코너를 쳐다봤다.

"너무 북적거린다는 기준이 뭐야?"

코너가 어깨를 으쓱했다.

"지금보다 더 북적거리는 거."

"흠, 그게 정말이 아니길. 네가 보고 싶을 테니."

"크리스마스만 지나면 분명 사람들이 다시 뜸해질 거야."

코너한테도 그편이 훨씬 마음이 놓이는 듯했다. 나한테는 아니었지만. 나는 놀이공원이 도로 사람이 뜸해지지 않길 바랐다. 코너가 마시멜로를 막대에서 빼내 내 입에 넣어 줬다.

"그러면 모두 다 제자리로 돌아갈 수 있을 거야."

"아이 에아이오 올아아일 아아이 않아."

"응?"

나는 마시멜로를 꿀꺽 삼켰다.

"다시 제자리로 돌아가길 바라지 않는다고. 놀이공원이 계속 북적거렸으면 좋겠어. 공원이 문을 닫으면 우리 부모님은 일자리를 잃는 거잖아. 그러면 우리 가족은 다시 떠나야 해."

코너가 얼굴을 찌푸렸다.

선인장의 가나긴 일생에서 아주 잠깐 스쳐 지나가는,

"맞네, 그것까진 생각하지 못했어."

코너가 내 입에 마시멜로를 하나 더 넣어 줬다.

"그러면 공원이 계속 북적거리기를 바랄게. 음, 너무 북적거리지만 않게."

크리스마스이브에 우리 가족은 코너와 코너 엄마를 초대했다. 같이 크리스마스 연휴를 보낼 가족이 없는 직원도 모두 초대해서 스테이크 레스토랑에서 저녁 식사를 했다. 엄마와 아빠는 커다란 칠면조를 세 마리나 주문했다.

"뭐 좀 도와드릴까요?"

내가 조지핀 할머니한테 물었다. 할머니는 주방 주변에 있는 사람들 모두한테 이것저것 시키고 있었다. 다들 매시트포테이토와 옥수수, 당연히 콩 통조림도 있었고, 옥수수 빵, 코울슬로(내가 먹을 일은 절대로 없을 것이다. 겨드랑이땀슬로로 영영 기억될 테니.)를 차리느라 분주했다.

조지핀 할머니가 나한테 감자를 으깨는 도구를 건넸다.

"저기 감자 좀 으깨 주련?"

할머니는 삶은 감자가 담긴 거대한 솥단지를 바닥에 툭 내려놨다. 나는 발로 감자 으깨는 도구 손잡이를 잡고 일했다. 직원 몇 명이 그 모습을 구경하려고 멈춰 섰지만 조지핀 할머니가 모두 쫓아 버렸다.

"네 녀석들이 입에 넣은 매시트포테이토 중 최고로 맛있을 게 다."

할머니는 내가 감자를 으깨고 있는 모습을 미심쩍게 보는 사람 들한테 이렇게 쏘아붙였다.

그러던 중에 헨리 할아버지가 걸어 들어왔다. 할아버지는 허리 에 양손을 올리고 꾸짖었다.

"에이븐 케이바나! 대체 음식에 발로 뭐하는 게냐?"

말만 한 타란툴라가 식당 안으로 쿵쾅거리며 들어온다 해도 조 지핀 할머니가 더 놀랄 것 같지는 않았다.

"이 늙다리 괴짜 같으니! 아직도 저 아이 이름을 제대로 모르 는 게야? 당장 여기서 나가. 어디 다른 데 가서나 도우라고."

조지핀 할머니가 헨리 할아버지한테 손을 내저으며 밖으로 밀 쳐 냈다. 그러고는 두 사람 모두 돌아오지 않았다.

감자를 다 으깨고 나는 부엌 쪽에 있는 스윙 문을 머리로 쓱 밀 고 식당 안을 엿보았다. 코너와 코너 엄마가 우리 엄마와 같은 자리에 앉아 이야기하며 웃고 있는 것이 보였다. 나는 이번이 코 너한테 틱이 생긴 후 처음으로 엄마와 같이 레스토랑에서 밥을 먹는다는 사실을 알고 있던 터라 코너가 편안해 보이는 것이 기 뻤다. 비록 코너가 많이 먹진 않았지만.

선인장의 가니긴 일생에서 아주 잠깐 스쳐 지나가는,

우리 모두 자리에 앉게 되자 나는 코너한테 속삭였다.

"헨리 할아버지가 조금 전에 주방에서 나를 에이브 케이바나라고 불렀어."

코너가 코를 찡긋거렸다.

"전에 네가 말했던 대로 할아버지가 진짜 오락가락하시나 봐."

나는 발가락으로 포크를 잡고 커다란 칠면조 조각을 푹 찍었다.

"아마도. 할아버지는 나를 계속 다른 사람으로 착각했어. 하지만 왜 나를 케이바나 가족이라고 생각하는 걸까?"

코너가 어깨를 으쓱했다.

"네가 케이바나 가족이랑 닮았나 보지."

나는 칠면조 고기를 입 안에 넣고 씹으며 그 말을 곰곰이 생각해 보았다.

"박물관에서 사라진 그 사진을 찾을 수만 있으면 좋겠어. 그 사진만 있으면 뭔가 알 수 있을 것 같아."

"낡은 창고를 계속해서 뒤져 보자. 그 온갖 잡동사니 속에 뭔가 있을 거야."

내가 고개를 끄덕이며 다른 칠면조 조각을 찍었다.

"나도 그랬으면 좋겠어."

그날 저녁, 엄마와 아빠가 나한테 크리스마스 선물을 줬다. 나바호 부족 여자한테 산 터키석과 은으로 된 귀고리 한 쌍이었다.

나는 그 목걸이를 깨끗하게 닦고 목걸이에 어울리는 새 줄을 구해 걸면 선물 받은 귀고리와 잘 어울릴 것 같다는 생각이 들었다. 이 나바호 부족 여자가 스테이지 코치 패스에 와서 장신구를 팔아야 한다는 생각도 했다. 사실 나한테 놀이공원에서 할 수 있을 만한 일이 계속해서 떠올랐다. 나한테는 아이디어가 많았다.

그날 밤늦게 나는 아빠를 끌고 타란툴라를 잡으러 갔다. 전에도 몇 번 해 봤지만 나는 살아 있는 타란툴라를 찾는 데 집착하고 있었다. 아빠가 손전등 불빛을 비춰 주어 낮에 타란툴라 둥지라고 생각해 둔 구멍을 살펴볼 수 있었다. 샅샅이 살펴봤지만, 한 마리도 찾아내지 못했다. 과연 내가 타란툴라를 찾아낼 수 있을지 의심스러웠다.

24

크리스마스에 있었던 즐거움과 성공 덕분에 나는 스테이지 코치 패스에 대해 생각을 많이 해 보게 되었다. 놀이공원은 낡고 단조로웠다. 근처 도시에 사는 사람들은 한 번쯤 와 보고 다시는 찾지 않는 듯했다. 끌릴 만한 점이 없었다. 스테이크 레스토랑에서 파는 음식조차 물렸을 터였다. 거기에서 파는 음식은 몇 가지뿐이었으니까. 무언가 변화가 필요했다. 아니면 스테이지 코치 패스는 오래가지 못할 것 같았다. 그런데 어떤 방향으로 나아가야 할지 누가 알 수 있담?

우리 부모님은 이곳 운영을 시작하면서 온갖 잡일로 계속 정신 없이 바쁜지라 큰 그림을 그릴 만한 시간이 없었다. 하지만 나한테는 있었다. 추운 1월의 어느 날, 저녁 먹으러 모두 둘러앉은 자리에서 부모님께 말했다.

"아시겠지만 어제 스테이지 코치 패스를 쭉 걸어 봤어요. 문 닫은 가게가 열일곱 개나 되던데요. 열일곱 개요."

나는 롤빵을 한 입 물며 말했다. 아빠가 한숨을 푹 쉬었다.

"알아. 이곳은 꼭 유령 도시 같아."

"그래서 이곳이 슬퍼 보여요. 사람들이 여기 와서 할 만한 것들을 갖다 놓아야 해요. 사 갈 만한 것도요."

"빈 가게에 점원을 고용하고 상품을 채우는 데는 돈이 든단다."

엄마가 말했다. 나는 얼굴을 찌푸렸다.

"대출을 받으면 안 돼요? 돈을 벌려면 돈을 써야 한다던데요?"

아빠가 껄껄 웃었다.

"그런 소리는 어디서 들었냐?"

"광고에서요."

"흠, 가끔은 맞는 말이기도 하지. 하지만 놀이공원을 유지하는데에도 이미 대출을 받았단다. 그 문제는 게리 아저씨와 논의해 봐야 하겠지만 그다지 고려할 만한 사항은 아닌 것 같아."

아빠가 대답했다.

"여기에 뭐 좀 들여올 만한 다른 방법은 없나요?"

아빠는 물을 꿀꺽꿀꺽 들이켰다.

선인장의 가시긴 일생에서 아주 잠깐 스쳐 지나가는,

"부지를 임대할 수는 있겠지만, 그 경우 사업체를 찾아야 하고, 어떤 사업체를 여기에 들일지도 고민해 봐야 하겠지."

"당연하죠. 그 일을 전부 뭐랄까요, 카우보이처럼 과감하게 해 나갔으면 해요."

나는 부모님을 쳐다보며 말을 이었다.

"저기, 제가 요즘 떠오르는 생각을 쭉 적어 봤어요. 놀이공원을 살릴 아이디어요."

"네 아이디어가 정말 궁금하구나."

나는 내 방으로 가서 공책을 갖고 식탁으로 왔다. 와서 발가락 으로 공책을 펴 보였다.

"스테이지 코치 패스에 들여올 필요가 있는 사업 분야."

나는 큰 소리로 읽었다. 잠시 눈을 들어 두 분을 보며 살짝 뜸 들이기도 했다.

"첫 번째, 가볍게 먹을 수 있는 음식. 여기 스테이크 레스토랑 에서는 커다랗고 기름지고 부담스러운 한 끼 식사만 판다. 작은 싱글 콘만 있으면 되는데 음료수 가게에 가면 커다란 아이스크 림선디가 나온다. 게다가 간이음식점이나 샌드위치 가게처럼 가 볍고 깔끔하게 점심을 먹을 수 있는 곳이 없다."

두 분이 귀담아듣는 것이 느껴졌다. 나는 계속 읽어 나갔다.

"두 번째, 커피와 스무디. 엄마와 내가 물건 사러 나갈 때마다 쇼핑몰에는 커피와 스무디를 파는 곳이 꼭 있다는 걸 알게 되었다. 세 번째, 가게 더 늘리기. 엄마가 사 준 귀고리처럼 나바호 부족의 장신구 가게, 근사한 가죽 제품을 파는 가게, 맞춤 제작한 카우보이모자 전문 모자 가게. 그런 상점들."

"우아! 에이븐, 죄다 굉장한 아이디어인걸. 다만 좀 복잡하구나, 얘야."

아빠가 말했다.

"그게 어떻게 복잡하다는 거죠?"

"음, 예를 들면 그런 판매상을 우리가 찾을 수나 있을까?"

나는 어깨를 으쓱하고는 저녁을 마저 먹었다. 내가 생각해 왔던 아이디어가 아무런 호응을 얻지 못해서 씁쓸했다. 그러다가 제프리스 미술 선생님이 우리한테 다음 주말에 파운틴 힐즈이라는 마을에서 예술제가 열린다고 말해 준 일이 떠올랐다. 선생님은 모두 가서 지역 예술가들의 작품을 구경해 보라고 권했다.

"다음 주말에 파운틴 힐즈에서 대규모 예술제가 열린대요. 예술가가 오백 명은 올 것 같아요. 거기에서 근사한 판매상을 찾아볼 수 있을지도 몰라요."

엄마와 아빠가 서로 마주 보았다.

"가서 한번 보는 것도 나쁘지 않을 것 같아. 재미도 있을 테고."

선인장의 가난한 일생에서 아주 잠깐 스쳐 지나가는,

엄마가 말했다.

"그리고 우리만의 예술제를 열어 보면 어떨까요? 예술가랑 음식이라 음악이랑 그리고 음, 불꽃놀이도 하는 거예요!"

내가 점점 흥이 올라 소리쳤다. 두 분 모두 웃음을 터트렸다.

"너무 앞서 나가지는 말자."

아빠가 이렇게 말했지만 나는 그만둘 수가 없었다. 이제 내 머리는 미친 듯이 돌아가기 시작했다.

"예술가들이 한번 와서 스테이지 코치 패스를 보고 여기에 가게를 세내고 싶은지 확인해 볼 만한 볼 엄청난 기회라고요. 성대한 예술제를 열 수 있을 거예요. 늦어도 4월 초까진 열어야 해요. 더 늦으면 바깥 기온이 엄청 높아지니까요. 아, 맞다. 푸드 트럭도 하고, 그리고….'

"진정하렴, 여왕님아. 일단 주말 예술제에 가 보는 것부터 하자. 가서 일이 어떻게 될지 보는 게 어떻겠니?"

"그렇지만 여기에서 예술제를 연다면, 예술가들에게 이를 알릴 가장 좋은 방법은 파운틴 힐즈에서 열리는 이번 예술제에 가서 말해 주는 거라고요."

"무슨 일을 하기 전에 먼저 승인부터 받아야 한단다."

"그 죽었다는 소유자한테서요?"

아빠가 웃음을 터트렸다.

"에이븐! 소유자는 죽지 않았어. 그래, 맞아. 쌩쌩하게 살아 있는 소유자한테 먼저 승인을 받아야 한다고."

"소유자가 놀이공원에 관한 전반적인 운영권을 줬다고 아빠가 전에 말했던 것 같은데요."

"허가도 해 줬고 처리해야 할 온갖 일도 있지."

아빠가 대꾸했다.

"그러면 얼른 하시라고요, 아저씨. 시간은 계속 흐른다고요."

내가 졸라 댔다. 아빠는 뿌듯한 눈으로 나를 바라보았다.

"우리 딸, 문제 해결의 달인."

"아빠가 나를 잘 훈련시켰죠, 제다이 마스터."

"아주 잘했다, 제다이, 아니, 제자야."

나는 아빠한테 놀리는 듯한 표정을 지어 보였다.

"그리 비슷하지 않아요, 아빠."

자이언 부모님이라면 더 나은 대꾸가 돌아왔을지도 모르는데.

"참, 죽었다는 소유자 얘기가 나와서 말인데 네가 하던 일급비밀 수사는 어떻게 되어 가니? 케이바나 가족에 대한 단서를 더 찾은 게 있니?"

엄마가 물었다.

"별로 없어요. 저희가 최근에 찾아낸 건 기타예요."

코너와 자이언이 나를 위해 우리 집으로 기타를 갖다 놓았다.

나는 그 기타를 부모님께 보여 주었다. 부모님이 보기에도 기타는 꽤 근사했지만 케이바나 가족에 대해서는 아무것도 알아낼 수가 없었다. 기타 뒤에 'ㅋ'이 쓰여 있다고 해서 꼭 케이바나 가족의 것이라고 할 수는 없었다.

"헨리 할아버지는 늘 저를 다른 사람으로 착각하시고 얘기한다는 말, 제가 많이 한 거 아시죠?"

두 분은 고개를 끄덕였다.

"어, 할아버지가 크리스마스이브 날에 저를 에이븐 케이바나라고 부르셨어요. 좀 이상하다고 생각하지 않으세요?"

엄마와 아빠가 서로 물끄러미 보았다.

"그건 뭐랄까, 좀 흥미롭군."

아빠가 말했다.

"이상해. 하긴 헨리 할아버지는 전에 나를 세기의 미인 엘리자베스 테일러라고 불렀어. 엄마 외모를 보면 할아버지가 실수하는 것도 당연하지?"

나는 엘리자베스 테일러가 누구인지 전혀 몰랐지만 아빠는 빈 접시를 싱크대로 가져가며 말했다.

"완전 그렇군. 나가서 망가진 과녁이 있는 낡은 건물 좀 보러 나가야겠어. 직원 한 명이 그러는데 창문으로 안을 보니 쥐 떼가 돌아다닌다는 거야. 사무실에 있는 열쇠 꾸러미는 완전 뒤죽박

죽이야. 어느 열쇠로 열고 들어갈 수 있는지 알면 좋을 텐데."

아빠가 툴툴거렸다.

"열쇠 꾸러미라니요?"

"놀이공원 열쇠 꾸러미 말이다. 주요 건물은 죄다 이름이 붙어 있는데, 도통 어디 열쇠인지 모르는 것이 얼추 쉰 개는 된단다. 낡은 건물 앞에서 열쇠를 일일이 맞춰 보다가 밤샐 것 같아."

"아빠한테 그런 열쇠 꾸러미가 있는 줄 몰랐네요."

"당연히 나한테 열쇠 꾸러미가 있지, 여왕님아. 열쇠 없이 여기를 운영할 수 없잖아."

"흠, 제가 열쇠를 찾고 있는데 이렇게 딱 알게 되었네요."

선인장의 가냘픈 일생에서 아주 잠깐 스쳐 지나가는,

25

보기 드물게 춥고 쌀쌀한 겨울날, 코너와 자이언과 나는 행정
실 바깥 길바닥에 앉아 점심을 먹고 있었다.

"과일 젤리 좀 넣어 줘."

내가 이렇게 말하자 코너가 젤리 하나를 내 입에 던져 넣어 줬
다. 엄마가 오늘은 전에 신던 따뜻한 부츠를 신고 가야 한다고
했다. 덕분에 발가락이 꽁꽁 얼어붙지는 않아 좋았지만 무척 불
편했다.

나는 양쪽에서 오들오들 떨며 점심을 먹고 있는 둘을 쳐다보았다.

"이건 정말 웃기잖아. 오늘 같은 날은 학교 식당에서 먹어야
한다고."

둘 다 화들짝 놀라 나를 쳐다보았다. 온몸을 에는 찬 바람에도

불구하고 나 역시 학교 식당으로 들어갈 생각이 없다는 걸 인정
해야 했다.

"여기서 먹어도 되고."

그러자 둘은 안도의 한숨을 쉬었다.

"그래서 아빠가 사무실에 있는 열쇠 꾸러미를 최대한 정리해
보신대. 아빠가 분류하지 못한 열쇠는 우리더러 가져가라고 하
시더라고. 그 가운데 하나가 틀림없이 책상 열쇠일 거야."

"그 안에 뭐가 있을지 궁금하다."

자이언이 말했다. 나는 과일 젤리를 씹어서 꿀꺽 삼켰다.

"어쩌면 살인 도구일지도."

자이언이 벌벌 떨었다.

"아니었으면 좋겠어."

"그랬으면 좋겠어! 그러면 우리는 그걸 경찰에 넘기는 거야.
경찰이 무기에서 지문을 떠서 살인자를 찾아낼 테고, 우리는 모
두 신문에 나오게 되겠지. 살인자는 아마 이렇게 말할 거야. '빠
져나갈 수 있었는데, 참견쟁이 꼬맹이들만 아니었다면!' 하고 말
이야!"

내가 당당히 소리쳤다. 자이언과 코너 둘 다 나를 찌푸리며 바
라보았다.

"신문에 나오고 싶지 않아."

선인장의 가나긴 일생에서 아주 잠깐 스쳐 지나가는,

자이언이 말했다.

"나도. 넌 '스쿠비 두' 만화를 너무 많이 본 것 같아."

나는 인상을 찌푸렸다. 이 남자애들은 가끔 완전 흥을 깨는 경우가 있다. 내가 스쿠비 두를 너무 많이 보긴 했다. 나는 대화 주제를 바꾸기로 했다.

"수백 명의 예술가가 축제 관련 일로 다녀갔어. 너무 많이 와서 스테이지 코치 패스 분위기와 잘 맞지 않는 몇몇 예술가는 돌려보내야 했지. 정말이지, 기저귀 케이크를 누가 먹고 싶겠냐? 아이고, 사양하겠습니다. 저는 초콜릿 케이크만 먹으렵니다."

자이언이 고개를 끄덕였다.

"맞아, 좀 그렇다."

"역겨워."

코너도 끄덕였다.

"지금은 밴드를 구하고 있어. 뭐 좋은 생각 없어?"

"그렇게 찾기 어렵진 않을 거야. 인터넷에서 찾아봐."

코너가 이렇게 말하고서는 나를 쳐다보며 한쪽 눈썹을 올리며 말했다.

"네가 연주해 보는 건 어때, 에이븐?"

나는 무슨 소리냐는 듯 코너를 쳐다보았다.

"그거 농담이지?"

내 귀마개가 조금 흘러내리자 코너가 다시 제대로 씌워 주며
대답했다.

"아니, 진짜 멋질 거라고 생각해."

자이언이 나를 쳐다보았다.

"뭘 연주하는데, 에이븐?"

"기타. 하지만 사람들 앞에선 연주하지 않겠대. 기타를 칠 수
있다는 게 어쩌면 뻥일지도 몰라."

코너가 대신 대답했다. 나는 코너를 발로 떠밀었다.

"닥쳐."

코너가 깔깔거렸다.

"그러면 축제 때 한 곡 연주해 봐. 정말 멋질 거야."

"네가 무슨 상관인데? 너는 오지도 않을 거잖아."

자이언이 머리를 휙 돌려 코너를 쳐다봤다.

"너 안 올 거야?"

코너는 어깨를 으쓱했다.

"몰라. 에이븐이 거기에 수천 명의 사람이 올 것 같다고 했거
든."

자이언이 코너를 뚫어져라 쳐다봤다.

"그래서?"

코너가 입을 떡 벌리고 자이언을 쳐다보았다.

"그래서라니? 그래서, 수천 명의 사람이 주변에 서서 나를 쳐다보며 비웃을 거 아냐."

"그 사람들은 나도 쳐다보고 있을 거라고. 그래도 나는 갈 거야."

내가 말했다.

"좋아. 있잖아, 네가 기타 연주를 하면 내가 너 보러 갈게."

코너가 이렇게 대꾸하자 나는 갑자기 목구멍이 칼칼해졌다.

"주스 팩 좀 줘."

내가 작게 말하자 코너는 마지못해 입에 대 줬다. 나는 한 모금 빨아 마시고는 목을 가다듬었다.

"나는 축제 때 연주하지 않을 거야. 뭐든 사람들 앞에서 연주하지 않을 거라고."

"그러면 나는 안 갈 거야."

코너도 고집스레 맞섰다.

어유, 코너는 내가 연주하지 않을 거라는 걸 알고 핑계 삼으려는 것이었다.

"에이븐, 왜 사람들 앞에서 연주하지 않을 건데?"

자이언이 물었다. 나는 어깨를 으쓱했다.

"사람들이 나를 뚫어져라 쳐다보는 건 싫거든."

'병신을 뚫어져다 쳐다보는 것'이 내가 진짜 하고 싶은 말이었다.

"왜 안 되는데? 사람들이 보는 무대에서 연극도 했잖아."

"그건 달라. 우스꽝스러운 선인장 의상을 입고 있었잖아. 나를 모르는 사람은 나한테 팔이 없다는 사실조차 몰랐을 거라고. 내가 사람들 앞에서 발로 뭐 하는 거, 연주를 하는 거… 그건 좀 달라. 꼭 내가 서커스를 하는 것처럼 느껴진단 말이야."

"말도 안 돼. 아무도 너를 그렇게 생각하진 않을 거야."

자이언이 말했다.

나는 자이언이 틀렸다는 걸 알고 있었다.

선인장의 가냘긴 일생에서 아주 잠깐 스쳐 지나가는,

대부분 지역에서는 봄이 3, 4월이나 늦어도 5월 즈음에는 온다. 애리조나의 겨울은 봄과 꽤 비슷한 느낌이었다. 겨울 날씨인 날이 중간중간 껴 있는 점만 빼고 말이다. 나는 가는 곳마다 눈길을 헤치며 터벅터벅 걸을 필요가 없어서 아쉽다고는 말할 수 없었다.

축제 준비가 실제로 착착 되어 가고 있었다. 아빠는 돈을 주고 고용할 수 있는 컨트리 음악 밴드가 백 개도 넘게 있는 인터넷 사이트를 찾았다. 심지어 비싸지도 않았다. 엄마와 나는 온종일 로데오 경기장에 있는, 그동안 쓰지 않던 낡은 무대를 치웠다. 로데오는 하지 않을 거라 경기장에는 푸드 트럭을 세워 놓을 예정이었다.

코너와 나는 지원 모임에 두 번 더 나갔다. 내가 보기에 코너는 슬슬 열심히 참여하는 듯했다. 덱스터한테는 달갑지 않다는 듯한 표정을 자주 짓긴 했지만 말이다.

나는 아빠와 거의 매일 밤 나갔는데도 여전히 타란툴라를 찾지 못했다. 하루는 스파게티를 보러 간 김에 데니스 아주머니한테 타란툴라에 관해 물어봤다.

"타란툴라가 다른 동물들을 괴롭히기도 하나요?"

"이 근방에는 타란툴라가 없어."

아줌마는 흙바닥을 갈퀴질 하며 대답했다.

"없다고요? 사막에는 어디든 있다고 생각했는데요. 타란툴라에 관한 책도 많이 읽어 봤단 말이에요. 제가 읽은 책에는 모두 이쪽 소노라 사막에 타란툴라가 산다고 분명히 쓰여 있었어요."

"여기에 있어야 하지만, 이렇게 도시가 점점 커지면서 타란툴라도 사라져 버린 것 같구나."

나는 발로 스파게티 옆구리를 쓰다듬었다.

"그렇겠죠. 그래도 뒤쪽에는 여전히 사막이 꽤 있잖아요. 거기 갈 때면 늘 타란툴라를 찾아봤지만 한 마리도 보지 못했다고요."

데니스 아주머니가 갈퀴질을 멈추고 땀을 닦았다.

"전에는 여기에 많이 있었을 거야. 그렇지만 조금 지나니 다 사라졌어. 헨리 할아버지가 그러는데 아마 2004년 즈음이래."

선인장의 가시 일생에서 아주 잠깐 스쳐 지나가는,

나는 아줌마를 쳐다보았다.

"타란툴라가 2004년에 사라졌다고요? 헨리 할아버지는 제대로 기억을 못 하잖아요."

"최근 일은 그렇지. 하지만 과거 일은 기억하시기도 하더구나."

"2004년이란 말이죠."

내가 되뇌었다.

"그래. 할아버지가 그러는데 이 근방에서 살아 있는 타란툴라를 봤다는 사람이 있을 때가 2004년이 마지막이었대. 누가 알겠어? 할아버지가 그냥 한 소리일지도 모르지."

데니스 아줌마는 다시 갈퀴질을 시작했다.

나는 헨리 할아버지한테 가 보기로 했다. 할아버지는 음료수 가게 앞에 있는 흔들의자에 앉아 있었다. 나는 할아버지 앞에 서서 물었다.

"타란툴라가 언제쯤 사라졌어요?"

"2004년이지."

할아버지는 곧바로 무덤덤하게 대답했다.

"왜 그렇게 생각하시는데요?"

"왜냐면 말이다."

할아버지는 잠시 말을 멈추고 나를 쳐다보았다. 처음으로 또렷

한 눈빛으로 나를 알아보는 눈치였다.

"타란툴라가 그 아이와 같이 떠났거든."

나는 몸을 부르르 떨었다. 찬 바람 때문이 아니었다.

"누구랑요?"

할아버지가 나를 올려다보는데 다시 혼란스러운 흐릿한 눈빛이었다.

"누가 뭐?"

"타란툴라랑 같이 떠난 사람이 누구냐고요?"

할아버지는 여전히 어리둥절한 표정을 지어 보였다.

"얘야, 아이스크림 줄까?"

나는 한숨을 푹 쉬었다.

"아뇨, 괜찮아요."

나는 머틀 아줌마까지 찾아가서 알아보려 했다. 하지만 아줌마는 타란툴라에 대해서는 전혀 감도 못 잡았다. 해충 구제업자가 와서 2004년에 싹 해치웠을지도 모른다고 했다. 말도 안 되는 소리다.

나는 코너와 자이언과 틈날 때마다 낡은 창고 건물에서 시간을 보내며 오래된 그림과 잡동사니를 뒤졌다. 지금까지 아빠는 우리에게 분류되지 않은 열쇠를 열다섯 개 정도 주었다. 책상 자물쇠에 맞춰 보았지만 하나도 맞지 않았다.

선인장의 가냐난 일생에서 아주 잠깐 스쳐 지나가는,

"이것도 안 맞아."

코너가 이렇게 말하며 서랍에서 열쇠를 빼서 종이 가방에 휙 던져 넣었다.

나는 인상을 찌푸리며 헛간 구석에 있는 상자 하나를 걷어찼다. 상자가 너무 낡은 데다 뜨거운 곳에 오래 있던 탓에 약해진 터라 상자가 확 열리면서 바닥으로 종이가 우수수 떨어졌다. 내가 살짝 풀이 죽어 흘깃 쳐다보니 코너는 상자에서 낡은 테이프를 조심스레 떼어내고는 안에 모나리자 진품 그림이 들어 있기라도 한 것처럼 상자 뚜껑을 다시 잘 덮었다.

자이언이 나를 보고 고개를 절레절레 저으며 잔소리를 했다.

"에이븐, 여기를 꼭 회오리바람이 휩쓸고 간 것처럼 만들어야 했어?"

코너가 다른 열쇠로 맞춰 보며 말했다.

"쟨 캔자스에서 왔잖아. 회오리바람이 뼛속 깊이 새겨져 있을 걸."

그러더니 끙끙거리며 짖는 소리를 냈다.

"안 맞아."

코너는 열쇠를 빼냈다.

나는 바닥에 흩어진 종이를 발가락으로 뒤적거리며 살펴보았다. 희미하게 남아 있는 글자가 무엇인지 알아내려 애썼다. 숫자가 많이 쓰여 있고 공제액, 수입, 순이익 같은 말도 있었다. 그런 말이나 숫자가 무슨 뜻인지 나는 전혀 몰랐지만 너무나 따분하기 그지없어 절대로 중요할 리 없다고 결론 내렸다.

"우아."

자이언이 이렇게 말하는 바람에 코너와 내가 하던 일을 멈추고 쳐다보았다. 자이언은 손에 책을 한 권 들고 사이에 낀 뭔가를 빼내고 있었다.

"우아!"

자이언이 또 조용히 감탄했다.

코너와 나는 대체 자이언이 무엇 때문에 "우아!" 하는지 궁금해서 잡동사니를 헤치고 가 봤다. 자이언은 우리가 볼 수 있도록 흑백 사진을 들어 보였다.

내 사진이었다.

양팔이 달려 있었다.

터키석 목걸이를 하고 있었다.

1973년에 찍힌 사진이었다.

선인장의 가느긴 일생에서 아주 잠깐 스쳐 지나가는,

그날 저녁 나는 엄마한테 그 사진을 보여 주었다. 엄마는 사진을 한참 들여다보고는 작게 말했다.

"그냥 우연일 거야."

엄마도 자기 말을 믿는 눈치는 아니었다. 사진에서 한시도 눈을 떼지 못하고 작은 식탁 앞에 앉았다.

"이 여자는 너와 얼굴만 같을 거야. 흑백 사진이니까 어쩌면 머리카락 색은 다를지도 몰라."

"그래도 이상하지 않아요?"

엄마가 고개를 끄덕거렸다. 그러더니 사진을 내려놓았다.

"틀림없이 우연이야. 전에 도플갱어에 관한 텔레비전 프로를 본 적이 있어."

"그게 뭔데요?"

어쩐지 위험하고 흥미롭게 들렸다.

"비슷하게 생긴 사람들이야."

쳇, 별로 재미없는데.

"아무튼, 전 세계에 비슷하게 생긴 사람이 있는 거야. 말 그대로 쌍둥이처럼 말이지. 하지만 유전자 검사를 해 보면 그 사람들은 서로 전혀 관련이 없다고 나왔어. 그저 완전히 우연일 뿐이었지."

"참 기이하네요. 저는 고플딩어를 찾아낸 것 같아요."

엄마가 피식 웃었다.

"도플갱어야."

나는 잠깐 생각해 봤다.

"헨리 할아버지가 이 여자애를 알고 있나 궁금하네요. 그래서 저를 계속 다른 사람으로 여겼던 걸까요?"

엄마는 나와 사진을 번갈아 보며 무슨 말을 하려는데 아빠가 들어왔다.

"심술쟁이 밥 할배가 공식적으로 떠났어. 앓던 이가 빠진 것처럼 속이 다 시원하네."

아빠가 말했다.

"참으로 다행이야."

선인장의 가녀린 일생에서 아주 잠깐 스쳐 지나가는,

엄마가 이렇게 말하면서 일어나 아빠한테 사진을 건넸다.

"에이븐이 그 창고에서 이 사진을 발견했어."

아빠가 사진을 한참 들여다보더니 다시 나를 쳐다보았다.

"묘하네. 네가 이걸 그 책상에서 찾았다고?"

"아뇨. 주신 열쇠가 죄다 안 맞았어요. 상자 안에 있는 책에 꽂혀 있던 걸 발견한 거예요."

아빠는 아무 말도 안 했다. 하지만 나는 엄마, 아빠가 서로 물끄러미 바라보는 걸 알아챘다. 두 분 얼굴은 그다지 밝지 않았다.

28

자이언 엄마가 토요일 아침 일찍 자이언을 스테이지 코치 패스로 데려다주었다. 그러고 나서 엄마가 우리를 코너네 집으로 데려다주었다. 콘크리트 포장도로를 걸어가는데 코너가 이미 현관 밖에 나와 있었다.

"안녕."

내가 집 앞에 있는 코너를 보고 인사했다. 코너는 현관문을 잠그려고 몸을 돌렸다. 낡은 자물쇠 때문에 애를 조금 먹었다.

"안녕."

코너가 나를 따라 차로 와서 운전석 창문 쪽을 슬쩍 보며 "안녕하세요, 아줌마." 하고 인사하고는 얼른 자이언 옆 뒷자리로 가서 앉았다.

"안녕, 코너."

엄마가 인사하고 차를 출발시켰다.

"너희도 이 자그마한 모험에 들뜨지 않니? 나는 그렇거든. 이 미친 짓거리인 축제 준비와 스테이지 코치 패스와 관계없는 일이라면 다 그렇지. 정말로 여기에서 좀 떨어져서 휴식이 절실한 상태거든."

코너가 나를 초조하게 흘긋 보았다.

"에이븐과 자이언이 지금 어디 가는지 저한테 말을 안 해 줬어요."

"흠, 그렇다면 내가 미리 알려 줘 흥을 깨고 싶진 않구나."

코너는 시내를 지나자 안심한 눈치였다. 우리는 차 타고 가면서 애리조나에 관한 것과 애리조나를 어떻게 생각하는지 이야기했다.

"나는 여기로 이사 오기 전까지는 사와로 선인장을 본 적이 없었어."

나는 둘한테 이렇게 말하면서 언덕 꼭대기에 있는 거대한 사와로 선인장을 떠올렸다.

"뭐, 무대 분장했던 것도 그 선인장은 아니었어."

그 바람에 '범죄 도시 캔자스 시티' 이야기가 나오고 '사막 위에 뜬 사막 달'이 얼마나 변변찮은지에 대해 또 수다를 떨었다.

한참 걸려서 영화관에 도착했다. 영화관 앞에 서니 코너는 더 이상 편해 보이지 않았다. 나는 코너가 화난 걸 알았다.

"에이븐, 내가 영화관에는 절대로 가고 싶지 않다고 했잖아."

코너는 눈을 심하게 깜빡거렸고 어깨를 계속해서 움찔거렸다.

"코너, 잠깐만."

"나는 안 들어갈 거야!"

코너가 거의 소리치다시피 나한테 말했다. 자이언은 자리에 털썩 주저앉아 자기 무릎만 바라보았다.

"코너, 진정하렴. 너를 위해서 깜짝 선물을 준비했어. 영화를 보면서 다른 사람 비위를 거스를까 걱정할 필요가 없단다."

엄마가 부드럽게 말했다. 코너는 씩씩거리며 말했다.

"당연히 걱정되죠. 저는 영화관 안에 들어갈 수 없다고요."

"들어갈 수 있단다. 우릴 못 믿는 거니?"

코너는 나를 노려보았다. 틱이 계속해서 더 심해져 갔다.

"믿어요. 그래도….."

"그래도는 없어. 안으로 들어가자. 너희가 정말로 보고 싶어 하던 새로 나온 공상 과학 영화를 볼 거야."

코너가 머리를 뒷좌석에 기대고는 조금 더 씩씩거리는 동안 엄마는 주차를 했다. 모두 내려 표 끊는 곳으로 갔다. 엄마는 계산원과 조용히 잠시 이야기를 나누고는 영화표 네 장을 샀다. 로비를 지나가는데 코너가 짖는 소리를 엄청 많이 냈다. 하지만 이른 시간이라 주변에 있던 몇 명만이 코너를 멍하니 쳐다보았다. 코너가 옆에 있을 때는 사람들이 나를 잘 알아차리지 못하는 듯싶었다. 나는 코너가 안됐기도 했지만 동시에 내가 도드라져 보이지 않는 기분을 만끽했다.

상영관 안으로 들어가면서 엄마가 말했다.

"각자 자리 잡으렴."

안은 텅 비어 있었다.

코너가 나와 자이언을 쳐다보았다. 나는 마주 보며 웃었다.

"우리 엄마가 영화관 여기저기에 전화를 걸어서 상영관을 통째로 빌려주겠다고 한 곳을 찾아냈어."

"정말이에요?"

"뭐, 상영관 전체를 빌릴 만한 돈이 없어서 알아볼 것이 정말 많았어. 하지만 여기 극장 관리인 아들이 투레트 증후군을 앓고 있어서 정말로 잘 이해해 줬어. 게다가 조조는 보통 거의 자리가 많이 비는 편이라고 하는구나. 그 덕에 해결을 잘 할 수 있었지."

담요처럼 코너 눈을 뒤덮고 있던 어두움이 사라지고 눈이 반짝반짝 빛나는 게 보였다. 그것만으로도 이 모든 것이 그럴 만한 가치가 있었다.

"진짜로요? 여기에 우리만 있는 거예요?"

"진짜란다."

코너가 엄마를 끌어안았다.

"아줌마 정말로 끝내줘요!"

"나도 알아. 이제 너희는 가서 자리에 앉으렴. 나는 뒤에서 마음에 드는 자리를 찾아 앉으련다."

"팝콘 먹어도 돼요?"

코너가 물었다. 음식을 먹겠다고 할 정도로 무척이나 좋아하는 게 틀림없었다.

"맞다, 저도요. 그리고 구미베어 젤리도요."

내가 말했다.

"으엑. 너는 그게 좋아?"

자이언이 물었다.

"으, 그래라. 몰랑몰랑한 구미 젤리가 좋아. 나초랑 매콤하고 빨간 나초 소스도 엄청 좋아해. 아빠는 그게 내 머리카락처럼 빨갛고 성질머리처럼 불같아서 내가 좋아하는 거래."

내가 깔깔거렸다. 코너도 씩 웃었다.

"그거 알게 되어 참으로 다행이네. 우리 둘 다 너한테 계속해서 잘 보여야겠어."

"너희가 나한테 잘 보였다고 누가 그러는데?"

내가 둘을 째려보며 말했다.

선언장의 기나긴 일생에서 아주 잠깐 스쳐 지나가는,

"우리가 그랬으면 하는 거지."

코너가 어깨를 으쓱하고는 눈을 깜빡거렸다. 그러는 걸 보니 기분이 좋아졌다. 바깥에 나와 있긴 해도 코너의 틱은 완전히 손쓸 수 없는 상태가 아니었다. 코너가 조금 더 편하게 느끼기 시작하고 있다는 의미이기를 바랐다.

"자이언, 너희 부모님도 틀림없이 이 영화를 보고 싶어 하실 걸."

"장난해? 개봉일 심야 상영을 보러 가셨어. 두 시간 동안 줄을 서서 기다렸대. 게다가 영화 속 인물 복장까지 입고 있었다니까."

자이언이 못 말린다는 투로 말했다.

꽤 이른 시간이라 먹을 걸 살 때 줄이 길지 않았다. 그날 아침에 엄마한테 용돈을 받은 터라 자이언한테 말해 내 지갑에서 돈을 꺼내라고 했다. 간식거리 사 오는 것까지 남자 녀석 둘한테 맡겼다. 그 자리에 엄마가 없어서 내 마음대로 할 수 있는 것도 꽤 괜찮았다.

자이언이 팝콘, 탄산음료, 구미베어 젤리 돈을 냈다. 아까보다 20달러 가난해진 상태로 우리는 상영관으로 돌아왔다. 코너와 자이언 양팔에는 간식거리로 가득했다. 내 양팔에는… 없었다. 도중에 나는 화장실에 들러서 발을 닦았다. 이따가 발로 팝콘을 집어 먹어야 했으니까.

우리는 자리에 앉아 영화가 시작하기를 기다리면서 맨 끝줄에 앉아 있는 엄마를 미심쩍게 흘깃거렸다.

"너희 엄마가 뭔가 숨기시는 게 있는 것 같지 않냐? 게다가 왜 냅킨으로 덮으시는 거지?"

코너가 목소리를 낮춰 물었다. 나는 킥킥댔다.

"밖은 반팔을 입을 정도로 따뜻해서 외출할 때 스웨터 가져오시는 걸 깜빡했는데 극장 안은 에어컨을 틀어 선선하잖아. 엄마는 냅킨을 담요라고 해."

나는 눈동자를 또르르 굴렸다. 캔자스에 계신 증조할머니가 영화관에서 손전등을 여기저기 비추실 때보다 훨씬 더 당황스러웠다.

"엄마는 식당에서 저러기도 해. 최소한 여기에서는 아무도 엄마를 못 보니까."

"그 사진 속 여자애가 누구인지 너희 엄마가 뭐 좀 아시는 것 같은데 너한테 말을 안 하시는 것 같진 않아?"

코너가 물었다.

나는 고개를 돌려 엄마를 쳐다보았다. 엄마만의 '담요'를 온몸에 두르고서 얼굴에 바보 같은 웃음을 짓고 있었다.

"아니, 그런 것 같진 않아. 엄마는 진짜 놀라신 듯했어. 우리 부

선인장의 가시긴 일생에서 아주 잠깐 스쳐 지나가는,

모님은 어찌된 영문인지 아는 게 있으면 나한테 말했을 거야. 엄마는 그저 우연의 일치일 거라고 했어."

나는 둘한테 도플갱어 이야기를 해 주었다.

"그래도 못 믿겠어. 네가 여기 놀이공원까지 와서 도플갱어를 발견하게 될 확률이 얼마나 되겠냐?"

코너가 말했다.

"흠. 나도 인터넷에서 기사를 본 적 있어. 비행기에서 나란히 앉은 남자 둘의 이야기인데, 똑같이 생겼다는 거지. 또 다른 이야기는 다들 뱀파이어라고 생각하는 스타 영화배우가 있대. 왜냐면 똑같이 생긴 사람이 제1차 세계 대전 사진에 있었다고 하거든."

우리는 엄마한테 흥미를 잃고는 자리에 풀썩 기대어 앉았다.

"어떻게 된 건지 알았어!"

코너가 별안간 소리치는 바람에 자이언은 깜짝 놀라 몸을 벌떡 일으켰다.

"언덕에 시간 통로가 있는 거야. 네가 그리로 들어가서 네가 찾은 목걸이를 하고 1973년으로 갔던 거야. 그러다가 그때 사진이 찍힌 거고."

코너는 무척이나 뿌듯해하는 표정으로 짖는 소리를 내더니 말을 이었다.

"그렇게 된 거지. 내가 수수께끼를 풀었어. 에이브, 너는 언제든 어른 에이브와 마주칠 수 있으니까 조심하는 게 좋을걸."

"내가 왜 조심해야 하는데? 어른 에이브이 위험한 사람이야?"

"완전 그렇지."

코너는 동의를 구하듯 자이언을 쳐다보았다. 자이언도 고개를 끄덕였다.

"그래, 다 큰 에이브은 정말 무서워. 근데 어른 에이브이 어딘가에서 떠돌고 있다면 그냥 우리한테 와서 다 말해 주지 않을까? 내 말은 그러니까, 너는 우리를 기억하고 있을 거 아니냐고?"

자이언이 나한테 물었다. 지금 하는 이야기가 실제로 일어나고 있기라도 하는 것처럼.

"어쩌면 어른 에이브은 죽었을지도 몰라."

코너가 말했다. 나는 코너를 쳐다보며 피식 웃었다.

"로데오 광대 마피아 얘기냐?"

"맞아."

우리 모두 키득거렸다. 나는 발로 팝콘을 입에 넣고 씹었다.

"이 가설 모두 진짜 마음에 들어. 특히나 신비로운 시간 통로 덕분에 양팔이 생기다니 말이야."

코너 얼굴이 축 처졌다.

"아, 맞다. 그건 생각하지 못했네."

선인장의 가느린 일생에서 아주 잠깐 스쳐 지나가는,

"신비로운 시간 통로가 어떤 영향을 끼칠지는 아무도 모르는 거야."

자이언이 이렇게 말하자 코너 얼굴에 다시 웃음이 돌아왔다. 나는 코너의 좋은 기분을 이용해 보기로 했다.

"그래서 축제 때 오겠다는 거야 뭐야?"

"전에 이미 말했잖아."

"알아, 안다고. 그냥 한 번 더 확인해 보는 거야."

"휴, 한 번 더 확인하는 거 그만해. 그렇게 많은 사람 속으로 내가 가는 방법은 딱 하나뿐이야. 누군가 나를 꽁꽁 묶고 질질 끌고 가는 거."

자이언이 코너를 쳐다보며 빙글거렸다.

"에이븐한테 그런 식으로 힌트를 주지 마."

자이언은 이미 나에 대해 너무 많이 알고 있다니까.

29

나는 코너가 들어오게 현관문을 열었다. 코너는 어깨를 축 늘어뜨린 채 안으로 터덜터덜 들어왔다. 코너가 너무나 우울한 표정이어서 내가 보기에 꼭 왈칵 울음을 터트릴 것만 같았다.

"무슨 일 있어?"

코너는 어깨를 으쓱했다. 그것이 틱인지 아니면 얼버무리려 일부러 그런 건지 통 알 수가 없었다. 코너는 벽에 기대 나를 쳐다보지 않고 있다가 짖는 소리를 냈다.

"우리 엄마 아빠가 로데오 경기장 주변 울타리를 많이 걷어냈어. 그래야 푸드 트럭이 들어올 수 있으니까. 나는 말도 안 되는 국어 숙제를 하고 있었고."

코너는 그저 부엌 바닥만 쳐다보았다.

"맞다, 축제 때 올 밴드 이름 맞혀 볼래?"

나는 코너가 무슨 걱정에 잠겨 있든 간에 벗어날 수 있기를 바라며 물었다. 코너는 또 어깨를 으쓱했다.

"'신참 목동들의 대소동'이야."

내가 깔깔거리며 말을 이었다.

"그 밴드는 보통 와플 전문점 같은 곳에서 공연한다고 하더라. 하지만 아침 식사 전문 컨트리 음악 분야가 크게 뻗어 나가지는 못한 것 같아. 그러니 그 밴드를 우리가 축제에 출연시킬 수 있겠지. 싸기도 하고."

코너는 여전히 나를 쳐다보지 않았다.

"너희 엄마는 별일 없으셔?"

"어."

코너가 마침내 입을 열었다.

"학교에서 무슨 일 있었어?"

코너는 내 질문에 답하지 않았다. 그냥 고개만 저었다. 나는 코너가 기운을 차렸으면 했다.

"참, 너한테 깜짝 선물이 있어."

코너는 나를 따라 거실로 왔다. 나는 작은 소파 *끄트머리*에 걸터앉아 발로 기타를 잡았다.

"앉아."

내가 옆에 앉으라고 코너한테 고갯짓을 했다. 코너는 배낭을 바닥에 내려놓고 크게 한숨을 쉬며 소파에 털썩 앉았다.

나는 발가락으로 잠시 기타 줄을 퉁겨 보고는 줄 하나를 조율했다. 숨을 깊이 내쉬고는 두근대는 심장을 진정시키려 애쓰며 기타를 치기 시작했다. 지난 한 달간 영화 〈티파니에서 아침을〉의 주제가 '문 리버'를 매일 연습했지만 아직도 군데군데 음을 잘못 쳤다. 그래도 듣기에는 괜찮아 보였다. 내가 기타를 치는 동안 코너는 전혀 말을 하지 않았다.

한마디도.

연주를 끝내고서 코너를 쳐다보았다.

"내가 기타 치는 내내 틱을 하지 않았네."

나는 거의 속삭이다시피 말했다. 조금이라도 크게 말하면 조용함이 깨질 것만 같은 데다 연주하는 동안 차곡차곡 쌓아 둔 틱을 코너가 모조리 풀어낼 것만 같았기 때문이었다.

코너가 그렇게도 졸라 대던 기타 연주를 들려줬으니 코너가 아주 기분 좋을 거라고 생각했는데, 코너 눈에 눈물이 고여 있었다.

"학교에 기타 가져와서 내가 가는 곳마다 따라다니며 기타 연주를 하면 좋겠다. 그러면 나는 병신이 아닐 수도 있을 테니까."

코너 눈에서 나온 눈물 한 방울이 코너 뺨을 타고 흘러내렸다.

살면서 나는 팔이 없어서 무언가를 못 한다고 느낀 적은 거의

선인장의 가시긴 일생에서 아주 잠깐 스쳐 지나가는,

없었다. 나한테 팔이 있었으면 했던 때는 티셔츠를 입다 목에 걸렸다든지 둔한 녀석이 생각 없이 나한테 뭘 던져 내 가슴이나 머리에 맞고 물건이 튕겨 나가 열이 확 오를 때 잠깐뿐이었다.

하지만 바로 지금, 코너 뺨에 흐르는 눈물을 보고 있노라니 팔이 없다는 게 진정 아쉽게 느껴졌다. 뺨에 흐르는 눈물을 닦아 줄 수가 없었으니까. 발로 닦아 줄 수는 없었다.

"무슨 일이야?"

코너가 고개를 저으며 작은 소리로 대답했다.

"나는 그렇게 절대로 할 수가 없어."

"당연히 할 수 있지. 너도 기타 칠 수 있다고. 내가 가르쳐 줄게."

"아니. 내 말은 그게 아니야. 에이븐, 너는 이해 못 해. 팔이 없어도 너한테는 전혀 문제가 되지 않는 것 같아. 너는 기타도 치고, 박물관에도 가고, 식당에도 가고, 그밖에 온갖 일을 다 하잖아. 나는 아무것도 할 수가 없어. 사람 많은 곳에는 가지도 못한다고."

코너가 뺨을 닦았다.

"당연히 너도 할 수 있어. 네가 최근 했던 일을 생각해 봐. 모임에 나가고, 영화관에 가고, 여기에도 자주 오잖아. 축제에도 올 수 있을 거라고. 너는 어떤 일이든 할 수 있어."

"아니야, 난 못 해!"

코너는 소파에서 벌떡 일어서며 내 말을 잘랐다.

"살면서 무슨 일이든 할 수가 없을 거야. 배우나 정치인이나 선생님이나 그런 사람은 절대로 될 수 없을 거라고. 젠장, 나는 영화관을 통째로 빌리지 않고서는 영화도 못 보잖아!"

나는 믿기지 않아 입을 쩍 벌렸다.

"대체 왜 정치인이 되고 싶은데?"

우리 증조할머니가 들었으면 질겁했을 거다. 증조할머니가 쪼글쪼글한 주먹을 허공에 흔들며 코너한테 다가올 혁명에 대해 경고해 주는 모습이 눈에 선했다.

코너가 나를 가만히 바라보았다. 두 눈에 슬픔이 가득했다.

"내가 여기에 왔을 때 왜 그렇게도 기분이 안 좋았는지 알고 싶지?"

나는 고개를 끄덕였다.

"응."

코너의 틱이 다시 심해지기 시작했다. 말하면서 미친 듯이 어깨를 들썩거렸다.

"내가 여기 오기 전에…, 가게에 갔거든. 너한테 구미베어 젤리를 사 주고 싶어서."

나는 놀라서 입이 벌어졌다.

"혼자서 가게에 들렀다고? 나 때문에? 나한테 구미베어 젤리를 사 주려고?"

바보같이 들릴 거라는 걸 알지만 나한테 이 일은 코너가 남극에 가서 펭귄 엉덩이 깃털을 가져오는 것과 맞먹는 일이었다.

코너는 이제 틱이 심해져 말을 잇기가 힘들어 보였다.

"누, 누군가… 나를 찍, 찍고 있었어… 휴대폰으로."

나는 롤러코스터를 탈 때처럼 심장이 덜컥 내려앉았다.

"뭐?"

"그래, 에이븐…. 벼, 병신을, 찍고 있었다고."

나는 도무지 믿기지 않아 머리를 천천히 가로저었다.

"어쩌면 다른 걸 찍고 있을지도 모르잖아."

"아니야!"

코너가 소리쳤다.

"이제 너도 알겠지…. 아까 말한 일을, 나는 할 수가 없다는 걸. 왜, 왜냐하면, 나는 병신이니까. 다음 주면 내 영상이, 유튜브에 올라오겠지. 내가 얼마나 정신병자 같은지, 어쩌고저쩌고 힐난하는 댓글이 잔뜩 달리겠지. 나는 다시는 사람 많은 곳에 가지 않을 거야! 학교에도 안 갈 거야! 모임에도 안 가! 바보 같은 축제에도 안 갈 거라고!"

나는 코너를 진정시키려고 했다.

"그만해. 너는 병신이 아니야. 내가 병신이 아닌 것처럼 말이지. 네가 하고 싶은 일은 뭐든 할 수 있어. 네가 하고 싶으면 노력해서 정치인이 되어 봐. 뭐 때문에 그만두는 건데?"

"이것 때문에!"

코너가 크게 소리쳤다. 그러는 동안 틱은 조금도 수그러들지 않고 계속되었다. 나는 고개를 저었다.

"아니야. 어떤 얼간이가 휴대폰으로 찍었다는 것 때문에 속이 상한 것뿐이야. 너는 어떤 일이든 할 수 있어, 코너."

"내가 하고 싶은 일이라면 뭐든 할 수 있다고 말하다니, 너는 참 비현실적이야. 너희 부모님이 네가 원하는 건 뭐든 할 수 있다고 믿게 한 거 알지만, 그건 사실이 아니야. 네가 농구 선수나 외과 의사, 아니면 우주 비행사가 될 수는 없잖아."

나는 코너를 노려보았다.

"내가 왜 우주 비행사가 될 수 없는데? 여자여서?"

"너한테 팔이 없어서라고, 에이븐!"

코너는 내가 모르는 엄청난 비밀을 폭로하기라도 하는 것처럼 길길이 날뛰며 나한테 소리쳤다. 나는 이를 악물었다.

"코너, 내가 뭘 할 수 있다거나 없다고 말하지 마."

"아, 그래?"

"대체 왜 그래?"

선인장의 기나긴 일생에서 아주 잠깐 스쳐 지나가는,

"어째서 축제 때 기타 연주를 하지 않겠다는 거지? 어째서 학교 식당에서 점심을 먹지 않는 건데?"

"내가 사람들 앞에서 먹거나 기타를 치지 않기로 선택했으니까. 내가 할 수 없어서가 아니야."

"못 믿겠어."

나는 코너를 노려보았다.

"코너, 우리는 서로 용기를 북돋아 줘야 해. 친구란 그런 거라고. 가게에서 어떤 역겨운 인간이 너를 찍어서 안됐다고 생각하지만, 그렇다고 네가 나한테 뭘 할 수 없을 거라고 말할 권리는 없어. 나한테…."

"너한테 장애가 있다고 말이지."

코너는 내 말을 대신 맺었다.

"에이븐, 너는 장애아니까. 나처럼."

나는 일어서서 코너 얼굴을 노려봤다. 코너가 한 말 때문에 이토록 미친 듯이 화가 나는 이유를 몰랐다. 전에도 장애아라는 말은 들어 봤다. 사람들은 백 번도 넘게 내 장애를 입에 담았다. 하지만 코너는 나를 모욕하려고 일부러 그 단어를 골라 쓴 것 같았다. 내 못된 성질머리가 발동되었다.

"나한테 팔이 있었다면 기필코 네 얼굴에 한 방 먹였을걸! 나는 무력한 장애아가 아니라고! 나는, 뭐든 할 수 있어!"

내가 고래고래 소리쳤다.

"왜 그렇게 화가 났는데? 나는 그저 사실을 말한 것뿐이야. 나는 장애아야. 너도 장애아야. 그 바보 같은 지원 모임에 있는 아이들 모두 장애아야. 나는 있는 그대로 말했을 뿐이라고."

"흥, 다른 데 가서나 그런 말을 하라고. 그리고 다시 오지 마!"

나는 코너한테 소리쳤다.

"좋아."

코너는 그 말도 겨우겨우 내뱉었다. 이즈음에는 틱이 엄청나게 심해졌기 때문이었다. 코너가 배낭에서 구미베어 젤리를 꺼내 내 발치에 던지고는 우리 집에서 나가 버렸다.

별안간 나는 엄청나게 미안해졌다.

선인장의 가냐린 일생에서 아주 잠깐 스쳐 지나가는,

다음 날 나는 학교에서 코너를 피해 다녔다. 사실, 피해 다닐 필요는 없었다. 어디에서도 코너 모습이 보이지도 목소리가 들리지도 않았기 때문이었다. 다시는 학교에 가지 않겠다고 한 말이 진심이었는지 궁금해졌다.

그래서 다들 나를 뚫어져라 쳐다는 보지만 아무도 말을 걸지 않는 하루가 또 펼쳐졌다. 또다시 바보같이 화장실 칸 안에서 점심을 먹었다. 자이언을 찾아가 해명할 기분도 아니었다. 그저 수업이 다 끝나기만을 기다리다가 끝나자마자 버스로 뛰다시피 했다.

집에 오자마자 나는 책상 앞에 앉았다. 내가 블로그에 올린 최신 글 몇 개를 훑어봤다. 에밀리가 단 댓글은 없었다. 케일라가 단 댓글도 없었다. 옛 친구들이 단 댓글은 없었다. 예전에 알던 친구들은 나 없이 앞으로 나아갔다.

나는 블로그에 새로 글을 썼다.

내가 팔이 없다는 점을 농담처럼 가볍게 다루고 있다는 사실을 잘 알고 있어요. 계속해서 불만만 늘어놓는다고 좋은 점이 뭐가 있을까요? 이게 내 인생인걸요. 내가 바꿀 수는 없지요. 팔 이식이 가능한 것도 아니고요. 나는 지금 현재 내 모습 그대로랍니다. 여태까지 그랬고, 앞으로도 그렇겠지요. 별일 아니에요.

이 글을 읽는 사람은 이렇게 생각할지도 몰라요. '그래, 하지만 양팔이 없으면 때로는 정말로 짜증 날 때가 틀림없이 있을 거 아니야?'라고 말이죠. 맞는 말이에요. 팔이 없으면 때때로 짜증 나는 일이 생겨요. 팔이 없어서 짜증 나는 경우는 대개 사소한 일이랍니다. 팔이 있는 대부분의 사람들이 당연하게 여기는 일이죠. 팔이 없어서 제일 짜증 나는 스무 가지를 여기에 꼽아봤어요.

1. 얼마나 간절하게 원하든 간에 사람을 후려칠 수가 없어요. 발을 쾅쾅거리며 구른다 한들 똑같은 만족감을 얻을 수는 없겠죠.

2. 권투 시합을 못 해요. 나한테 팔이 있다면 프로 권투 선수가 될 것 같은데 말이죠.

3. 머리를 빗기가 어려워요. 가끔은 내가 할 수 없는 스타일을 시도해 보는 걸 좋아한답니다. 이를테면 근사한 지네 머리 땋기라든가 극적으로 끌어올린 업스타일 같은 것 말이지요. '극적으로 끌어올린 업스타일'이라는 말은 전에 잡지에서 봤어요.

4. 무슨 일을 하든 오래 걸려요.

5. 농구를 못 해요.

6. 사람을 만나 악수를 할 수 없어요. 손이 있다면 나는 항상 상대방 손을 꼭 잡고 제대로 악수할 텐데요. 그러다 다시 생각해 보니, 나는 땀에 젖은 손바닥 따위는 걱정할 필요가 없네요.

7. 전기톱이나 예초기처럼 커다란 도구를 쓰는 일에서 제외될 가능성이 커요. 그런 도구의 주의 사항에 약을 먹거나 술을 마셨을 때 사용하지 말라고 쓰여 있다는 건 알지만, 내 생각에는 주의 사항에 약을 먹거나 술을 마셨거나 팔이 없을 때는 사용하지 말라고 써야 하지 않을까 싶어요.

8. 어깨끈이 달린 민소매 셔츠나 원피스가 절대 어울리지 않아요. 마네킹 팔도 도움이 안 되지요.

9. 선반 맨 위에 물건을 둘 때요.

10. 등이 아파요. 팔이 없어서 등 운동을 못하기 때문이랍니다.

11. 양발이 마구 쑤셔요. 벌써 관절염이 생긴 것 같아요. 원래 발은 원래 내가 날마다 하루 종일 쓰는 방식으로 쓰는 게 아닐 테니까요. 유인원이 아니고서야 말이죠.

12. 비장애인이 장애인용 화장실 칸을 쓸 때요. 나는 화장실에서 공간이 많이 필요하답니다. 그러니 두 팔이 완벽하게 달린 인간이 널찍하고 편안한 화장실 안에서 모든 일을 마치고 나올 때까지 기다리는 수밖에 없어서 짜증 나요.

13. 묵직한 외바퀴 손수레를 밀 수 없어요. 언젠가 이 일 때문에 꼭지가 돌 게 틀림없지만, 아직은 그런 일이 없었어요.

14. 엉덩이에 가시가 박히면 무지 아파요.

15. 팔이나 손으로 마사지를 할 수 없어요. 엄청나게 좋다던데.

16. 균형 잡기가 더 어려워요.

17. 뭘 하든…, 더 어려워요.

18. 친구가 상처받아 눈물을 흘려도 닦아 줄 수 없어요.

19. 친구 기분이 나아지도록 안아 줄 수 없어요.

20. 친구가 나갈 때 문을 잡아 줄 수 없어요.

선인장의 가시 일생에서 아주 잠깐 스쳐 지나가는,

내가 침대에 누웠을 때 하늘은 이미 붉게 물들어 있었다. 가슴 속에 커다란 사와로 선인장이 들어와 있는 기분이었다. 현관문이 여닫히는 소리가 들리더니 잠시 뒤 엄마가 내 방문을 벌컥 열고 들어왔다.

"나한테 아주 기똥찬 생각이 떠올랐어."

엄마는 불쑥 이렇게 말하고서 내 얼굴을 쳐다보았다.

"어머, 얘. 무슨 일이니?"

엄마가 얼른 침대로 와서 내 옆에 앉았다. 나는 얼굴을 찌푸렸다.

"아무것도 아니에요."

"아무것도 아닌 지 이틀째야. 이제 그 아무것도 아닌 게 뭔지 말해 보렴.”

내 눈에 눈물이 차올랐다.

“코너가 어제 우리 집에 왔는데요…, 저를 장애아라고 불렀어요.”

엄마가 눈살을 찌푸렸다.

“아…, 그랬구나. 그래서 화가 났니?”

“네.”

“어째서?”

“왜냐하면요.”

나는 떨어지려는 눈물을 꾹 참으며 말을 이었다.

“제가 어떤지 알고 있거든요. 내가 어떤 상태인지 다른 사람이 말해 줄 필요가 없다고요. 제가 할 수 있는 일이 뭔지, 할 수 없는 일이 뭔지 말해 줄 필요도 없고요.”

“코너가 너를 상처 주려고 그런 말을 한 건 아닐 거야.”

“저는 그저 장애인으로 보이고 싶던 적 없었어요. 팔 없는 에이븐 그린이 되고 싶진 않다고요. 그런 딱지는 싫어요.”

“내가 보기에 코너는 너한테 그런 딱지를 붙일 사람은 아니야. 다른 사람이 너를 장애아라고 부른다고 해서 그렇게까지 기분 나빠하지 마, 에이븐. 너는 다른 사람들이 하지 않는 도전을 더 해야 하는 것뿐이야. 남들보다 시간이 조금 더 걸릴 뿐 너는 대

선인장의 가시긴 일생에서 아주 잠깐 스쳐 지나가는,

부분의 일을 해내잖니. 네가 움직이는 데에는 한계가 있지만, 장애라고 하는 것과 아무것도 할 수 없다고 하는 것에는 커다란 차이가 있단다."

"어, 코너는 제가 우주 비행사가 될 수 없을 거라고 하던데요."

엄마는 깔깔거리며 웃더니 침대에서 일어나 나와 얼굴을 마주 보았다.

"우주 비행사가 되려면 네가 특별히 더 노력해야 할 것이 많겠지. 하지만 불가능한 일이라고는 생각하지 않아. 로봇 팔이나 그런 것 없이도 말이지."

엄마는 우주 비행사한테는 절대 쓸모가 없을 우스꽝스러운 로봇 팔을 보여 주기라도 하듯 로봇 댄스를 췄다.

"네가 할 수 없는 일이 있을 것 같진 않아."

엄마가 로봇 댄스를 계속 추며 말했다. 나는 피식 웃다가 화가 났었다는 사실이 떠올랐다.

"저를 웃게 하려고 그러는 거라면, 통하지 않을 거예요."

나는 더 못마땅한 얼굴을 했다.

"코너는 자기가 뭐든 할 수 없다고 생각해서 화가 엄청 났어요. 그래서 저 역시 아무것도 할 수 없을 거라고 하는 것 같아요. 다 큰 애가 아기처럼 굴면서 자기 연민에만 빠져 있다니까요."

"그러면 코너를 조금 더 이해하려고 해 봐야 하지 않을까? 너

는 친구잖니, 에이븐. 친구가 잔뜩 풀이 죽어 있을 때 격려해 줘
야지."

"코너는 저를 격려해 주지 않는다고요. 저를 완전히 무너뜨리
려고 해요."

"코너가 너를 무너뜨리고 싶어 할 것 같진 않은데. 네 말대로
코너는 지금 자기 연민에 빠져 있어서 그랬을 거야. 코너가 지금
은 모든 상황이 다 끔찍하게만 느껴져서 그래. 그렇게 성급하게
굴지 말아 봐."

"사돈 남 말 하시네요."

내가 웅얼거렸다.

"꼬마 아가씨, 말조심해."

엄마는 엄한 얼굴로 이렇게 말하더니 내 머리에 주먹을 대고
문질러 댔다.

"아야."

나는 씩씩거리며 발로 엄마 손을 밀쳤다.

"그나저나 기똥찬 생각이 뭐예요?"

엄마는 처음에 나한테 말하려고 방으로 불쑥 들어온 이유가 떠
오른 듯 얼굴이 잔뜩 상기되었다.

"신참 목동들의 대소동 밴드랑 내가 얘기해 봤거든. 네 얘기를
하면서 네가 기타 연주 하는 걸 얼마나 좋아하는지 말해 줬어.

엄마와 밴드 사람들은 네가 같이 한 곡 연주하면 참 근사할 것 같단 생각을 했단다."

엄마는 양손으로 입을 막고 작게 꺅꺅 소리를 냈다. 방금 말한 것이 살면서 가장 신나는 일이기라도 한 것처럼 말이다.

나는 얼굴을 팍 찌푸렸다. 장난하나, 또?

"엄마, 저는 그렇게 생각하지 않아요."

엄마 얼굴이 축 처졌다. 엄마가 실망하는 모습을 보니 기분이 안 좋았다.

"왜?"

"제가 무대에 올라 사람들이 팔 없는 여자애가 기타를 연주하는 모습을 멍하니 쳐다보게 하지는 않을 거예요. 서커스에서나 봄 직한 쇼를 하지는 않을 거라고요."

엄마는 곧바로 성난 얼굴이 되었다.

"에이븐!"

내 말에 엄마가 소름 끼친다는 표정을 지어 나는 그만 그런 말을 한 데에 죄책감이 곧바로 밀려왔다.

"어떻게 그런 말을 할 수 있니? 네가 밴드와 같이 노래 한 곡 연주했으면 한 거야. 네가 엄마 딸이어서 무척이나 자랑스러워서 그런 거야. 다들 네가 얼마나 놀라운 아이인지 봐 줬으면 해서라고. 너를 구경거리로 만들려는 것이 아니라. 대체 너 뭐가 문제니?"

"다요. 저한테는 다 문제가 돼요."

나는 침대에서 벌떡 일어나 쿵쾅거리며 집에서 뛰쳐나갔다.

하늘이 어둑해지는데 나는 메인 스트리트를 정처 없이 걸었다. 여기저기 느긋하게 돌아보느라 그때까지 남아 있는 관광객 몇 명은 무시했다. 나는 집으로 가고 싶지 않았다. 흙을 걷어차고 씩 씩거리며 잔뜩 골이 난 상태로 여기저기 돌아다녔다. 나는 코너 와 싸워서 골이 났다. 학교가 싫어서 골났다. 예전 학교와 친구들 이 그리워서 골났다. 하지만 가장 골이 났던 건 코너 말이 맞기 때문이었다. 나는 장애아였고 아무도 나를 장애아가 아닌 다른 것으로 봐 주지 않을 거다. 다른 사람은 할 수 있는 온갖 일을 나 는 할 수 없을 거다. 내가 아무리 할 수 있노라고 외쳐 댄들 외과 의사나 우주 비행사나 배우는 절대로 될 수 없겠지.

나는 스파게티를 보자 발걸음을 멈추고 스파게티 머리에 내 머 리를 갖다 댔다.

"너만 나를 이해할 수 있구나."

나는 작은 소리로 속삭였다.

계속해서 여기저기 걸어 다니다가 놀이공원의 한적한 구석에 놓인 낡은 마차에 다다랐다. 나는 마차에 올라가 걸터앉았다. 저 녁 시간 내내 거기에 있었다. 문득 아빠가 오더니 마차로 올라와 내 옆에 앉았다.

"엄마가 네 걱정하더라. 네 몫으로 스파게티 한 접시도 남겨 놓으셨어."

나는 과장되게 "흥!" 하는 소리를 냈다.

"스파게티 먹을 기분 아니에요."

"나도 그래. 엄마가 스파게티 털을 제거하지도 않은 거 알지? 우엑. 내 이빨 사이에 라마 털이 걸려 있니?"

아빠는 입술을 들어 올리고 이를 보여 준답시고 내 얼굴에 아주 가까이 들이댔다.

"아하하. 스파게티는 만져 볼 수 있는 동물원에 있지, 저녁 요리로 올라온 게 아니란 걸 알거든요. 그러니 아빠의 구린 농담은 다른 데 가서 써먹으라고요."

아빠는 한동안 내 옆에 말없이 앉아 있었다. 무슨 말을 꺼낼지 머리를 열심히 굴리는 소리가 내 귀에 들릴 지경이었다. 마침내 아빠가 입을 열었다.

"내일 수업 끝나고 오후에 축구팀 입단 테스트가 있다고 하더라."

"내일 수업 끝나고 오후에 축구팀 입단 테스트가 있다고요?"

"그래, 내가 학교에 몇 번이나 전화해서 달력에 날짜를 적어 놨는데 오늘 다시 전화해서 여전히 유효하다는 확답을 듣고 휴대폰 알리미 어플에 입력해 놨지."

"아빠, 저는 축구팀 입단 테스트 안 볼 거예요."

"아, 네가 입단 테스트 봐야 한다고 생각하는 게 아니야. 어림 없지. 나는 그냥 미리 말해 줘서 네가 입단 테스트를 피해 갈 수 있도록 해 준 거란다. 네가 어쩌다가 축구팀 입단 테스트에 걸려 들어서 팀에 들어간다든가 하는 일은 바라지 않아. 그건 정말 끔찍할 거야."

아빠는 마차 옆쪽을 톡톡 쳤다.

나는 아빠 옆에서 있는 대로 얼굴을 구겼다. 내가 기분 나빠 있는 걸 아빠가 망치게 둘 수는 없었다.

"참 아름다운 밤이구나. 저기 별 좀 봐."

나는 하늘을 올려다봤다.

"무슨 별요? 저기 도시 때문에 별이 안 보이잖아요."

내가 코웃음을 쳤다.

"저쪽을 봐 봐. 저기에 별이 보여."

아빠가 하늘 한쪽을 손가락으로 가리키며 말했다.

"아빠, 저건 행성인 것 같은데요."

"아, 맞다. 네 말이 맞는 것 같아. 목성인가?"

"아마도요."

나는 고개를 돌려 또 다른 빛을 가리키며 말했다.

선인장의 가냐긴 일생에서 아주 잠깐 스쳐 지나가는,

"저건 금성일 거예요."

아빠가 나를 쳐다보았다.

"무슨 일이니, 여왕님아?"

나는 한숨을 쉬며 입술을 깨물었다.

"그냥, 그냥 좀 지금 기분이 엉망이에요. 다른 사람들처럼 평범한 인생을 살았으면 좋겠어. 아빠가 생각하기에…."

나는 부들부들 떨리는 입술을 진정시키려고 입술을 더 꽉 깨물었다.

"내 생각에 뭐, 애야?"

"아빠가 생각하기에 나한테 팔이 있었다면 내가 입양되는 데 이 년이나 걸렸을까요?"

"내 생각에 너한테 팔이 있든 없든 우리가 너를 좀 더 일찍 찾았다면 누군가 너를 입양하는 데 이 초 정도 걸렸을 것 같은데. 너는 우리 딸이 될 운명이어서 우리를 기다리고 있었던 거야. 더는 할 말이 없어."

"제가 남들 같았으면 좋겠어요."

아빠가 나를 한동안 쳐다보았다.

"그건 정말 끔찍한 생각인데."

내가 얼굴을 찌푸렸다.

"어떻게 그게 끔찍하다는 거죠? 코너는 자기가 남들 같기를 바란다고요. 그리고 저도 그래요."

나는 눈에 고인 눈물이 흐를까 봐 눈을 깜빡이지 않으려고 무진 애를 썼다. 아빠는 한쪽 팔로 나를 감싸 주었다.

"왜 남들과 같기를 바라는 거야?"

무던히도 애썼지만 눈물 한 방울이 뺨을 타고 흘렀다.

"그래야 깜찍한 민소매 티도 입을 수 있고 축제에서 기타 연주도 할 수 있는 데다가 항상 남들이 저를 쳐다볼까 걱정 안 해도 되잖아요."

나는 숨을 깊게 들이쉬고 말을 이었다.

"화장실 칸 안에서 점심을 먹을 필요도 다시는 없고요."

아빠가 얼굴을 찌푸렸다.

"에이븐, 왜 화장실 안에서 점심을 먹는 거야?"

나는 어깨로 뺨을 닦았다.

"다른 아이들이 나를 보는 게 싫어서요."

아빠가 깊은 한숨을 쉬더니 하늘을 다시 올려다보았다.

"저 위에 있는 빛들은 말이야, 하늘에 있는 다른 어떤 것과도 같은 것이 없어."

아빠가 나를 쳐다보았다.

"하지만 가장 밝게 빛나지."

나는 코를 훌쩍거렸다.

선인장의 기나긴 일생에서 아주 잠깐 스쳐 지나가는,

"참 진부하네요, 아빠."

아빠가 껄껄 웃었다.

"진부할지는 몰라도 사실이란다."

아빠는 나를 꼭 안아 주고는 생각에 잠긴 채 턱을 문지르며 우스꽝스럽지만 지혜로운 듯한 표정을 지었다.

"아무도 등불을 켜서 바구니 속에 숨겨 두지 않아. 밝은 등불은 탁자 위에 놓아두면 모두가 볼 수 있게 빛날 수 있지."

나는 못 말린다는 표정을 지었다. 아빠는 교회 학교에서나 할 법한 교훈을 우리 대화에 끼워 넣고 무척이나 흡족해하는 것이 분명했다.

"알았어요, 아빠. 내가 탁자 위에 앉을게요."

아빠가 내 이마에 뽀뽀했다.

"에이븐, 남들같이 되지 마. 너 자신이 되렴."

"그게 정확히 뭔데요? 탁상 등요?"

"아니, 탁상 등은 아니야."

아빠가 갈비뼈를 콕 찌르는 바람에 나는 몸을 꿈틀거렸다. 아빠는 내 턱을 잡고 얼굴을 들어 올려 아빠를 쳐다보게 했다.

"다들 볼 수 있도록 밝게 빛나는 빛이 되려무나. 화장실로 숨어들지 않는 빛."

아빠가 마차에서 내려갔다.

"마음 추스르면 집으로 와. 네가 올 때까지 엄마가 쉬지 않고 왔다 갔다 하는 것만 알아 두고."

나는 살짝 웃고는 마차에서 몸을 수그렸다. 아빠에게 내가 보이지 않을 때까지 그대로 있었다. 아빠가 큭큭 웃고는 걸어가는 소리가 들렸다. 나는 바로 옆에 있던 마차 벽을 쳐다보다가 누군가 뭔가를 새겨 놓았다는 걸 깨달았다.

천천히 플랫 슈즈를 벗고 발가락으로 나무에 새겨진 글자를 더듬어 봤다. 하트처럼 보이는 모양 안에 누군가 이렇게 써 놓았다.

에이븐 여기 왔다.

코너와 내가 낡은 창고에서 처음 발견한 상자에 새겨진 글자가 떠올랐다. 'ㅔ, 이, ㄴ' 말이다. 코너 말이 맞았다.

에이븐이었다. 케이바나가 아니라.

262

다음 날 점심시간에 나는 자이언과 함께 행정실 저쪽 구석 길 위에 앉았다. 자이언이 감자 칩 한 개를 건네서 나는 발가락으로 받았다. 자이언은 감자 칩을 입에 던져 넣으며 물었다.

"요새 코너 어디서 본 적 있어? 요 며칠 통 못 봤거든."

나는 도시락만 내려다보며 감자 칩을 천천히 씹었다.

"몰라."

"무슨 일 있어?"

"왜 무슨 일 있냐고 물어?"

"코너가 어디 있는지 네가 모른다는 게 말이 돼?"

"나라고 코너가 어디 있는지 항상 아는 건 아니거든. 내가 뭐 종일 코너만 지켜보는… 사람도 아니고, 뭐."

내가 당치 않다는 투로 코웃음을 치며 대꾸했다. 자이언이 눈썹 한쪽을 찡긋거리더니 힐난하듯 말했다.

"에이븐."

내가 한숨을 푹 쉬었다.

"알았어, 알았다고. 우리가 좀 싸웠어."

"뭐 때문에?"

나는 어깨를 으쓱했다.

"코너가 나를 속상하게 하고, 나도 코너를 속상하게 했지. 그러니 둘 다 속상해했지. 그뿐이야."

나는 자이언을 쳐다보며 덧붙였다.

"오해가 좀 있었어."

"풀어야지."

"코너를 찾아야 풀든가 하지."

"언젠가는 학교에 다시 나오겠지."

"코너가 나오면⋯."

나는 말끝을 흐렸다. 그러면 어떻게 되는 걸까?

"코너가 나오면?"

자이언이 뒷말을 재촉하듯 되물었다.

"코너가 나오면 오해를 풀어 볼게."

선언장의 짧이긴 일생에서 아주 잠깐 스쳐 지나가는,

나는 학교 끝나고 술집도 겸하는 스테이크 레스토랑에 들어가 술을 파는 바 앞에 앉았다. 머리부터 발끝까지 카우보이 복장을 한 바텐더(평범한 늙다리 대학생이라는 사실을 잘 알지만)가 나를 미심쩍게 쳐다보았다.

"독한 거로 한 잔 줘요, 찰리 오빠."

찰리 오빠가 웃음을 꾹 참고 있다는 걸 알 수 있었다.

"에이븐, 술 파는 바 앞에 앉기에는 아직 어리지 않니?"

나는 끄응 소리를 내며 오래된 나무 바에 머리를 툭 떨구었다. 이마가 반질반질하게 윤이 나는 참나무에 부딪히며 쿵 소리를 냈다.

"말도 안 되는 규칙이에요."

내가 차가운 나무에 이마를 문지르며 웅얼거렸다.

"내가 정한 규칙은 아니야. 음, 그걸 뭐라고 하더라? 아, 맞다. 법, 법으로 정한 거라고."

찰리 오빠가 근처 탁자를 가리키며 말했다.

"저기 가서 앉아 있으면 음료 갖다줄게."

나는 바에 이마를 계속 문대다가 둥근 의자에서 내려왔다.

"오늘은 체리도 많이 넣어 줘요."

내가 탁자 앞에 털썩 앉으며 말했다.

조금 후에 찰리 오빠가 내 앞에 음료를 놓아 주었다.

"쓸쓸해 보이는 빨강 머리 아가씨한테 어울리는 음료야. 체리도 듬뿍 넣었지."

내가 얼굴을 찌푸렸다.

"왜 내가 쓸쓸하다고 생각한 거죠?"

찰리 오빠가 내 이마를 톡 쳤다.

"바에 이마를 세게 문지르는 바람에 빨간 자국이 커다랗게 났어."

그러더니 찰리 오빠는 다른 손님을 상대하러 카운터 뒤로 돌아갔다.

나는 찰리 오빠가 친절하게도 꽂아 준 빨대로 음료를 울적하게 쭉쭉 빨아 마셨다. 거의 다 마셨을 때 일부러 후루룩 쪽쪽 소리를 냈다. 마지막 한 방울까지 다 마셔 버리려는 것처럼 말이다. 바에 있던 사람들이 쳐다보았지만 나는 신경 쓰지 않았다. 더 큰 소리를 내며 요란하게 후루룩 소리를 냈다. 그렇게 해서 짜증 나는 자동 피아노 소리를 삼켜 버리고 싶었다. 자동 피아노를 발로 차서 부숴 버리고도 싶었고.

"내 여태 봤던 멜로드라마 중에서 제일 과장된 장면 같구먼."

고개를 들어 보니 조지핀 할머니가 내 앞에 서 있었다. 나는 음료수 잔을 앞에 내려놓고 의자에 등을 기대고 웅얼댔다.

"죄송해요."

선인장의 가냐긴 일생에서 아주 잠깐 스쳐 지나가는,

조지핀 할머니가 의자를 빼더니 내 맞은편에 앉았다.

"무슨 일인지 말해 보렴."

내가 어깨를 으쓱했다.

"어째서 무슨 일이 있다고 생각하신 거예요?"

나는 어찌나 인상을 썼던지 얼굴 근육이 다 아렸다.

"흠, 모르지. 네가 요 며칠 누가 죽기라도 한 양 인상을 쓰고 이 근방을 어슬렁거려서 그런가."

"아무도 안 죽었어요. 친구가 저한테 화났어요."

나는 빨간색과 하얀색 격자무늬 비닐 식탁보를 쳐다보며 대꾸했다.

"아, 계속 짖는 소리를 내던 애?"

내가 고개를 끄덕였다.

"너희 둘은 꽤 친해 보이던데. 둘은 결국 화해할 게야."

나는 눈을 들고 조지핀 할머니를 쳐다보았다. 내가 할머니에 대해서 아는 것이라고는 스테이지 코치 패스가 문을 열었을 때부터 일했다는 것 말고는 하나도 없다는 점을 깨달았다. 늘 보긴 하지만 할머니는 너무 바빠서 나한테 말을 걸 시간이 없었다. 나는 혹시라도 정보를 얻을 수 있는 이 기회를 놓치고 싶지 않았다.

"조지핀 할머니, 가족이 있어요?"

할머니는 놀란 눈치였다.

"어, 아니. 아니, 없어."

"결혼은 하셨어요?"

할머니가 피식 웃었다.

"그 말도 안 되는 짓거리를 할 시간이 없었지."

나도 고개를 끄덕이며 동의했다.

"저도 그럴 시간은 없을 것 같아요."

할머니가 깔깔거렸다.

"열네 살밖에 안 되었는데도 절대 결혼을 하지 않으리라는 걸 벌써 알고 있구먼. 내 그럴 줄 알았지."

할머니는 탁자를 탁 쳤다.

"뭐가 그럴 줄 알았단 거예요?"

조지핀 할머니는 어마어마한 방귀를 뀌다가 나한테 딱 걸리기라도 한 것 같은 표정이었다.

"아, 아니야. 요즘 어린애들 얘기지."

나는 할머니를 뚫어져라 쳐다보았다.

"할머니는 여기에서 되게 오래 일하신 거 맞죠?"

"그렇지. 60년쯤 되었을걸."

"우아, 진짜 오래되었네요."

"그래, 그렇지."

"그러면 계속해서 식당에서만 일하셨어요?"

선인장의 가니긴 일생에서 아주 잠깐 스쳐 지나가는,

"아니란다. 여기서 할 수 있는 온갖 일은 다 했지. 할 일이 있으면 몽땅 다 혔어."

"점성가도 해 보셨어요?"

할머니가 웃으며 대답했다.

"흠, 할 일이 있으면 몽땅 다 했다고는 하면 안 되겠구면."

"왜 여기에 계시는 건데요?"

할머니가 비닐 식탁보를 손가락으로 톡톡 두드렸다.

"내가 여기를 좋아해서인 것 같아."

나는 할머니 얼굴을 찬찬히 살폈다.

"그러면 1973년에도 계셨어요?"

할머니가 두드리던 손가락을 별안간 멈추더니 고개를 살짝 갸웃거렸다.

"당연하지. 와 그라는데?"

"여기 있던 여자애 기억하세요? 저랑 똑같이 생겼는데 팔이 달린 여자애요. 정말 말도 안 되는 소리로 들리겠지만 제 생각에 그 아이 이름도 에이븐일 것 같아요."

이 말에 조지핀 할머니는 안절부절못하는 듯했다. 할머니가 자세를 바꿨다.

"어, 잘…, 잘 기억나지 않는구면."

할머니가 자리에서 벌떡 일어섰다.

"할머니, 제가 무슨 소리 하는지 아시잖아요?"

"이제 다시 일하러 가야 혀. 콩 통조림이 저절로 손님상에 오르지는 않을 테니께."

"잠깐만요!"

할머니는 벌써 가 버렸다.

선인장의 가난한 일생에서 아주 잠깐 스쳐 지나가는,

다음 날 학교 끝나고 버스를 타러 갔다. 혹시나 코너를 볼 수 있을까 하는 마음에서였다. 하지만 버스 정류장에서 나를 기다리고 있는 사람은 아빠였다.

"아빠, 여기서 뭐 해요?"

"이거 갖다주려고."

아빠는 어깨 뒤에 끈으로 조여 맨 가방을 들어 보이더니 내 목에 걸어 주었다.

"안에 반바지랑 티셔츠랑 종아리 보호대가 들어 있어. 찍찍이로 신을 수 있는 새 축구화는 엄마가 주문해 놨단다."

나는 한숨을 폭 내쉬었다.

"아빠, 저…."

"네가 입단 테스트를 보러 가야 한다고 하는 게 아니란다. 너한테 선택권을 주는 것뿐이지. 뒤돌아서 운동장으로 가도 되고 이 가방을 들고 버스 타고 집으로 가도 된단다."

아빠가 내 이마에 뽀뽀했다.

"여왕님, 네가 선택할 일이야."

아빠는 그렇게 말하고 뒤돌아서 갔다.

아이들이 우르르 버스를 타는 동안 나는 그대로 길가에 서 있었다. 목에는 축구 가방을 멘 채로 여전히 코너를 볼 수 있을지 모른다는 희망을 품고서 말이다.

나는 초등학교 2학년 때 처음 공을 찬 순간부터 축구에 푹 빠졌다. 내가 축구를 엄청나게 잘해서 꼭 반칙하는 기분이 들 정도였다. 왜냐하면 나는 발을 손처럼 쓰는데 축구에서는 손을 쓰지 못하게 되어 있으니까 말이다. 하지만 아무에게도 말하지는 않았다.

축구는 아빠가 그토록 바라던 둘을 이어 주는 훌륭한 경험이 되었다. 아빠는 내가 학교 끝나고 집에 오면 같이 연습을 했다. 같이 텔레비전으로 축구 경기를 보기도 했다(당연히 서부 드라마 '론 레인저'가 끝난 다음에 말이다.). 같이 브라질 팀을 응원하기도 했다. 왜 브라질 팀을 응원했는지 모르겠지만 브라질에서는 축구 대신 풋볼이라고 해서인 듯싶다. 아빠는 그편이 훨씬 더 말이

선언장의 가난한 일생에서 아주 잠깐 스쳐 지나가는,

된다고 했다. 나는 축구를 풋볼이라고 부르면 미국에서 미식축구를 부르는 말인 풋볼은 뭐라고 불러야 하냐고 물어보았다. 아빠는 '사람 후려치기'라고 했다.

아빠와 나만 축구를 좋아한 건 아니었다. 엄마는 내가 출전한 경기마다 항상 보러 왔다. 엄마는 아이들 운동 경기를 지나치게 진지하게 받아들여 당황스럽도록 열광하는 사람에 속했다. 엄마는 계속해서 우리 팀 감독님한테 소리를 질러 댔고 감독님은 엄마에게 경기를 못 보게 하겠다고 응수하곤 했다. 감독님은 바로 우리 아빠였다.

"탈 거냐, 안 탈 거냐?"

버스 기사 아저씨가 불쑥 묻는 바람에 나는 화들짝 놀랐다.

내가 다시 그 자리에 있는 모습을 생각하기 어려웠다. 새 학교, 새 감독님 아래에서 새 팀의 일원이 되려고 하다니. 모두가 나를 뚫어지게 쳐다보겠지. 하지만 살다 보면 힘든 일이 많게 마련이다. 일이 잘 안 풀린다고 포기해 버린다면 내가 아니겠지?

내가 누구인지 말해 주지. 바로 여왕님이라고.

나는 버스 기사 아저씨를 쳐다봤다.

"오늘은 안 타요."

그렇게 말하고 뒤돌아서 걸어갔다.

34

나는 경기장 옆 벤치에 가방을 내려놓고 축구공을 모아 둔 곳으로 걸어갔다. 공 하나를 발로 당겨서 천천히 주변을 돌며 드리블했다. 나는 축구팀 입단 테스트를 보려고 온 여자애들 무리를 흘긋거렸다. 다들 서로 얘기하면서 웃어 댔다.

나는 다시 공을 드리블하는 데만 신경을 쓰고 경기장 반대편에 서 있는 여자애들은 생각하지 않으려 했다.

"안녕."

내 뒤에서 인사하는 소리가 들렸다.

나는 발로 공을 멈추고 뒤를 돌아보았다. 학교에 온 첫날 과학 시간에 잠깐 말을 나눴던 여자애였다. 긴 갈색 머리를 한 갈래로 높이 묶으며 말했다.

"에이븐이지?"

나는 드리블했던 터라 숨을 몰아쉬며 대답했다.

"맞아."

"나는 제시카야. 다들 네가 공을 드리블하는 모습을 지켜보고 있어."

나는 가슴이 철렁했다. 당연히 다들 지켜보고 있겠지. 어깨가 너무 처지지 않게 무진 애를 썼다.

"그래?"

"너 진짜 잘하더라. 축구를 얼마나 했니?"

"아."

나는 기분이 조금 나아졌다.

"초등학교 2학년 때부터 계속했어. 너는?"

"올해가 2년 차야. 너는 팀에 들어올 게 확실해."

내가 너무 바보같이 헤벌쭉 웃는 것이 아니길 바랐다.

"그렇게 생각해?"

"당연하지. 볼 컨트롤을 아주 잘하던걸."

"고마워."

"축구팀에 들어오면 정말 재미날 거야."

제시카는 내가 이미 축구팀에 들어오기라도 한 것처럼 말을 계속했다.

"원정 경기 갈 때는 진짜 재미있어. 작년에 버스를 좀 단장했거든. 애들이랑 뒤쪽 자리에서 풀러 감독님 휴대폰으로 몰래 장난 전화를 걸었지. 저기 계신 저분이 감독님이야."

제시카가 키가 작고 탄탄해 보이는 회색 머리 여자를 가리켰다. 감독님은 경기장 반대편에서 무슨 종이를 유심히 살펴보고 있었다.

"우리가 열 번쯤 장난 전화를 했나 싶을 무렵, 감독님이 소리치기 시작했지. '이 망나니 녀석들, 경찰에 신고해 버릴 테야!'하고 말이야. 버스에 탄 사람들 모두 감독님 말을 들었어. 완전 웃겼지. 올리비아가 휴대폰으로 다 찍어 놨다니까."

제시카가 깔깔거리며 모여 있는 여자애들 쪽을 가리켰다. 올리비아가 그쪽에 있는 듯했다.

"나중에 너한테도 그 동영상 보여 줄게. 정말 재미있어."

"말만 들어도 재미있네. 팀에 들어가고 싶다."

"들어오면 무척 좋을 거야. 피자 파티도 하고, 작년에는 팀원전체가 모여 파자마 파티까지 했어."

풀러 감독님이 시작한다고 다들 모이라고 했다.

"우리 가 봐야겠다."

내가 제시카에게 말했다. 제시카가 나를 쳐다보며 웃었다.

"그래, 가자."

선인장의 가시긴 일생에서 아주 잠깐 스쳐 지나가는,

제시카는 자기를 따라오라는 몸짓을 했다. 나는 옆에서 걸어가고 있었지만 춤을 추고 있는 듯한 느낌이었다.

35

축구팀 입단 테스트가 끝나자 아빠가 집까지 차를 태워 주었다. 아빠는 입단 테스트가 끝나자 나타났다. 내가 입단 테스트를 보러 갈 거라고 조금도 의심하지 않았다는 듯 말이다.

척 보면 다 아는 아빠 같으니.

아빠가 환하게 웃으며 질문을 엄청나게 퍼부어 대는 바람에 나는 차를 타고 가면서 입단 테스트에서 있었던 일을 하나하나 말했다. 우리가 스테이지 코치 패스에 도착하자 아빠는 자동차 수납함을 열고 봉투를 하나 꺼냈다.

"스테이크 레스토랑에 있는 서랍에서 이걸 발견했단다."

아빠가 봉투를 뒤집자 봉투에 쓰인 글자가 보였다. '책상'이었다.

"사무실에 있는 책상에는 맞지 않더라고. 거기에서 뭘 찾았는지 알려 줘, 여왕님."

아빠가 내 가방을 열고 봉투를 안에 넣어 주었다.

나는 있는 힘껏 낡은 창고로 뛰어갔다. 뿌연 창으로 빛이 거의 안 들어와서 걸음을 늦췄다. 플랫 슈즈 한 짝을 벗고 발로 가방을 열었다. 봉투를 열고 발가락을 안으로 스윽 집어넣고서는 작은 열쇠 두 개가 달린 고리를 끄집어냈다. 열쇠 하나를 발가락에 끼워 넣고 책상에 있는 열쇠 구멍에 넣으려 하니, 불가능한 게임을 하는 것만 같은 기분이었다.

마침내 열쇠가 열쇠 구멍에 들어가자 발바닥으로 밀어 넣었다. 열쇠를 돌리는 데 온 힘을 써야 했다. 발가락 쪽 피부가 쓸려 아팠다. 그래도 열쇠가 돌아갔다. 나는 맨 아래 서랍을 열고 안을 살펴보았다. 이런저런 종이 뭉치가 또 있었다. 모조리 꺼내 보았다. 희미한 빛 아래에서는 거의 읽을 수가 없었다. 하지만 종이 뭉치 아래, 서랍 맨 아래에는 액자에 끼워진 사진이 있었다. 내가 조심스레 발로 집어 들고 앞쪽 바닥에 내려놓았다.

빨간 머리 여자 두 명의 사진이었다. 둘은 스테이크 레스토랑 앞에 서서 팔짱을 끼고 있었다. 나이 든 여자는 분명히 아는 얼굴이었지만 다른 여자는 전혀 모르는 사람이었다. 하지만 얼굴에서 내가 보였다. 그 목걸이를 하고 있었다. 그리고 임신한 상태였다.

나는 그 사진을 가방에 넣고 집으로 가져갔다. 엄마는 이미 식탁에 저녁을 차리고 있었다. 내가 들어가자 엄마가 돌아서며 함박웃음을 지었다.

"그래, 어떻게 됐니?"

나는 엄마가 무엇을 묻는지 잠시 헷갈렸다.

"아, 축구요?"

"당연히 축구지."

엄마가 웃으며 말하다가 실망한 얼굴이 되었다.

"잘 안 되었어?"

"아뇨, 아주 잘됐어요."

"무슨 일 있니?"

"제가 그 책상을 열었어요."

엄마는 조용히 나만 쳐다보았다.

"그 안에서 사진을 찾았는데요, 가방에 있어요."

엄마는 곧바로 나한테서 가방을 벗겨 식탁에 놓더니 가방을 열고 안에서 사진을 꺼냈다. 엄마는 사진을 유심히 살펴보았다.

"그 사진이 어디에서 나온 건지 알겠어요."

우리는 같이 박물관으로 걸어갔다. 엄마가 그 사진을 벽의 빈 곳에 갖다 대었다. 아래에는 '케이바나 가족, 2004년'이라고 쓰여 있었다.

선인장의 가시는 일생에서 아주 잠깐 스쳐 지나가는,

바로 내가 태어난 해였다.

엄마가 크게 한숨을 쉬었다.

"네가 그 여자애 사진을 아빠와 나한테 보여 준 뒤로 우리는 이런 일이 생길까 봐 걱정했단다. 하지만 확실히 알 수가 없었지. 그리고 네 친부모가 누구인지… 알 수 없었어. 네가 있던 입양 기관에 연락해 봤지만 네 예전 출생 기록이나 친부모를 알 수 있는 기록은 모두 봉인되었더라고. 그래서 그쪽에서도 우리한테 아무것도 말해 주지 못했지. 엄마와 아빠는 앞으로 어떻게 해야 할지 아직 결정하지 못했단다."

"저도 어떻게 해야 할지 몰라요. 엄마 생각에 이분은 알 것 같아요?"

엄마가 내 얼굴을 보더니 머리를 쓰다듬으며 말했다.

"어떻게 모르겠니? 가서 물어보고 싶니?"

엄마가 양손으로 내 양어깨를 꼭 잡았다.

사진 속 나이 든 여자를 쳐다보았다. 나는 알아야 했다. 그리고 우리 부모님도 알아야 했다. 나는 깊게 숨을 들이쉬고 작은 소리로 말했다.

"네."

"엄마가 같이 가 줄까?"

나는 엄마를 쳐다보았다.

"저 혼자 가야 할 것 같아요."

엄마가 고개를 끄덕였다.

"알았어."

나는 사진을 가방에 넣고 스테이크 레스토랑으로 갔다. 조지핀 할머니가 주문을 받고 주방으로 향하는 걸 보고 따라갔다.

할머니는 쟁반에 버거 두 개를 놓다가 나를 발견했다.

"에이브, 여서 뭐 하냐?"

"얘기 좀 해요."

"지금 진짜 바쁜디."

할머니는 스윙 문을 밀쳐 열고 나갔다. 나는 음식을 나르는 할머니를 따라갔다.

할머니가 손님들 앞에 버거를 놓는 동안 기다렸다. 다시 주방으로 향하는 할머니를 따라가며 다시 말했다.

"얘기 좀 해요."

나는 쉽게 포기하고 가 버릴 수도 있었지만 할머니 때문에 아니, 내 초조함 때문에 지레 겁먹고 도망치지 않을 것이었다.

할머니가 걸음을 멈추더니 팔짱을 꼈다.

"대체 뭐가 그리 중요한디 이렇게 저녁 장사까지 방해하는 게냐?"

나는 조지핀 할머니를 자세히 들여다보았다. 심장이 마구 쿵쾅

선인장의 가시긴 일생에서 아주 잠깐 스쳐 지나가는,

거렸다.

"할머니랑 얘기할 때까지는 가지 않을 거예요."

할머니는 불만스럽다는 듯 크게 한숨을 쉬고는 나를 음식점에 딸린 작은 사무실로 데려갔다.

"빨리혀. 밖에 주문받을 손님들이 있단 말이여."

나는 가방을 연 다음, 발로 사진이 들어 있는 액자를 꺼냈다. 묵직했다. 내 발가락이 떨려서 액자가 미끄러지려 했다. 액자가 떨어지기 전에 조지핀 할머니가 손을 뻗어 잡았다. 할머니는 떨리는 손으로 천천히 사진을 보았다.

"할머니가 이 사람 아는 거 다 알고 있어요. 저한테 사실대로 말해 주세요."

"알았다. 그려."

사진을 바라보는 할머니 눈에 눈물이 가득 고였다.

"이 사진은 제가 태어난 해에 찍혔어요. 다른 사진도 찾았고요. 거기 나온 여자애는 제 또래쯤 되었죠. 저랑 아주 많이 닮았어요. 제 엄마 맞죠?"

조지핀 할머니가 고개를 끄덕였다.

"그리고 두 분 다 케이바나 가족이고요."

할머니가 다시 고개를 끄덕이며 작은 소리로 말했다.

"그려, 내 딸이여. 그 말은…, 네가 내 손녀라는 소리지."

조지핀 할머니가 사진에서 눈을 떼고 나를 바라보았다.

"그래서 제가 여기 있는 거예요? 우리 가족을 여기로 데려온 사람이 할머니예요?"

"네가 여기 있게 된 건 내가 너를 보고 싶어서여. 너를 만나고 싶어서."

나는 고개를 저었다.

"뭐 하려요? 저한테 말해 줄 작정이었어요?"

"아니."

나는 깊게 숨을 들이마시고 천천히 내쉬었다.

"정말 헷갈리는데요. 그러면 우리 엄마는 대체 어디 계세요? 이 근방에 계시나요?"

"죽었어. 네가 태어나고 몇 주 뒤에 죽은겨."

"아…."

나는 지금까지 내 친부모가 내 장애 때문에 나를 버린 걸로 생각했다. 친엄마가 죽었기 때문이라는 건 생각해 본 적이 없었다.

"쇼에 나서기에 너무 이르다고 말했지만 네 엄마는 누구 말도 잘 안 들었지. 네 엄마한테 아무도 뭘 할 수 없다고 말한 적이 없던겨. 암, 그랬지!"

할머니는 눈물을 닦아 내며 작은 소리로 덧붙였다.

"우리는 네 엄마가 현기증이 난 거라고 생각한겨. 평소 같으면

선인장의 가시긴 일생에서 아주 잠깐 스쳐 지나가는,

그렇게 말에서 떨어지지 않았을 테니께."

나는 입술을 깨물었다.

"여쭤 봐서 죄송해요."

조지핀 할머니가 고개를 저으며 손을 내저었다.

"제 친아빠는요?"

할머니는 어깨를 으쓱했다.

"몰러. 에이븐이 애 아빠가 누구인지 한 번도 말해 주지 않았으니께. 있잖니, 네 엄마는 늘 아기가 있었으면 하면서도 결혼하고 싶은 사람은 찾아내지 못했어. 그렇게 차츰 나이가 들어 갔지. 네 엄마는 직접 알아서 하기로 한 것 같재. 나도 내가 알아서 다 했으니께 자기도 할 수 있다고 혔어. 늘 그런 식이었어. 책임을 지고, 혼자서 다 하고, 누구 하나 달리 말하는 사람이 없었던 겨. 네 이름을 에이븐이라고 지은 사람도 네 엄마여."

조지핀 할머니는 크게 웃었다.

"네 엄마 말로 남자들은 늘 그렇게 한다는구먼. 자기 딸도 에이븐이면 왜 안 되냐고 했지. 정말 화끈한 사람이었어. 네 엄마가 죽자 나는 어떻게 해야 할지 몰랐어. 이미 나이도 많은 데다 이 놀이공원도 건사해야 했으니께. 너처럼 도움이 필요한 아기한테 관심을 기울이고 돌봐 줄 수 없을 것 같았어. 그래서 너를 입양할 좋은 가족을 찾아 주는 편이 낫겠다고 생각한겨."

"그렇게 나를 보내셨군요."

"그려."

"입양 기관에서 2년이나 있었죠."

할머니 눈에 눈물이 고였다.

"그런 일이 생기리라고는 생각하지 못했어. 나는 멋지고 사랑이 넘치는 가족이 너 같은 아기를 입양하고 싶어 하리라고만 생각했으니께."

"나 같은 아기라고요."

조지핀 할머니가 고개를 내저었다.

"아니야, 내가 죄다 잘못 말한겨."

나는 한숨을 쉬었다.

"지금은 상관없어요. 할머니 생각이 맞았어요. 멋지고 사랑이 넘치는 가족이 저를 입양했어요. 그게 가장 중요한 거죠. 그런데 우리는 어떻게 찾아내셨나요?"

할머니는 양 볼이 발갛게 되어 책상만 내려다보며 말했다.

"어, 네 생각을 도저히 떨쳐 낼 수가 없었어. 네가 어찌 지내는지 궁금했지. 그래서, 어, 내가 몇 년 전에 너를 찾아 줄 사람을 고용했어."

할머니는 반응을 확인하려는 듯 나를 쳐다보고는 다시 눈길을 피했다.

선인장의 가시긴 일생에서 아주 잠깐 스쳐 지나가는,

"그 사람은 네가 어찌 지내고 있는지 정기적으로, 음, 보고를 해 줬단다."

"그러면 우리를 따라다녔다는 거예요?"

내가 크게 소리쳤다.

"아니, 아니, 아니, 아니, 아니여. 스토킹이 아니여. 그저 너희들이 다 잘 지내는지 확인했을 뿐이여. 그러다가 너희 아빠가 한동안 일자리도 없고 집까지 넘어갈 지경인 걸 알게 된겨."

"그랬나요?"

나는 그 말에 놀라 물었다.

"당연히 네 부모님이 말 안 했겠지. 훌륭한 부모님이여."

"네, 맞아요. 훌륭한 부모님이에요."

"그래서 너희 아빠한테 이 자리에 지원하라고 권해 보자는 생각이 나한테 떠올랐지. 내가 몇 년간 놀이공원을 제대로 운영하지 못했거든. 그 일이 있고 나서 나는 도저히…."

할머니는 말을 멈추고 사진을 내려다보았다.

"아무튼, 나는 식당일만 하며 상황을 지켜보는 쪽이 좋았어. 비밀스럽게 말이여. 예전 공원 관리인은 모자 아래 머리카락 말고는 아무것도 없던 사람이라서 네 아버지가 식당 관리인으로 일했다는 걸 알고 마음이 놓였단다. 까짓 거 한번 해 보자고 생각혔어. 그래도 너희 아빠가 지원할 줄은 몰랐어. 지원해서 기뻤지만."

"할머니가 놀이공원 소유자인 걸 아빠가 어떻게 모를 수가 있죠?"

"아, 그건 내가 사업상 거래는 모두 조 케이바나라는 이름으로 하니께. 여기에서 나는 조지핀 오클리이고. 덕분에 수수께끼 같은 분위기가 풍기지 않냐?"

나는 어떻게 생각해야 할지 몰라 멍하니 할머니만 쳐다보았다.

"다들 내가 누군지 알았다면 전처럼 사소한 일까지 모두 갖고 와 나를 귀찮게 했을 거여. 더는 그렇게 할 수가 없었어. 회계 담당인 게리만이 사실을 알고 있지. 그편이 더 좋아."

할머니는 염색한 빨간 머리를 손으로 매만지며 말을 이었다.

"그리고 헨리 영감도 알지만 요즘 정신이 오락가락하더라고. 그 외에는 에이븐이 여기 있을 때 일하던 사람은 이제 아무도 남아 있지 않아서, 내 진짜 정체를 아는 사람이 없도록 잘 해냈다고 여겼는디. 네가 알아내리라고 생각해야 했어. 너는 영리한 아이니께. 엄마처럼 말이여."

할머니가 나를 보며 웃었다. 나는 한숨을 푸욱 내쉬었다.

"그러면 이제 어떻게 해요? 제가 외할머니라고 불렀으면 하세요?"

"맙소사, 아니여. 내가 누군지 너한테 말할 계획은 절대 없었으

선인장의 가시긴 일생에서 아주 잠깐 스쳐 지나가는,

니께. 나는 스테이지 코치 패스를 떠날 거여. 은퇴할 때가 됐어. 여든 살도 넘었는데 아직도 소처럼 일하고 있다니. 나는 다 끝났어. 다 됐다고."

"어디로 가실 건데요?"

"십 킬로미터쯤 떨어진 곳에 있는 골든 선셋 노인 공동 생활체로 갈 거여. 암, 거기에는 수영장도 있고 그럭저럭 먹을 만한 구내식당도 있다니께. 거기면 될 거여."

조지핀 할머니가 고개를 끄덕이더니 나를 쳐다보았다.

"네 인생에 내가 끼길 바라진 않아. 그저 너희 가족 모두 지금 잘 지내는 걸 알게 되어 좋을 뿐이여."

"스테이지 코치 패스는 어떻게 하실 거예요?"

나는 부모님이 또다시 실직 상태가 될까 봐 걱정되어서 물었다.

"뭐, 네 거여."

나는 벌떡 일어섰다.

"뭐라고요?"

"네 소유라는 거여. 지금 당장은 너희 부모님이 관리하시지만 네가 만 열여덟 살이 되면 마음대로 혀."

"정말요?"

조지핀 할머니는 고개를 끄덕였다.

"너는 내 유일한 가족이니께. 이게 내가 너를 위해 할 수 있는 전부여."

"이 부지는 땅값이 엄청나잖아요. 나중에 팔고 떠나 버려야겠네요."

내가 턱을 쭉 내밀고 말했다.

"네가 그리 허고 싶으면 그리 혀."

나는 순간 할 말을 잃었다.

"아니, 아니에요. 그렇게 하지 않을 거예요. 저는 이곳이 마음에 들어요."

"에이븐도 여기를 좋아했지. 네 엄마가 기타 치고 노래 부르곤 했다는 거 아니? 여기에서 공연도 했지."

"저도 기타 칠 줄 알아요."

조지핀 할머니가 웃었다.

"놀랄 일은 아니구나."

"그러면, 에이븐…, 엄마는 연주자였어요?"

"아, 그럼. 기타 들고 노래만 부른 게 아니여. 로데오에서 말도 탔단다. 사람에게 주목받는 걸 무척이나 즐겼지."

"엄마 이야기 좀 더 해 주세요."

조지핀 할머니가 싱긋 웃었다.

"타란툴라를 좋아했단다."

36

근사하고 완벽한 저녁이었다. 나는 일렬로 늘어서 있는 축구공을 하나씩 발로 찼다. 서서히 애리조나가 좋아지기 시작했다. 언제나 밝게 빛나는 햇빛, 사방에 떠도는 오렌지꽃 향기, 언제든 맨발로 걸을 수 있는 부드러운 녹색 잔디. 게다가 정말 아름다운 해넘이까지. 나는 마지막 공을 축구 골대 쪽으로 차고 나서 저녁 하늘을 가만히 쳐다보았다. 하늘이 분홍색, 주홍색, 보라색 물감으로 칠해 놓은 것 같았다. 가벼운 탄성이 저절로 나왔다.

"잘했어, 에이븐."

풀러 감독님이 외쳤다. 나는 제시카를 향해 뛰어갔다. 다른 선수들이 차례로 축구 골대를 향해 공을 찰 때 우리는 가운데 공을 두고 몸을 앞으로 뒤로 움직이며 드리블 연습을 했다.

"이번 주말에 우리 집에서 축구팀 출전 파티를 할 거야. 올래?"

제시카가 숨을 몰아쉬며 물었다.

"좋아. 내가 뭐 준비할 게 있을까?"

"음…, 탄산음료나 좀 가져와."

제시카가 발로 축구공을 멈춰 세우고 대답했다.

"알았어. 참, 축제 때 올 수 있을 것 같아?"

"어, 그럼. 우리 팀 대부분이 가려고 할 게 뻔해."

"얘들아, 오늘 수고했다."

풀러 감독님이 말했다. 나는 발목에 찬 시계를 봤다.

"우아, 시간이 쏜살같이 지나갔네. 내일 보자."

제시카가 내 뒤쪽을 쳐다보며 대답을 하지 않았다. 내가 뒤를 돌아보는데 짖는 소리가 들렸다. 운동장 한쪽 끝에 코너가 서 있는 것이 보였다.

제시카가 물었다.

"쟤 네 친구니?"

코너가 손을 들어 흔들었다. 나는 웃으며 답했다.

"응. 제일 친한 친구야."

제시카가 공을 나한테 차면서 씩 웃으며 장난스럽게 눈썹을 찡긋 했다.

"쟤 귀엽다."

제시카는 그렇게 말하고서 탈의실로 향하는 다른 아이들한테 뛰어갔다.

나는 헛웃음을 짓고는 코너한테 가다가 일 미터쯤 떨어진 곳에서 걸음을 멈췄다.

"안녕."

"안녕."

코너는 자기 발만 쳐다보다가 다시 나를 쳐다보았다.

"너 축구팀에 들어갔구나."

"응."

"새 친구도 사귀었네."

코너는 다른 아이들과 같이 탈의실로 가는 제시카 쪽을 가리키며 말했다. 나는 제시카를 쳐다보다가 다시 코너를 보았다.

"어."

나는 코너 얼굴에 고통스러운 표정이 나타나는 걸 보고 덧붙였다.

"그렇지만 옛 친구가 보고 싶었어."

코너가 웃으며 어깨를 으쓱했다.

"그간 어디 있었어?"

"그냥 집에 있었어. 다시는 학교에 나오지 않으려 했지."

"뭐 때문에 마음이 바뀐 거야?"

"너랑 우리 엄마 때문에. 어제 엄마가 나한테 당장 침대에서 궁둥짝 좀 일으키라고 하더라. 엄마가 학교에 데려갈 줄 알았는데, 직장에 전화하더니 하루 종일 나랑 같이 있었어."

"그래?"

코너가 고개를 끄덕였다.

"응, 같이 저녁 먹으러 나가기도 했다니까."

"정말이야? 진짜로 식당에 갔다고?"

"그래. 어, 그런 셈이지. 음식을 포장해서 공원에서 먹었으니까. 그래도."

"그래도, 시작이 좋네."

우리는 거기에서 잠시 어색하게 서 있었다.

"있잖아."

"응?"

"조지핀 할머니 있잖아, 스테이크 레스토랑에서 일하시는 할머니 말이야, 그분이 내 외할머니야."

코너 입이 쩍 벌어졌다.

"뭐?"

내가 고개를 끄덕였다.

"맞아. 할머니가 바로 조 케이바나야. 우리 부모님을 고용한 사람이기도 하고."

"어째서?"

"할머니는 내가 보고 싶기도 하고, 잘 지내는지도 알고 싶으셨대."

"그러면 사진 속 여자애는 누구야?"

"내 친엄마."

"친엄마는 어떻게 되셨대?"

"돌아가셨어."

나는 이 말을 하면서 가슴속에 응어리가 맺히는 느낌이 드는 바람에 놀랐다. 내가 친엄마를 볼 수 있으면 얼마나 좋았을까 하는 생각에 더 놀랐다.

"안됐다."

"조지핀 할머니는 나를 잘 돌볼 수 있을 것 같지 않아서 입양 기관에 보냈대. 나한테 최선인 방법이라고 생각하신 것 같아."

"너네 할머니가 당시에는 틀림없이 그렇게 생각하셨겠지. 하지만 너를 이리로 데려온 걸 보니 후회하신 게 확실해."

"으음, 이렇게 시간이 많이 지나고 나서 내 할머니 노릇을 할 수 있으리라 여긴다면 완전히 착각하신 거지."

내가 발로 땅을 파며 말했다.

"당연하지. 너네 할머니는 끔찍한 사람인 게 틀림없어."

"으음, 어, 나는 그렇게까지는…."

코너가 나를 보며 활짝 웃었다. 나는 코너한테 눈을 흘겼다.

"지금 무슨 수작 부리는지 알겠다. 나를 버린 할머니를 용서할 마음은 아직 없어."

"할머니가 사막 한가운데에 있는 동굴에 너를 버린 것도 아니잖아. 할머니 연세가?"

"여든넷."

"그러면 네가 태어났을 때 할머니는 일흔이셨다는 거네. 너희 할머니는 틀림없이 이런 생각을 하셨을 거야. '이런, 망할. 요 꼬맹이가 고등학교 졸업할 때쯤이면 거의 아흔 살은 되겠네. 졸업식장에 내가 탄 휠체어를 요 녀석이 밀고 들어와야 하겠구먼. 발로 밀기에는 너무나 힘들것지.' 하고 말이지."

"네가 억지로 사투리 써서 흉내 내는 거, 구려."

"내가 무슨 소리를 하는지 알잖아."

"그럴 수도, 아닐 수도."

나는 피식 웃으며 땅을 쳐다보고는 발을 굴러 운동화에 묻은 흙을 털었다.

"축제 준비가 다 착착 되어 가고 있어. 크게 성공할 것 같아."

"네가 하는 일은 뭐든 다 크게 성공할 거야, 에이븐."

그 말에 내 양 볼이 빨개졌다.

"네가 거기 없을 거라 생각하니 그냥 좀 기분이 그래."

선인장의 가나긴 일생에서 아주 잠깐 스쳐 지나가는,

나는 코너를 쳐다보며 말을 이었다.

"네가 없으면 똑같지는 않을 거라고."

"내가 생각 좀 해 볼게, 알았지? 그게 내가 할 수 있는 최선이야."

"그렇다면 나도 받아들일 수밖에."

우리는 잠시 아무 말도 하지 않고 그대로 서 있었다. 그러다가 코너가 말했다.

"우리 엄마가 다음 번 모임에 나랑 같이 가신대."

"되게 잘됐다."

"같이 갈래? 네가 가면 덱스터가 틀림없이 무척이나 좋아할 거야."

"내가 기꺼이 가려는 건 너 때문이야. 덱스터 때문이 아니라."

"진짜? 덱스터는 무척이나 웃기고 그렇잖아."

"진짜야. 그리고 덱스터가 그렇게까지 웃기진 않아."

코너가 빙그레 웃었다.

"네가 나한테 기타 좀 가르쳐 줄 수 있지 않을까 하는 생각도 하고 있어. 한번 어떻게 되나 해 보자고."

"기꺼이."

"우리 엄마랑 내가 인터넷에서 동영상을 봤는데 투레트 증후군이 있는 사람한테 음악이 어떻게 치료법처럼 쓰일 수 있는지에 관한 내용이었어. 연주하는 동안 틱이 멈추기까지 하더라고. 네가 기타 칠 줄 안다고 했더니 엄마는 같이 연습하는 게 좋겠다고 하셨어. 우리 엄마는 너를 진짜 좋아하셔."

"놀라운데. 음악 얘기도 그렇지만 너희 엄마도 말이야. 점점 관여하고 계시잖아."

"응, 엄마가 그러도록 내가 허용해 주고 있으니까. 네 말이 맞았어."

"그거야 이 몸이 엄청나게 똑똑하기 때문이지."

나는 머리카락을 어깨 뒤로 휙 넘기며 말했다.

"맞아, 똑똑해. 심지어 우주 비행사가 될 수 있을 만큼 똑똑하지."

선인장의 기나긴 일생에서 아주 잠깐 스쳐 지나가는,

37

축제날 아침, 나는 해가 뜨기도 전에 일어났다. 할 일이 너무 많아서 얼른 시작해야 했다. 우선 컴퓨터 앞에 앉아 블로그에 글을 썼다.

오늘 스테이지 코치 패스 축제에 오세요!
맛있는 음식과 근사한 예술 작품이 있고 불꽃놀이도 합니다!
최근에 가장 즐거웠던 때보다 훨씬 더 즐거울 거예요!

나는 간만에 짜증이 치밀었다. 청바지를 입는 데 시간이 너무나 오래 걸려서였다. 내가 너무 들뜬 나머지 계속해서 허리 단추를 제대로 채우지를 못하다가 겨우 해내고 방에서 후다닥 내려갔다.

엄마와 아빠는 이미 일어나 놀이공원으로 나가 모든 일이 제 대로 되어 가는지 확인하고 있었다. 엄마가 나를 보자 이렇게 말했다.

"위층으로 올라가서 아침 좀 먹으렴."

"먹었어요."

"거짓말."

나는 스파게티를 보러 만질 수 있는 동물원으로 갔다. 발로 스 파게티를 쓰다듬어 주고는 작게 속삭였다.

"오늘은 바쁜 하루가 될 거야."

스파게티는 고개를 들고 나를 스윽 쳐다보더니 다시 고개를 숙 였다. 꼭 '너나 그렇겠지.' 하고 말하는 것 같았다.

나는 오전 내내 스테이지 코치 패스 여기저기를 돌아다니며 전 화하고, 메시지를 전하고, 아무나 시키는 사람 모두의 심부름을 하면서 도움이 되려 애썼다.

9시쯤 되자 배가 고파 약간 어지러웠다. 그래서 스테이크 레스 토랑 주방에서 조지핀 할머니 옆에 앉아 콩 통조림 한 사발을 먹 었다.

"오늘은 너한테 아주 중요한 날이구나."

조지핀 할머니가 말했다. 나는 발가락으로 숟가락을 붙잡고 조심스럽게 콩 한 숟갈을 떠서 입에 넣었다.

"할머니한테 뭘 좀 물어본다는 걸 깜빡했어요."

"뭔데?"

"언덕에서 오래된 목걸이를 찾았거든요. 가운데 터키석이 있는 목걸이예요."

"그게 거기에 여태 있었어? 에이븐을 화장한 재를 그 언덕 꼭대기에 뿌렸거든. 그건 에이븐이 제일 좋아하던 목걸이여서 내가 나무 십자가에 걸어 놨단다. 지금쯤 없어진 지 오래라고 생각했는디. 장맛비에 다 쓸려 가지 않았을까 했어. 그 목걸이 나중에 좀 볼 수 있을까?"

"그러세요."

나는 숟가락과 그릇을 내려놓았다.

"가 봐야겠어요."

나는 주방에서 나오며 조지핀 할머니한테 느껴지는 어색한 감정이 언젠가는 다 없어지기를 바랐다.

바깥으로 걸어 나왔는데 사람들이 물밀 듯이 쏟아져 들어오지 않아서 실망했다. 코너가 없어서 더 실망했다. 10시쯤 되자 사람들이 간간이 더 들어왔다. 아침나절이 서서히 지나가면서 간간이 오던 사람들이 꾸준히 들이닥쳤다.

신참 목동들의 대소동 밴드는 정오쯤 새로 단장한 무대에 올라 연주하기 시작했다. 아침 식사 전문 컨트리 음악이 뭔지 도통 모르겠지만 나쁘지는 않았다. 베이컨이나 에그 베네딕트가 여기저기에 나오는 노래만 빼고는 신참 목동들의 대소동 밴드는 대체로 일반적인 컨트리 음악을 연주했다.

늦은 오후쯤이 되자 주차장은 그 어느 때보다 붐볐다. 나는 이리저리 쏘다니며 축제 행사를 즐기기도 하고 직접 만든 예술품을 파는 사람한테 작품에 관해 물어보기도 했다.

나는 자이언을 찾았다. 우리는 로데오 경기장에서 함께 정크푸드를 엄청나게 먹어 댔다. 자이언이 평소 먹는 것에 꽤나 엄격하게 굴었던 탓에, 그런 면이 조금 풀어진 걸 봐서 나는 기분이 좋았다.

우리는 만질 수 있는 동물원에 아이들이 많이 몰려 있는 걸 보았다. 몇몇 아이는 스파게티한테까지 관심을 조금 보였으나 스파게티는 크게 신경 쓰지 않는 눈치였다.

나는 자이언을 조지핀 할머니와 헨리 할아버지한테 소개하고, 사격장에서 같이 고무 뱀을 쏘아 맞히고, 자이언이 사진을 찍을 수 있게 선인장 그림이 그려진 나무판에 내 얼굴을 집어넣기까지 했다. 그렇게 자이언과 여기저기를 돌아다니면서도 나는 코너를 찾아봤다.

6시가 되자 나는 자이언과 헤어져 집으로 향했다. 저녁 이벤

선인장의 가시긴 일생에서 아주 잠깐 스쳐 지나가는,

트용 옷으로 갈아입으려고 말이다. 엄마와 나는 전날 같이 나가 축제 때 입을 원피스를 골랐다. 엄마는 내 침대에 원피스를 잘 놓아 주었다. 직전에 내가 다른 옷을 입을까 봐 걱정되어서 그랬겠지.

쿵쿵 뛰는 가슴을 안고 나는 조심스럽게 원피스를 머리 위부터 집어넣고 엉덩이와 어깨를 흔들어 아래로 내려오게 한 다음 원피스 끝을 발가락으로 잡아당겼다. 원피스를 제대로 입고 매끈하게 주름까지 펴는 데에는 몇 분이 걸렸다. 일어서서 옷장에 달린 거울에 비친 내 모습을 살펴보았다.

엄마가 뒤에서 오더니 나를 껴안았다.

"이 옷을 입은 네 모습이 맘에 드는구나. 근데 뭔가 빠졌어."

엄마는 주머니에서 목걸이를 꺼내더니 내 목에 둘러 줬다. 터키석 목걸이였다. 엄마는 목걸이를 깨끗이 닦고 체인도 새로 갈아놓았다.

"네가 입은 분홍 원피스와 아주 잘 어울려."

"고마워요, 엄마. 이렇게까지 해 주시다니 정말 다정하시네요. 있잖아요, 이 목걸이는 엄마 에이븐이 제일 좋아하던 거래요."

"그랬니? 그러면 더 특별하겠구나, 그렇지?"

엄마는 내 어깨를 꼬옥 잡았다. 나는 거울 속에 비친 모습을 지그시 쳐다보며 이런 모습으로 다른 사람들 앞에 진짜 나서면 어떨지 궁금했다.

"저기, 네 블로그를 보고 오늘 온 사람들이 많다고 들었어."

나는 엄마를 쳐다보았다.

"제 블로그요?"

"응. 다들 무척이나 좋아하던데."

"이유를 모르겠어요. 그다지 재미난 건 없을 텐데요."

엄마가 양손으로 내 볼을 감쌌다.

"에이븐 그린, 너는 내가 아는 가장 재미난 사람이야."

엄마가 내 코에 뽀뽀했다.

내가 문 쪽으로 걸어가는데 엄마가 말했다.

"걸칠 만한 스웨터 좀 줄까, 에이븐? 오늘 밤은 조금 추울지도 모르잖아."

나는 고개를 저었다.

"제 어깨는 이미 한참 동안 덮여 있었는걸요. 어깨도 숨을 좀 쉬어야 해요."

엄마가 원피스의 가느다란 어깨끈 한쪽에 손가락을 넣더니 탁 하고 튕겼다.

"그래, 숨 좀 쉬어야겠어."

내가 아래층으로 내려가자 하늘이 솜사탕처럼 보였다. 축제에서 나는 온갖 소리와 냄새가 무척이나 좋았다. 핫도그, 달달한 팝콘, 칠리 스튜, 치즈 케이크에서 나는 냄새 말이다. 밴드가 있는 무대 쪽으로 걸어가다가 제시카와 축구팀 아이들과 마주쳤다.

"너희들 왔구나."

내가 활짝 웃으며 말했다.

"에이브, 여기 진짜 끝내준다. 그리고 너도 되게 근사해."

제시카가 말했다. 칭찬하는 소리에 내 볼이 빨개졌다.

"고마워. 밴드 공연 보러 와야 해."

축구팀 여자애들이 뒤에서 걸어오는데 내 눈에 자이언이 혼자 앉아 커다란 팝콘을 들고 우물거리는 모습이 들어왔다. 나는 여자애들을 데리고 가서 자이언과 인사를 나누게 했다. 자이언은 인사말을 웅얼거렸다. 그러면서 자기 발을 내려다보며 팝콘을 등 뒤로 숨기려고 애썼다.

나는 무대로 가서 맨 아래 계단에 섰다. 신참 목동들의 대소동 밴드의 리드 싱어가 나를 보고 관중한테 특별 손님이 있다고 소개했다. 나는 계단을 올라 무대로 갔다. 리드 싱어가 내 기타를 무대 위 의자 앞에 놓아 주었고, 나는 자리에 앉았다.

하지만 이 기타는 내 것이 아니었다. 낡은 창고의 오래된 책상 아래 숨겨져 있던, 우리가 찾아낸 기타였다. 내 친엄마 기타였다. 깨끗이 닦고 수리하고 기타 줄 조율도 다시 했다. 관중석을 쳐다보다가 부모님이 나를 보고 있는 걸 발견했다. 엄마는 내게 손키스를 보냈다. 나는 꽃무늬 플랫 슈즈 한쪽을 벗은 다음 떨리는 발가락으로 조심스럽게 줄을 튕겨 보았다.

우리는 '바람에 떼굴떼굴 굴러다니는 회전초'를 연주했다. 내가 맡은 부분은 꽤나 단순한 편이었지만 일주일 내내 맹렬하게 연습했다. 같이 연주하는 동안 관중이 많이 와서 봤다. 많은 사람의 눈이 나를 쳐다보고 있었다. 분홍색 끈 원피스를 입은 나를, 엄마의 목걸이를 하고 엄마의 기타를 치고 있는 나를, 양 볼이 새빨갛게 물들어 있다가 연주하면서 리드 싱어가 나한테 윙크하면 환하게 웃는 나를 말이다. 관중을 둘러보다가 제시카와 축구팀 아이들이 잔뜩 흥분한 얼굴로 나를 바라보는 걸 알았다. 자이언이 웃으며 손을 흔들기에 나도 고개를 끄덕여 줬다. 부모님이 서로 팔짱을 끼고 음악에 맞춰 몸을 흔드는 모습도 보였다.

조지핀 할머니가 맨 뒤에서 나를 보고 있었다. 무척이나 고통스러운 표정이어서 할머니가 딸 생각을 하시나 했다. 할머니 입장에서 얼마나 힘들지 상상해 보려 했다. 자기 딸을 먼저 보냈는데 할머니 말처럼 이미 '나이가 많은' 상태를 말이다. 코너가 했던 말을 곱씹어 봤다. 할머니는 나를 위한 최선의 방법이라고 진심으로 믿었을 것이다.

그래서 할머니가 골든 선셋 노인 공동 생활체로 가면 가끔 보러 가 봐야겠다고 마음먹었다. 그럭저럭 괜찮은 음식도 같이 먹을 수도 있겠지. 노인들로 북적북적한 수영장에서 수영할지도 모르고. 내가 할머니한테 웃어 보이자 할머니의 표정이 스르르 풀리는 듯했다.

그러고 나서 사람들 한가운데에 앞쪽으로 천천히 오는 코너를 보았다. 수많은 사람으로 둘러싸여 있는데도 코너는 틱을 하지 않았다. 내가 연주하는 동안 아주 평화로워 보였다.

노래가 끝나자 관중들이 손뼉을 쳤다. 나는 일어서서 인사를 했다. 리드 싱어가 나를 가리키며 손뼉을 치자 관중들 박수 소리가 더 커졌다. 그래서 나는 또 인사를 꾸벅했다.

나는 무대 아래로 부리나케 내려가 계단 아래에 있는 코너한테 곧장 갔다. 무척이나 흥분되었다. 넘치는 에너지를 도저히 주체할 수가 없었다.

"서둘러! 불꽃놀이가 금방 시작될 거야."

우리는 뛰어가다가 사람들 뒤쪽으로 가는 자이언을 발견했다. 자이언도 합류해 우리 셋은 같이 금광(라미로라는 새로 온 사람이 관리하는데, 그 사람은 아이들을 싫어하지 않았다.) 옆을 지나쳐 뛰어 갔다. 금광에서는 꼬맹이들이 많이 모여서 진짜 스테이지 코치 패스 금을 찾는다며 혈안이 되어 있었다. 우리는 사막으로 향하는 길로 갔다. 셋은 밝게 빛나는 보름달 달빛을 받아 그 자리만 밝게 빛나는 커다란 언덕 꼭대기로 향했다.

거의 꼭대기에 다 도착할 무렵, 내 눈에 뭔가 들어왔다. 내가 멈춰서 땅을 쳐다보는데 그때 마침 괴물 거미처럼 생긴 형체가 구멍 속으로 후다닥 사라졌다. 코너가 뒤를 돌아봤다.

"왜 그래?"

내 심장이 마구 쿵쾅거렸다. 공연하느라, 언덕을 뛰어 올라오느라, 방금 본 게 무엇이든 그것 때문에 그랬다.

"뭔가 본 것 같아."

"나중에 말해 줘. 지금은 서둘러야 해."

언덕 꼭대기로 가서 내 사와로 선인장 옆에 앉았다. 내 옆에는 코너가 앉았고, 코너 옆에는 자이언이 앉았다.

"네가 올 줄 알았어."

내가 코너한테 말했다. 코너는 깔깔댔다.

"한 시간 전까지만 해도 나도 몰랐던 일인데. 오길 정말 잘한 것 같아."

달빛 아래에서 코너가 나를 쳐다보더니 눈을 깜빡이며 짖는 소리를 냈다.

"나도."

자이언과 내가 동시에 말했다.

코너가 도시의 불빛을 내려다보았다.

"너는 여기에서 시간을 많이 보내는구나, 그렇지?"

선인장의 기나긴 일생에서 아주 잠깐 스쳐 지나가는,

"그래, 맞아. 생각할 게 있거나 혼자 있고 싶을 때 이리로 올라왔지. 여기에 오면 확실하게 보이거든."

"뭐가 보이는데?"

코너가 물었다. 내 눈이 스테이지 코치 패스를 내려보다가 다시 코너와 자이언을 향했다.

"제일 친한 친구 둘이 보여."

자이언이 웃으니 달빛 아래에서 이가 하얗게 빛났다.

"우리 가족이 여기 와서 참 좋아. 이런저런 일이 생겨서 좋고. 안 그랬으면 너희 둘을 알 수가 없었잖아. 너희와 알게 되어 정말 좋아."

코너의 녹갈색 눈동자가 맨 처음 터진 폭죽 빛을 받아 반짝반짝 빛이 났다.

"나도 너를 알게 되어서 참 좋아, 에이븐."

"나도."

자이언이 말했다.

도시의 불빛 위로 불꽃놀이가 벌어졌다. 도시의 불빛은 수백만 명이 켜는 수백만 개의 불빛이었다. 더는 내가 아주 잠깐 스쳐 지나가는 존재로 느껴지지 않았다. 반짝반짝 빛나는 것만 같았다. 달빛 때문만은 아닌 것 같았다. 내 안에 있는 불빛 때문일지도 몰랐다.

38

나는 책상 앞에 앉아 컴퓨터 화면을 빤히 쳐다보았다.

"네 녀석을 해치우면 더는 코 고는 소리가 들리지 않겠군!"

바깥에서 카우보이가 외치는 소리가 들렸다. 전에 코너와 같이 했던 장난이 떠올라 피식 웃었다. 아주 오래전의 일 같았다.

바깥에서 총소리가 나는 동안 나는 키보드를 발가락으로 톡톡 치며 속으로 '바람에 떼굴떼굴 굴러다니는 회전초'를 흥얼거렸다. 그러면서 내가 써야 할 것에 대해 생각해 나갔다.

어제 스테이지 코치 패스에서 열린 축제에 오신 모든 분께 깊이 감사드립니다. 영원히 잊지 못할 아주 근사한 하루였죠.

지난 몇 주간, 저 같은 아이들한테서 이메일을 점점 많이 받

선인장의 기나긴 일생에서 아주 잠깐 스쳐 지나가는,

게 되었어요. 팔이 없는 아이들한테서요. 온갖 것에 대한 조언을 구하는 편지였는데, 학교생활에 관한 이메일이 대부분이었죠. 친구를 사귀는 일부터 숙제 제출하는 법, 심술궂은 말과 '눈길'에 대응하는 법까지 아주 많았습니다.

그에 대해 많이 생각해 봤는데요, 팔 없는 중학생이 학교에서 살아남기 위한 20가지 목록을 만들어 봤습니다. 이런 거죠.

1. 좋은 신발. 쉽게 벗을 수 있는 것이 가장 중요해요. 쉽게 다시 신을 수 있는 것도 똑같이 중요하고요.
2. 유머 감각. 진짜 진심이에요. 꼭 갖춰야 해요. 진짜로요.
3. 아침을 든든히 드세요. 점심시간에 학교 식당에서 꽁무니를 뺄지는 절대 모르는 일이에요. 그날 먹어야 할 양을 일찍 잘 채워 두길.
4. 먹기 간단한 점심 도시락. 학교 식당에서 그 커다란 쟁반을 들고 갈 생각은 아니겠죠? 그리고 점심으로 칠리 스튜나 각종 수프 같은 음식을 가져올 생각은 아예 하지도 마요. 진짜입니다. 절대, 절대로 잊으면 안 돼요.
5. 메고 다니기 편하고, 여닫기 편하고, 물건을 넣고 빼기 편한 책가방.

6. 귀여운 티셔츠 많이. 팔이 있든 없든 다 해당되지요. 그리고 준비가 되면 민소매 티도 입어 봐요.

7. 괴롭히는 아이 퇴치 스프레이. 곰 퇴치 스프레이와 비슷하지만 더 나아요. 정말 사소하지만 욕지기나는 말을 들으면 아주 유용하게 쓰일 거랍니다. 이건 내가 생각해 낸 거예요.

8. 갑옷보다 더 두꺼운 피부. 얼굴에 철판 깐 것처럼요.

9. 전자책 리더기는 끝내주게 유용하답니다. 발가락이 종이에 베일 일이 더는 없어요.

10. 운동이나 여가 활동을 할 것. 축구, 댄스, 수영, 사방치기든 뭐든요. 할 수 있습니다! 동기 부여 화법을 여기에서 써먹어 보고 있네요.

11. 허리 단추를 쉽게 풀고 여밀 수 있는 바지. 정말입니다. 학교에서 생리 현상이 급할 때 내 말 들은 걸 감사하게 될걸요.

12. 편리한 갈고리. 바지 허리 단추를 채우는 일부터 주머니에서 지폐를 꺼내는 일까지 쓸 만한 갈고리는 필수랍니다.

13. 다양한 페디큐어 갖추기. 남자애들은 크게 신경 쓰지 않겠지만 사람들이 우리 같은 사람의 발을 쳐다볼 때면 최대한 잘 보이고 싶은 법이죠. 내 말이 맞지 않나요, 여성 동지들?

14. 쌍절곤. 괴롭히는 아이 스프레이를 구할 수 있을 때까지만이라도요.

15. 열린 마음과 눈. 남들과 다르다고 느끼는 사람이 세상에 당신 혼자뿐이라고 생각하나요? 도서관이나 구석진 길에 혼자 앉아 있는 아이는 뭐죠?

16. 끝내주는 부모님. 이는 필수 조건이에요.

17. 내 말을 들어주는 친구.

18. 같이 웃을 수 있는 친구.

19. 용감한 친구.

20. 있는 그대로의 당신을 진정으로 좋아해 주는 친구.

여기 적은 것 중 몇 가지는 찾기 힘들겠지만, 찾아낸다면(그러기를 간절히 바라지만) 영원히 놓치지 마세요. 절대로요.

누가 어깨에 손을 올려놓아 뒤돌아보니 뒤에 엄마가 서 있었다.

"엄마가 거기 있는 줄 몰랐어요."

"최근 글이 가장 마음에 들어."

"고마워요. 아, 참, 제 블로그에 알맞은 이름이 드디어 생각났어요. '에이븐의 이런저런 생각'은 좀 변변찮았죠."

"그러면 세계적으로 유명한 이 블로그의 이름은 뭐로 할 건데?"

"'팔 없는 중학생의 생존 가이드'요."

엄마가 깔깔거렸다.

"아주 마음에 들어. 그런 블로그는 하나도 없을걸."

"없겠죠. 제가 엄청나게 독창적이잖아요."

선인장의 기나긴 일생에서 아주 잠깐 스쳐 지나가는,

나는 코너와 자이언과 함께 학교에서 아이들로 붐비는 길을 걸어갔다. 점심시간이라 아이들은 도시락을 들고 서성거리다가 풀밭에 모여 각자 싸 온 샌드위치를 먹었다.

우리는 주말 동안 뭐할지 의논했다. 두 녀석은 나를 도와 언덕 꼭대기에 엄마 에이븐의 추도식을 하기로 했다. 조지핀 할머니한테 깜짝 선물이 되겠지. 또 나는 둘한테 기타를 가르치기 시작했다. 기타를 배우면서 코너는 틱이 나아지길, 자이언은 여자애들과 잘 지낼 수 있기를 바랐다.

"축제가 끝나고 나서 벌써 가게 다섯 곳을 세췄어. 진짜 근사한 예술가들이지."

내가 말했다.

"끝내준다."

"그리고 스테이지 코치 패스가 여름에는 사람의 발길이 뚝 끊어지는 것에 대해 생각해 봤어. 사람들이 와서 걸어 다니기에 너무 덥잖아. 그래서 가게에 있으면서 한여름에도 사람들을 끌어오려면 무엇을 제공해야 할지 계속해서 생각해 봤거든. 그러다가 떠오른 게 있어."

내가 폴짝 뛰어 둘 앞에 섰다. 둘은 걸음을 멈추고 나만 바라보았다. 나는 약간 긴장감을 느끼게 하려고 잠시 기다렸다. 마침내 입을 열고 아주 극적인 분위기를 풀풀 풍기며 말했다.

"바로 물놀이장이야."

"스테이지 코치 패스에 물놀이장을 들여온다고?"

코너가 물었다.

"평범한 물놀이장이 아니야. 옛날 방식의 물놀이장이라고나 할까."

내가 설명했다.

"아, 그래? 영화에서 봤던 물놀이장 같은 거?"

자이언이 말했다.

"아하하. 내 말은 평범한 물놀이장 말고 물을 끌어 올리는 풍차 같은 게 있고, 주변에 작은 시내가 흐르고, 워터 슬라이드 같은 게 있는 놀이터까지 갖췄으면 하는 거지. 스테이지 코치 패스

선인장의 가시긴 일생에서 아주 잠깐 스쳐 지나가는,

분위기와 어울려야 하는 건 당연하고."

"거참 좋은 생각이다."

코너가 말했다.

"그래. 그리고 주변에 커다란 나무를 몇 그루 심고 아래에는 긴 의자를 두어서 아이들 부모가 앉을 수 있도록 하는 거야. 샌드위치나 스무디 가게를 열면 사람들이 거기에서 점심거리를 고르겠지. 옛날 방식의 장난감을 파는 가게도 필요해. 진짜 근사한 장난감 말이지. 그러면 가족들이 여름 내내 놀러 올 만한 곳이 될 거야."

"있잖아, 에이븐, 너는 장차 그곳을 운영하게 될 것 같아."

자이언이 말했다.

"장난하냐? 이미 그러고 있잖냐."

코너가 대꾸했다.

"아, 그리고 하나 더 있다. 나 말타기를 배울 거야."

내가 말했다.

"짱인데."

"굉장하다."

알겠지만, 둘은 전혀 놀란 눈치가 아니었다.

제시카가 우리 옆을 걸어갔다.

"안녕? 에이븐."

제시카가 이렇게 말하자 같이 가던 여자애 둘도 나한테 손을 흔들었다.

"안녕? 이따 연습 때 봐."

나는 우리가 학교 식당 옆을 걸어가고 있는 걸 알았다. 걸음을 멈췄다. 나머지 둘은 걸음을 멈추고 나한테 왜 그러느냐는 듯한 표정을 지었다. 나는 코너를 보고, 자이언을 보았다. 그러고 나서 식당 문으로 걸어가며 말했다.

"같이 점심 먹을래?"

코너는 입 끄트머리를 조금 실룩거리더니 짖는 소리를 냈다. 코너는 문 앞으로 걸어가 내가 들어갈 수 있게 문을 잡아 줬다.

"여성 먼저?"

코너는 내가 이 일을 충분히 생각한 것이냐고, 확실하냐고 물어보기라도 하는 듯 말했다.

나는 코너를 보고 웃었다. 그리고 문 안으로 한 걸음 내디디며 전에는 한 번도 가 본 적 없는 학교 식당 안으로 들어갔다. 어쨌든, 살면서 해야 할 일은 많은 법이다. 가서 봐야 할 곳도, 해 봐야 할 것도, 만나야 할 새 친구도 많이 있다.

그리고 밝게 빛내야 할 빛도.

선언장의 가까인 일생에서 아주 잠깐 스쳐 지나가는,

작가의 말

나를 늘 지지해 주는 에이전트 섀넌 하산에게 에이븐 이야기를 골라 푹 빠져 주어 감사하다는 말을 전하고 싶습니다. 아주 훌륭한 편집자 크리스티나 플스의 식견과 편집 덕분에 이 책이 훨씬 더 좋아졌습니다. 라이언 토만은 이 책의 표지를 근사하게 디자인했습니다. 해나 라이시, 아디 알스팍, 사리 램퍼트 머레이, 마하 칼릴, 크리스 바카리, 영업팀 전체 등 스털링 출판사에서 이 책을 담당하며 열심히 애써 준 모든 이에게 감사를 표합니다. 진심으로 감사드립니다.

이 책을 미리 읽어 준 친구와 가족에게 감사드립니다. 저를 격려해 주는 두 여성 바비 토머스와 레티샤 셀턴에게, 늘 나를 지지해 주는 남편에게 감사드립니다. 내 삶을 유머로 가득 채워 주는 아이들도 고맙게 생각해요. 항상 그렇지만 카일에게도 감

사드립니다. 그리고 무엇보다 좋은 일이 생기게 해 주신 신께
감사드립니다.

마지막으로, 아주 멋진 우리 독자님들께 감사드립니다. 제가
쓰면서 재미있었듯 이 책을 재미있게 읽었기를 바랍니다.

선인장의 기나긴 일생에서 아주 잠깐 스쳐 지나가는,